Reinhard W. Frank
Fernes Leben

Reinhard W. Frank
Fernes Leben
Erzählung eines Wandlers

ROMAN

Bibliografische Information der Deutschen Nationalbibliothek: Die Deutsche Nationalbibliothek verzeichnet diese Publikation in der Deutschen Nationalbibliografie; detaillierte Daten sind im Internet über dnb.dnb.de abrufbar.

© 2020 Reinhard W. Frank

Herstellung und Verlag: BoD – Books on Demand, Norderstedt

ISBN: 978-3-7392-4678-9

Umschlagillustration: Pere Borrell del Caso, „Huyendo de la crítica", 1874 (Ausschnitt)

ERSTER BAND

1

Germar war sein Name und düster war sein Leben. Als Tagelöhner hatte er zeit seines Bestehens die Welt wie einen Ort des Kampfes und der Entbehrung erlebt. Eine todbringende Wüste für all jene, die nicht durch standesgemäße Herkunft, mit dem gottgegebenen Privileg der Bildung bedacht worden waren. So war das einzige Gefühl menschlicher Wärme, dessen sein Geist noch fern zu erahnen gedachte, als der bebende Leib der Mutter verkommen. Im Augenblick seiner Geburt und durch schlotternde Fieberkrämpfe geplagt, hatte sie sich aus der Welt gestohlen.

Derlei Prägung durch die erste Gegenwart irdischen Daseins, schreiend und im Blut des Weltursprungs balgend, hatte Germar, dem Sohn eines niederen Bauern, keinerlei Aussicht auf eine bescheidene Freude am Leben gestellt. Geschweige denn auf eine prosperierende Zukunft. Durch die Auslieferung an den zorntobenden Erzeuger war er von Anbeginn seiner Existenz der Brutalität und Rechtlosigkeit hilflos unterworfen. Die Kindheit, ein versteinerter Brocken quälender Erinnerungsfetzen, war nahtlos in der frühen Jugend aufgegangen. In der harte Arbeit und gewalttätige Ausbrüche seines Herrn, denn als Vater empfand er diesen Menschen nicht eine Sekunde, den Alltag bestimmt hatten.

Sobald er die notwendige Reife und den Mut gefasst hatte, war er geflohen. Er hatte sich in den Wäldern versteckt. Vom Wenigen, was er der Natur abringen vermochte, hatte er sich ernährt, um völlig entkräftet in der nächstgelegenen Stadt aufzukreuzen und dort ein ebenso tristes Gaunerleben weiterzuführen. Wie durch tragisches Glück war dieses sinnlose Strolchen noch nicht durch den Galgen erlöst worden. So hatte er sich mit Gelegenheitsarbeiten durchgeschlagen und in Gaststätten dazu angeboten, die Küchenabfälle für den Schweinetrog zu sortieren, die er in seiner Verzweiflung nicht selten selbst verzehrte. Er hatte dort, in den widerlichsten Schenken der Stadt, Betrügereien und Gewaltanwendungen gelernt und selbst angewandt, um letztendlich ein Gewerbe zu finden, das Germars niedriger Person würdig war. Als rechter Arm des Todes war seine Gehilfenposition für den Kuhlengräber der Stadt zu bezeichnen. Wodurch er die Arbeit mit Leichen und verwesten Körpern aller Art als seinen selbst erkämpften Broterwerb angeben konnte.

An liebesleere Umgebungen gewohnt, hatte er sich hierin der Zügellosigkeit des Wirtshaustreibens gedankenlos in die Arme geworfen. Die spärlich lichtdurchzuckende Finsternis seines Geistes war nur im endlosen Redeschwatz über duftende Mädchenkörper erhellt worden. Doch die imaginierten Erzählungen liebreizender Jungfrauen, welche in Myriaden um Germars Liebe buhlten, waren nichts weiter als das zittrige Fundament seines schnapsdurchtränkten Wortgepränges. Ein auf ewig unerreichbares Wunschdenken unter den Ruinen seiner Einsamkeit.

So saß er am Bock eines Ochsenkarrens, der einen gehörigen Berg fauliger Fleischreste, welche in früheren Tagen einmal Menschen gewesen sein mussten, hinter sich herzog. Langsam und gemächlich gelang die Fahrt in einem regelmäßig schaukelnden Tempo auf eine kleine Lichtung zu, auf welcher der Pestturm seiner Grafschaft als drohendes Symbol gegen alle Gottlosen aufrecht emporstand. Durch seine ausschweifenden Wirtshausbesuche hatte er sich über die Jahre hinweg einen reichhaltigen Fundus an Beschimpfungen, Flüchen und Verwünschungen angeeignet, von dem er in seinem Sprachgebrauch großzügig Verwendung nahm. Mit der Zeit waren Titulierungen wie Schweinehund, Teufelsbrut, Hurensohn oder Päderastenfreund schleichend in seinen Wortschatz übergegangen. Derartige Bezeichnungen gegen die Welt im Allgemeinen und gegen jedermann, der seinen Weg kreuzte, im Besonderen waren für Germar zu völlig normalen Ausdrücken geworden. Er verwendete sie, ohne weiter darüber nachzudenken. Wie Füllwörter oder Konjunktionen ließ er sie zwanglos in seine Sätze einfließen. Selbst in Gegenwart von Damen, meist Hafendirnen oder Schankmädchen, kam er nicht mal auf den Gedanken, sich etwas zügeln zu müssen. Und wenn er sich in einen schweren Disput mit seinem Gegenüber steigerte, so brach die Fülle an Flüchen dermaßen unvermittelt aus ihm heraus, dass sich seine bärenhafte Gestalt zu einer furchteinflößenden Schwerewelle auswuchs, um, von einem sich auftürmenden Crescendo an Hasstiraden begleitet, über seine Mitmenschen hereinzubrechen.

    Mit diesen Eigenschaften ausgestattet erschien Germar auf der Lichtung. Den ganzen Weg hindurch, von der Unterkunft seines Dienstherrn bis hierher an diesen verruchten Ort, hatte er die Ochsen am Wagen in bösartigem Ton angetrieben. Er hatte sie verflucht ob der Langsamkeit ihrer Zugkraft. Er hatte seinen Patron, der ihn mit derart nutzlosem Getier sein Werk verrichten ließ, zum Teufel gejagt. Er hatte gegen all jene, die ihm auf dem Weg bis hierher begegnet waren, ob Landvolk, ob Handwerksleute oder junge Mägde, ja sogar dem fürstlichen Depeschenkurier, die übelsten Schmähungen an den Kopf geworfen. Und selbst die Kinder der Kinder ihrer Kindeskinder sollten tausend Tode sterben, wenn diese vermaledeiten Ochsen nicht schneller werden würden. Er war derart mit der Heftigkeit seiner Beleidigungen beschäftigt, dass er den kleinen Jungen, der am Rande der Lichtung zum Wald hin wie angeschraubt dastand und die ganze Szenerie mit einer ausdruckslosen Neugier betrachtete, nicht bemerkte.

    Zur Mitte des achtzehnten Jahrhunderts herrschte eine überbordende Bevölkerungsdichte in deutschen Landen und halbwüchsige Hühnerdiebe gab es zuhauf. Kindliche Bedürfnisse wurden ihnen nicht zugesprochen. Man behandelte sie wie kleine Erwachsene und hatte für sie alleinig als Arbeitskräfte Verwendung. Eine moralische

Verantwortung ihnen gegenüber empfanden die wenigsten. Im Gegenteil. Man hielt sie für Diebe und damit vorsorglich auf Abstand.

Germar brauchte man das nicht ausführlich zu erklären. War er doch selbst durch diese Schule gegangen. Auch ihn hatte man geschlagen, gedemütigt und dem Vergessen anheimgegeben. Er wusste nur zu gut, wie sich derartige Behandlungen auf den Gemütszustand einer Person auswirkten. An jeder Ecke waren sie zu sehen. Alleine oder in Gruppen. Ausgemergelte kleine Gestalten, Hungerleider allesamt; einzig darauf gerichtet, eine milde Gabe zu erbetteln. Nein, fürwahr! So einen unterernährten Frischling beachtete er in keinem Fall.

Mit einem lauten Rumpeln kam der Karren zum Stehen. Schwerfällig mühte sich der Kutscher herunter. Der Totengräber erschien in voller Größe als überaus stämmig. Sein dunkler Bart verriet sein Alter nicht. Nur die leeren Stellen seiner Gesichtsbehaarung ließen ein relativ junges Erwachsenenleben vermuten. Unter dem Dreispitz, den er beim Würfeln erschwindelt hatte, ragten büschelweise schwarze Haare, so rau und robust wie Wildeberborsten, hervor. Ein wimmelndes Nest von Ungeziefer war seine Mähne, welche nachlässig über Germars Gesicht wedelte. Doch die Mühe, sich die wilden Zotteln beiseitezukämmen, um dem Betrachter einen ungehinderten Blick in die Augen zu gewähren, machte er sich selten.

Germar trat an die Rückseite des Karrens und packte die Beine des ersten Toten an. Schwungvoll riss er das Gerippe, mehr war nicht mehr übrig, von der Ladefläche herunter, sodass der verfaulte Körper, welcher nur behelfsmäßig in gelblichen Tüchern eingewickelt war, herausflog und sich der ohnehin widerwärtige Gestank der sich zersetzenden Fleischfetzen abermals in einer alles beherrschenden Gaswolke intensivierte. Würgereiz kam in ihm hoch und reflexartig wandte er sich ab. Der Totengräber war etwas angeschlagen von der durchzechten letzten Nacht. Und von der abermals durchlebten Nacht zuvor. War es tatsächlich erforderlich, seine gesamte Willenskraft aufzubringen, nur um diesen stinkenden Haufen Menschenmüll alleine in den Turm zu schleppen?

Ein ächzendes Gelächter erhob sich in den Baumkronen. Durch die Verästelung der Zweige glimmerte das dunkelblaue Federkleid einer Krähengruppe. Von ihren Plätzen in den Schlafbäumen aus monierten sie die Figur des Jungen unter ihnen.

„He, du! Komm rüber! Pack mit an!" Die Stimme des Totengräbers schallte laut über die Wiese in Richtung der kleinen Gestalt, welche unverändert, einer Salzsäule gleich, am Waldrand verweilte. Keine Reaktion.

Ein rücksichtsloser Beschuss setzte ein, als Germar seine Attacke losstieß. Ob er denn nicht verstanden habe, tönte es aus ihm hervor. Der Junge solle sich augenblicklich an die Arbeit machen. Andernfalls würde ihn der Totengräber in Stücke reißen. Voller Wut setzte sich Germar in Bewegung. Die Wörterkaskade an Beschimpfungen nahm dynamisch Fahrt auf, wie er dem Jungen entgegenkam. Wild schnaubend stampfte Germar in seiner ganzen bedrohlichen Gestalt über die regennasse Wiese und ihre wenigen zarten Grasbüschel, als begehrte er, sie totzutrampeln. Dabei spuckte er eine braune Flüssigkeit, ein Überrest vom Kautabak, in einem schleimigen Strahl vor sich hin. Germars massige Erscheinung war beängstigend. Der Blick seiner blutunterlaufenen glasigen Augen schien derart vereinnahmend, dass womöglich jedes Gegenüber fluchtartig die Beine in die Hand genommen hätte. Der Junge dagegen stand umstandslos da. In seltsamer Befangenheit versteift, setzte er dem Ansturm nichts entgegen, während die Kanonade an Verwünschungen über die faulen Rotzbengel der Gassen, die verdammten Furchen der Weiber, die sie ausgespuckt, und das elende Leben dieser Welt, deren Morast sie watend durchliefen, ungebremst aus Germar hervorbrach.

    Schon war er dicht am Jungen dran. Sein alkoholvergifteter Atem verpestete die frische Luft des Waldes; er zerschnitt förmlich den unverbrauchten Sauerstoff, und mit einem entschlossenen Griff erfasste Germar den Jungen am Arm.

    Kurz hielt er inne. Die Gleichgültigkeit, mit welcher der Kleine durch ihn hindurchstarrte, warf Germar einen Moment gänzlich aus der Fassung. Sodann schloss er den Griff um den Arm des Jungen fester zusammen und zerrte ihn gewaltsam Richtung Karren. Unterdessen beschimpfte ihn der

Totengräber in herbem Ton, umfasste immer wieder die dürren Arme des Jungen und schüttelte ihn heftig durch. Germar spuckte dabei winzige Speichelreste über das Gesicht des Kleinen. Wie ein Schwarm Mücken im feuchten Dschungel klebten sie auf den Augen des Jungen, der weiterhin kein Wort von sich gab.

 Die Ungunst des Schicksals, die Germar seit jeher zu erdulden hatte, ließ ihn an den zarten Außenwänden dieses unerfahrenen Menschengeistes abprallen. Kein Gedanke des Mitgefühls durchfuhr den Totengräber im Anblick des Jungen, dessen von der stürmischen Gewalteinwirkung anschwellende Wangen rötlich aufleuchteten. Ein herzbesänftigendes Glühen wie die fruchtige Farbe einer reifen Orange.

 Gemeinsam zerrten sie die toten Gestalten Stück für Stück in den Turm. Der Gestank war bestialisch abstoßend. Doch der Junge tat wie ihm geheißen. Es dauerte eine ganze Stunde, bis sie den letzten Leichnam ins dunkle Loch geworfen und oberflächlich mit Reisig bedeckt hatten. Kurz darauf waren sie am Bock des Karrens und die Fahrt zog sich gemächlich zurück Richtung der Stadt, aus der Germar gekommen war. Die Entlohnung für eine ganze Woche Arbeit wartete auf ihn. Den Jungen hatte er mit einem strammen Griff seiner von offenen Schwielen zerfurchten Hände unkommentiert auf den Wagen gesetzt und mitgenommen.

 Da saß er. Ein kleiner Vagabund mit runden Knopfaugen, deren Farbe beständig von Grau nach

Grün wechselte und in ihrer Schönheit gleichzeitig bedrückend leer erschienen. Neben des Totengräbers imposanter Gestalt wirkte der kleine Junge verloren und deplatziert. Spindeldürr und barfuß. Aber das empfand Germar als normal. Die Gesichtszüge des Jungen hingegen erachtete der Totengräber als zutiefst eigenartig. Seine Haut war sanft und gepflegt wie jene der herrschaftlichen Zöglinge. Germar hatte einmal im Zuge der Feierlichkeiten zum Reformationstag die Kinder der Landgräfin in der Kutsche vorbeifahren sehen. Ihre Gesichter waren sauber und strahlend weiß gewesen. Nicht diese rotzverschmierten Visagen delinquenter Straßenbengel. Es waren die gleichen Züge höherer Geschlechter, die den Ausdruck seines jungen Kompagnons prägten. Doch jeden weiteren Gedanken darüber verwarf der Totengräber alsbald. Die stete Unsicherheit des Lebens im Sinn, von niederem Gerede über Essen und Trinken vereinnahmt und von Erzählungen über eitle Lustbarkeiten abgelenkt, flog seine Selbstverliebtheit so hoch, dass er Warnzeichen grundsätzlich übersah. In Germars Alltagsleben war der Befreiungskampf des Menschen von seinen Zwängen, welcher die unwissenden Geister aller Leibeigenen miteinander verband, gezwungen, mit der süßlichen Verlockung nach feuchtfröhlicher Ablenkung beständig Schritt zu halten. Zumal sich seine lasterhaften Vergnügungen stets im Reiche der Nacht abspielten, war sein geistiges Auge dafür erblindet, die realen Warnsignale zu erhaschen.

Als der Karren Gefahr lief, aus dem Sichtfeld zu geraten, setzten sich die Krähen aus ihren Plätzen in den Bäumen ab. Ein fächernder Flügelschlag leitete die Verfolgung ein. In rechteckiger Formation nahm der Schwarm sein närrisches Spiel in Angriff. Die Waghalsigsten flogen über Germars Kopf hinweg, als beanspruchten sie seinen Dreispitz als Landebahn zu nutzen. Mit dem Krummstab für die Ochsen fuchtelte der Totengräber in der Luft herum, um die Bewegungsrichtungen der Vögel zu lähmen. Beschwingt trollte sich die Gruppe der Krähen in die Bäume. An Germars Gefluche erheitert, lärmten ihre Stimmen krächzend durch den Forst.

Der Junge saß aufrecht am ständig ruckelnden Kutschbock, die Eindrücke um ihn herum insgeheim aufsaugend. Die Felder waren regennass und die Tropfen auf den zarten Grashalmen reflektierten im Schein der Sonnenstrahlen wie ein Meer aus Tausenden Kristallen. Die Straßenverläufe, die sie verfolgten, waren nicht mehr als holprige Pisten, welche sich gewunden durch kleine Wäldchen schlängelten und deren Fahrspuren von den Karren deutlich ausgehöhlt waren. Die Ochsen mühten sich ab, den Wagen über allerlei große und kleine Steine zu bugsieren, welche immer wieder über den Weg verteilt lagen. An den Straßenrändern standen junge Birken, deren Äste vom Regen müde herunterhingen. Das moosige Grün am Fuße der Bäume war jene Stelle, welche den Eingang zu den satten Feldern der Bauern begrenzte. Friedlich lagen die Äcker und Weiden zu beiden Seiten des Weges und gaben den Blick in die Ferne frei, wo weit entfernt die Umrisse grasender Herden zu erahnen waren.

Der Junge sog all die Empfindungen in sich ein. Die Kräfte der Natur hielten ihn gefesselt und ließen einen vorsichtigen Animus entspannten Frohsinns hochkommen. Die Geräusche des Waldes tasteten sich an seine Erinnerungen heran. Das fröhliche Quaken der Stockenten, deren Geflatter vom nahegelegenen Fluss vereinzelt herüberkam, kannte er ebenso wie das leise Klimpern der vom Aufprall der beschlagenen Wagenräder widerhallenden Kieselsteine. Er kannte das müde Summen der Insekten, welche die kurzen Regenpausen nutzten, um die wenigen zarten Kräuterblüten nach Nahrung abzusuchen. Und selbst das Knastern der Äste, welche von der unsichtbaren Kraft der Windstöße mal gen Westen, mal gen Osten verbogen wurden, war ihm nicht unbekannt. Er fühlte Vertrautheit mit der Umgebung. Hügel, Berge und Gewässer gaben ein heimeliges Bild von sich. Und es war dennoch ein Anschein an Unvollständigkeit, der seine Wahrnehmungen überlagerte. Die Sinneseindrücke der natürlichen Schöpfung waren durch das Fehlen nicht auszumachender Parameter geprägt. Er hatte, trotz der überbordenden Fülle an vertrauten Bildern, Geräuschen und Gerüchen, ein Gefühl merkwürdiger Leere in sich, die er nicht zu füllen wusste, da ihm der innere Kompass dafür verwehrt schien. So war es ihm, als würde die Umgebung, welche auf ihn wirkte, mit all ihrer grünen Pracht ihn in einem schweren Vorhangbogen umhüllen.

Gleich dem eines Schauspielers auf dem Podium nach Abschluss des letzten Akts.

Desinteressiert beäugte Germar seinen Beisitzer. Wer war dieses wortkarge Menschlein? Er mochte keine fünfzehn Jahre alt sein. Ein Taubstummer? Ein schwachsinniger Irrer? Einer dieser vielen halbverblödeten Bauernpimpfe? Germar war es im Grunde nicht wichtig. Der Kleine konnte schuften und der Totengräber hätte nachdrücklich dafür gesorgt, dass er es tun würde, bis ihm das Kreuz entzweiginge. Germars eigene Arbeit wäre dadurch wesentlich angenehmer geworden. Und wenn der Dreikäsehoch dabei sein Maulwerk halten würde, konnte es ihm nur recht sein. Deshalb hielt er sich nicht lange mit tiefgründigen Gedankengängen über Menschenkunde, Sinndeutung oder Moral auf. Denn unabhängig von jedmöglicher Interpretation wäre er dazu ohnehin nicht in der Lage gewesen. Des Totengräbers unübersehbare Vorteile lagen in der Kraft seiner Muskeln und dem nicht enden wollenden Bestand an frevelhaften Gedanken. Zudem schien der Junge ihm erstaunlicherweise zugetan zu sein, als dieser sich eng an seine Seite schmiegte. Germar fühlte dabei eine Idee von Vertrautheit hochkommen. Ein nahezu familiäres Gefühl, welches er zuletzt weit entfernt in seiner Wahrnehmung verspürt hatte. Seltsam angenehm und doch verstörend zugleich, denn er war nicht gewillt, Verantwortung zu übernehmen. Er brauchte eine Arbeitskraft und keine zusätzliche Aufgabe als Kindermädchen. Nur solange er sich seinem Willen unterwarf, durfte der Junge anhänglich sein, entschied Germar. Er war derart eingenommen von sich selbst, dass er sich nicht um eine anderweitige Erklärung für die eigensinnige Zutraulichkeit bemühte. Die Tatsache, dass sein eigener Mief aus schmutzgetränkten Kleidern, abgestandenem Branntweindampf und Körperflüssigkeiten aller Art eine wahre Wohltat war, im Gegensatz zum fauligen Restgeruch der Hunderten Verwesten, die auf der wackeligen Ladefläche hinter ihnen unzählige Male durchgeschüttelt worden waren, kam ihm nicht in den Sinn.

Sie schaukelten auf dem Hochsitz, wortlos aneinandergelehnt, langsam den Hohlweg vom Pestturm entlang. Auf ihrer Fahrt trafen sie Wacholdersträucher und wohlduftend ausströmende Nadelbäume. Über Wiesen und Felder wackelte der Karren an glotzenden Bauersknechten vorbei, während die sonnigen Strahlen des gelb leuchtenden Sterns am Firmament zunehmend an Intensität verloren. Es war schon dämmrig, als sie den Rand der Stadt erreichten.

2

Germar hatte sich bei seinem Brotgeber auszahlen lassen und frohlockte unverschämt über die Kupfermünzen, die er lustig klimpern ließ. Den Wagen hatte er abgestellt und den Jungen mit der Versorgung der Ochsen beauftragt. Nach getaner Arbeit zogen sie zu Fuß weiter. Die Feuerstellen in den Hütten, welche von Hilfsarbeitern und arbeitslosem Gesinde behaust wurden, dienten als einzige Lichtquelle. Denn die unbefestigten Gassen waren nicht beleuchtet. Tier wie Mensch verrichteten ihre Notdurft auf offener Straße, welche zu einem dreckigen Schlamm verkommen war. An einer Ecke hielt ein buckeliger Mümmelgreis unwillig seine Hand zum Betteln in die Luft. Sinistre Wesen bewegten sich heimlich im Schatten. Geschunden, in Lumpen und Fetzen gehüllt, schlurften sie verstohlen die Häuserwände entlang. Sie durchstöberten die Eingänge nach Essbarem oder saßen, ein weinerliches Singsang wiedergebend, zusammengekauert im Dreck. Die hageren Gesichtszüge der obskuren Gestalten, welche abseitig der Hauptstraßen den Ort bevölkerten, verrieten, dass Not und Elend ihre ständigen Begleiter waren.

Germar fühlte sich hier sichtlich heimisch. Wie im Freudenrausch steuerte er die erstbeste Taverne an. Schroff zog er seinen jungen Gehilfen hinter sich durch den aufgestoßenen Holzverschlag. Als ein infernales Freudenhaus bot sich ihnen die Szene im Inneren des Gebäudes an. Es herrschte ein heilloses

Durcheinander von Mensch und Tier. Der Gastraum, eine zusammengewürfelte Anordnung nur mangelhaft geschreinerter Bänke, Tische und Fässer, war eingetaucht in eine säuerliche Geruchsmischung von bitterem Schweiß. Fettgetränkte Schwaden schweren Küchendunsts, verschiedenste Alkoholdämpfe und der beißende Gestank menschlicher Exkremente lagen in der Luft.

    Die Gäste, die es sich zu leisten vermochten, saßen auf Holzbänken an langen Tafeln dicht nebeneinander gedrängt. Während die weniger günstig Situierten auf Strohflächen an den Rändern des Raumes lungerten. Überall waren Tabakrauch und vergiftete Luft. Unter den abgewetzten Sitzflächen huschten Hunde und Katzen umher; sie fauchten und knurrten im Kampf um ein paar heruntergefallene Speisereste oder fraßen das Erbrochene der vom Schnaps berauschten Säufer. Der Lärm der Unterhaltungen, mehr ein gegenseitiges Anbrüllen, wurde vom Geheule des Kleinviehs und dem Gejohle der Betrunkenen begleitet. Zotige Gesänge konzertierten mit Trank und Völlerei. Die durchweg männlichen Besucher der Schenke prosteten einander zu. Sie scherzten und gaben übelste Witze zum Besten, deren Inhalt meist das andere Geschlecht war, welches sich äußerst selten hierher verschlug. Nur die Töchter des Wirts, die so gar nicht dem angeblichen Vater ähnelten, schwirrten munter durch die Reihen und bedachten mal diesen oder jenen Mann mit einem aufgesetzten Lächeln. Vor allem dann, wenn es hieß, die nächste Runde Branntwein einzuschenken.

In Begleitung derbster Flüche gab Germar die Essenswünsche beim aus der Küche lugenden Wirt auf. Unterdessen wurde er ungefragt mit Branntwein und Bier versorgt. An der Tafel nebenan hatte sich eine Gruppe Infanteristen eingefunden. Die Militärs waren nicht zum Vergnügen hier, sondern im Auftrag ihrer Hoheit des Landgrafen. Ihre Aufgabe lautete, neue Rekruten zur allgemeinen Auffettung der müden Fürstenkasse zu beschaffen. Das anzuwerbende Schlachtvieh sollte als teuer zu verkaufende Ware an allerlei kriegstreibende Parteien weltweit lukrativ umgesetzt werden.

Die ständige Vermietung von jungen Männern an fremde Kriegsmächte stellte ein derart einträgliches Geschäft für den Fürsten dar, dass mit der Auswahl der Betroffenen nicht allzu viel Zeit verplempert wurde. Im Gegenteil. Mannigfach betrieb man die Anwerbung der Landeskinder und bereitete im Grunde keine große Sache daraus. Mit unvorhersehbarer Willkür wurde an den Bauerngehöften Einlass begehrt, den Anwesenden sodann die fürstliche Verordnung zum Kriegsdienst erläutert und gleich darauf die gesamte männliche Sippschaft im waffenfähigen Alter eingezogen. Zur Erleichterung dieser Tätigkeit wurden vollmundige Zusagen über zu erlangendes Gold und Reichtümer in Aussicht gestellt. Für die Widerspenstigen gab es den Stock. Gemahlinnen wurden so ihrer Ehemänner beraubt; Mütter ihrer Söhne. Da das eigene Volk jedoch möglichst zu schonen sei, welches für allerlei Frondienste gebraucht wurde, warb die Soldatentruppe ihren Nachwuchs vorzugsweise aus Fremden und Durchreisenden. In den Gaststätten und Vergnügungshäusern gab es für derlei Geschäftsanbahnungen genügend Anlass. Oftmals reichten geschwollene Geschichten von Ruhm und Abenteuer, um die abgefüllten Saufbrüder ihr Zeichen unter die Verträge setzen zu lassen. Die sich bereits im Delirium Befindlichen wurden mitunter kommod weggetragen, um sich nach ihrem Erwachen im Dienst der Truppe wiederzufinden. Den Vorsichtigeren wurde hingegen mit einer List beigekommen.

Demnach war es allgemein anerkannt, dass ein Geschäft schon dann als abgeschlossen zu gelten habe, wenn die verpflichtete Partei Geld annehme. Ein amtlich beglaubigtes Einverständnis beiderseits war nicht notwendig. Daraus entwickelte sich ein regelrecht widersinnig anmutendes Verfolgungsspiel zwischen Werbern und Anzuwerbenden, in welchem die einen unbedingt eine Kupfermünze oder sonst irgendein Geldstück den anderen aufzudrängen versuchten, was die Gegenseite wiederum zu verhindern hatte. Dies geschah zum Teil so, dass vom Werber ein Groschen in Richtung des Auserkorenen geworfen wurde. Fing jener die Münze oder hob er sie vom Boden auf, galt er als rekrutiert. Zum Teil reichte schon die bloße Berührung, weshalb den Anzuwerbenden die Geldstücke gleicherweise hinterrücks zugeworfen wurden. Das führte zu kuriosen Szenen, in welchen sich Menschen in krumm verbiegenden Körperbewegungen vor herumfliegenden Münzen zu schützen suchten. Half auch das nichts, so versteckte man einen Groschen in einem vollen Bierhumpen und reichte diesen dem Auserwählten als vermeintliche Trinkeinladung weiter. Nun musste nur auf den letzten Schluck gewartet werden, welcher folgerichtig die Münze zum Herausfallen bringen würde. Hätte diese den Trinker zwangsweise beim Herabfallen berührt, wäre die Anwerbung als erfolgreich zu verbuchen gewesen.

    Dies allein war die Absicht der Soldaten, als sie Germar und dem Jungen ihr Bier zukommen ließen. Kommentarlos hob Germar den Krug an. Der Junge tat es ihm gleich und ihre Augen erfassten jene des Gegenübers in genau demselben Moment, als die in Erhöhung gesetzte Wärme des Raumes sichtbar himmelwärts stieg. Eine schimmernde Wolke trat zwischen Germar und dem Jungen zum Vorschein. Dampfend wölbte sich ein heißer Pilz nach oben, als der herbeigeeilte Koch den Deckel vom glühenden Bratkessel nahm. Durch den Schein der Fackeln, welche zur Beleuchtung über den an den Wänden angelehnten Sitzbänken hingen, gleißte der Dunst der aufgetischten Speisen empor. Als wären von einer unsichtbaren Hand Tausende sandkornkleine Kristalle in die Lüfte geworfen worden, flimmerten aufsteigende Tröpfchen in alle Richtungen. Tropische Feuchtigkeit begleitete den Nassdampf, welcher sich höflich auf den Backen der beiden Gefährten niederließ. Die sich zersetzenden Wassertropfen glänzten ein letztes Mal verführerisch auf, als wollten sie ihren Betrachter zu einem Einfangen ermuntern, bevor sie am Taupunkt angelangt im Übergang zur Unsichtbarkeit entschwanden.

    Germar, ein donnernder Grobian, und sein Gegenüber, ein stummer Junge, blickten einander an. Wie Verschwörer fassten sie sich tief in die Augen und tranken gemeinschaftlich. Wie alte Kampfgefährten. Doch beim letzten Schluck kullerte Germar eine Münze direkt auf die Brust. Schon standen die Soldaten im Anschlag. Von ihren aufgesetzten Spaßgrimassen war nichts mehr übrig. Nunmehr war ihr Ausdruck streng und fokussiert. Sie hatten auf ihre Chance gelauert und jetzt war der Zeitpunkt perfekt, um zuzuschlagen.
Mit verdutztem Gesicht stand Germar am Rande des Tisches. Der ganze Gastraum war still geworden. Alles starrte ihn an. Wie ein durstiger Büffel an einer ausgetrockneten Wasserstelle gaffte Germar unbedarft ins Leere. Ihm dämmerte, dass ein Betrug im Gange war und es ihm an seine dreckverschmierte Totengräberunterwäsche ging. Den Bierkrug in seiner Hand, kamen die Gedankengänge nur schwerfällig in Fahrt. Doch die notwendige Zeit, um rationale Schlüsse zu ziehen, blieb ihm nicht. Schon waren die Soldaten drauf und dran auf den Jungen loszugehen. Von einer Sekunde auf die andere brach ein wütender Tumult aus. Alle Anwesenden waren aufgesprungen, denn Germar hatte seine Sitzbank über den Tisch in Richtung der Angreifer geworfen. Hunde und Katzen flüchteten nach draußen. Die angetrunkenen Spaßgesellen im Raum schrien lauthals herum, als sei der Sensenmann persönlich unter ihnen. In einer

vertikalen Drehachse schien die Aggressivität in der Atmosphäre des Raumes nach oben zu schnellen. Die Geschwindigkeit der Ereignisse kam einem Peitschenhieb gleich, als die Schadenenergie der zu Kleinholz gemachten Einrichtung ihren Höhepunkt erreichte. Erst als man Germar mit dem blanken Säbel bedrohte, war der Kampf entschieden.

Er wurde zusammengeschnürt wie eine Dauerwurst beim Lufttrocknen ans Ende einer Leine gebunden. Der Anführer der Soldaten, ein junger Feldwebel, schleifte den Totengräber hinter sich her, während er, auf seinem Pferd sitzend, darum bemüht war, die Kampfspuren von der Uniform zu entfernen. Aus der Nase des Militärs tröpfelte Blut auf das makellos weiße Diensthemd. Die Sitzbank, welche Germar durch den Raum geworfen hatte, war im Gesicht des Feldwebels gelandet.

An den Häuserwänden drückte sich eine Meute Straßengesindel dicht an dicht. Nicht ohne eine offensichtliche Schadenfreude kundzutun, beobachtete sie den seltsamen Zug. Alle wussten: Wer in einer derart schroffen Manier abgeführt wird, tritt dem Schafotte entgegen. Die Soldaten bedeuteten dem Pöbel, sich friedlich zu verhalten und den Weg frei zu geben. Es herrschte eine beängstigende Stille in den ansonsten von Geschrei und Lärm geprägten Gassen der Vorstadt. Den Jungen ließ man währenddessen, an einer dünnen Schnur um den Hals gesichert, nebenhertrotten. Von Germar war kein Wort zu vernehmen. Kein Fluch und kein Gemeckere. Nichts. Doch mit jedem Schritt auf das Amtsgebäude zu, dessen Turmzinnen sich immer deutlicher von den anderen Häuserdächern absetzten, wurde sein Blick härter. Der erste Schreck schien zunehmend in ihm verflogen zu sein, und die alte verschmitzte Larve des Gauners kam nach und nach wieder zum Vorschein.

Man warf sie umgehend in den Kerker des Amtshauses, wo jeder Platz belegt war. Es vermochten kaum zwei Männer aufrecht nebeneinanderzustehen. Die Schwächsten, Alte und Kranke, waren an den Rand gedrängt worden, wo es feucht und kalt war. Nicht selten kamen schwächelnde Gefangene unter der Masse der anderen zu Tode. Sie verhungerten, erfroren oder wurden von den Mithäftlingen erschlagen, ohne dass jemand davon Kenntnis genommen hätte. Keiner, den man zusätzlich in das Loch pferchte, wurde als Leidensgenosse aufgenommen. Sondern als potenzieller Rivale um einen warmen Schlafplatz, ein Stück Brot oder einen Schluck Wasser.

Verstohlene Gesichter starrten die zwei Gefährten aus eisigen Augenhöhlen an. Durchtrieben beobachteten sie jeden Schritt der Neuankömmlinge. Keine Frage, dass der Totengräber binnen kürzester Zeit die Aufmerksamkeit der versammelten Gesellschaft auf seiner Seite hatte. Er beeilte sich sofort die Gerüchte über die Kontroverse mit den Militärs, welche schon bis in den Kerker gelangt waren, zu bestätigen. Wodurch er seine für ihn ohnehin fremd wirkende Reserviertheit wieder aufgab. In theatralischer

Eigenart imitierte er sämtliche Rollen der Konfliktparteien. Er sparte nicht mit erfundenen Details und spielte fast alle Szenen des Kampfes für die geneigte Zuhörerschaft noch einmal durch. Aus den Gesetzen seiner Natur schlussfolgernd erklärt es sich von selbst, dass er dieses Schaustück nicht ohne Gegenwert zum Besten gab. So zwang Germar all jene, die weitere Einzelheiten über die Auseinandersetzung zu erfahren begehrten, ihm nach ihrer Entlassung in der nächstgelegenen Schenke einen auszugeben. Er hätte mit schlagkräftigen Argumenten dafür gesorgt, dass sich jeder an diese Abmachung halten würde. Und so stellte er weiterhin fiktive Schuldscheine gegen ein paar Räuberpistolen aus, die doch das Einzige waren, was die Einöde des Häftlingsalltags durchbrechen konnte.

3

Im Hof des Amtshauses waren die Stallungen untergebracht. Dort hatte der Feldwebel sein Ross den zuständigen Burschen übergeben und beaufsichtigte nunmehr mit Argusaugen die Pflege des Reittieres. Er wünschte sein Pferd sauber gestriegelt und geputzt zu sehen. Man solle sich ausgiebig seiner annehmen. Mähne, Schweif und Fell gewissenhaft reinigen sowie Sattel und Zaumzeug scheuern. So hatte er es befohlen. Letzten Endes war dieses Tier in Kontakt gekommen mit einem abstoßenden Straßenkriminellen. Mit einem widerlichen Schmutzhaufen von Mensch. Und sein Ross war mit Abstand weit höher gestellt als dieser verfluchte Germar. Der Feldwebel hätte niemals zugelassen, dass irgendetwas an seinem Pferd zu Schaden kommen würde. Denn er, Hans August Friedrich Dalhover, Feldwebel der landgräflichen Infanterie und mit frischen neunzehn Jahren bereits erfahrener Lohnkämpfer, war etwas Besseres und damit auch sein Ross. Feldwebel Dalhover war nicht wie andere Soldaten. Bei Weitem nicht. Seine Ambitionen erstreckten sich über das durchschnittliche Maß hinaus und das nicht erst seit gestern.

Familie Dalhover hatte eine ruhmreiche Geschichte im Dienste des Schwertes vorzuweisen. Dalhovers Urgroßvater, der Namensgeber, hatte die berühmteste Abhandlung des Schwertkampfes jener Zeit verfasst. Zahlreiche Fechtschulen in allen deutschen Landen hatten ihre Ausbildungen und

Kampftechniken auf den Lehren des alten Dalhover begründet. Allesamt zollten sie ihm Respekt. Diese Tradition wackerer Schirrmeister hatte der Großvater weitergetragen. Indem er sich, als hochbezahlter Doppelsöldner des Dreißigjährigen Krieges, immer für die vorderste Schlachtreihe entschieden hatte. Auf einem Gemälde eines niederländischen Malers, welches sich im Rathaus der Stadt zu Amsterdam befand, war der Großvater als Teil der Nachtwache mit Helm und Lanze sogar dargestellt worden. So wollte es zumindest besagte Eintragung in den Familienannalen.

Der Name Dalhover war dementsprechend Garant für Anerkennung. Gleichzeitig aber ebenso mit Erwartungen, Verpflichtungen und verantwortungsvoller Bürde verbunden. Dessen war sich der Junior bewusst. So hatte er sich seit den ersten Tagen der Kadettenschule stets bemüht, im Vordergrund zu stehen und seinen Namen zu behaupten. Sein überbordender Stolz und sein verbissener Ehrgeiz hatten ihn in allen sich bietenden Gelegenheiten kühn vorpreschen lassen, um jede noch so unschuldige Anmerkung über ihn oder seine Vorfahren unnachgiebig zu sanktionieren.

Am Tage nach der Ausmusterung aus der Kadettenanstalt hatte er sich duelliert. Der Grund war banal gewesen. So hatte bei der gemeinsamen Abschlussfeier der jungen Soldaten ein weiterer Kadettenschüler, in trinkfreudiger Stimmung und in Anwesenheit von Damen, behauptet, die Darstellung auf dem Gemälde zeige überhaupt nicht den Großvater Dalhover, sondern einen unbekannten

Pikenier. Der damals angehende Feldwebel hatte daraufhin, vom Rausch des Weines bestärkt, seinen Waffenbruder herausgefordert. In derselben Nacht, kurz vor Anbruch des Morgens, waren sie sich auf einer trüb beleuchteten Waldlichtung entgegengetreten. Gespenstisch still hatte der Wald in jenen Stunden dagelegen und Dalhover war, das ausgestopfte Renommiersuspensorium zwischen seinen Schenkeln zurechtrückend, selbstbewusst am Kampfplatz erschienen. Auf eine Eröffnung des Opponenten hatte er mit einer Streichfinte reagiert, um sodann in den Ausfallschritt zu treten. Ihre Klingen hatten im Aufeinandertreffen durch die Stille der Nacht geschmettert und Dalhover war zweifelsfrei der überlegene Fechter gewesen. Nach dem Versuch seines Gegners, ihn im Bauchbereich zu stechen, hatte Dalhover den Kadetten am Arm getroffen. Das weitere Führen der Waffe war alsdann verunmöglicht worden. Diese Gelegenheit nutzend war die Degenklinge des Feldwebels exakt in den Hals des Gegenübers eingedrungen. Sie hatte Fleisch, Sehnen und Muskeln durchschnitten und war am anderen Ende, kurz unterhalb des Hinterkopfs, wieder herausgetreten.

Offiziell war die Auseinandersetzung als Degenduell definiert worden. Doch Duell war es beileibe keines gewesen. Sondern eine Hinrichtung. Denn der junge Dalhover hatte gar nicht beabsichtigt, den damaligen Gepflogenheiten folgend, seinem Gegner nach dem ersten erfolgreich platzierten Schnitt am Arm nachzugeben. Ihn verwundet ziehen zu lassen, um damit Satisfaktion zu signalisieren. Er war nicht nur angetreten, um die Familienehre wiederherzustellen. Er hatte vernichten wollen. Eine bloße Verletzung des Opponenten zur Genugtuung seines Narzissmus und als ehrenvolle Referenz gegenüber der Allgemeinheit war ihm zu wenig gewesen. Nur der Tod hatte ihm jenes Gefühl der überlegenen Stärke zu geben vermocht, auf das er aus war. Und so hatte er in einem unbeobachteten Moment die feine Klinge seines Stoßdegens in nassem Pferdedung getränkt. Um nach dem entscheidenden Schlag breitbeinig über dem sterbenden Körper seines Opfers zu thronen.

Die beiden Sekundanten, ebenfalls Kadettenschüler und halb trunken vom vorangegangenen Saufgelage, hatten, starr vor Angst, kein Wort von sich gegeben, während der zukünftige Feldwebel den sterbenden Anblick seines röchelnden und keuchenden Gegners leidenschaftlich genossen hatte. Eine gefühlte Ewigkeit hatte die Viertelstunde gedauert, bis die blutende Vergiftung der vom schmutzigen Degenstich infizierten und verätzten Wunde sich vom Halsbereich über den Oberkörper auf den ganzen Leib ausgebreitet hatte und der junge Kadett qualvoll verendet war.

Dalhover hatte gebebt vor Erregung und dabei eine pralle Männlichkeit zwischen den Beinen gespürt. Er hatte zum ersten Mal in seinem Leben getötet und empfand es als das großartigste Gefühl der Welt. Sein Triumph war durchschlagend gewesen. Niemand hatte seit jeher nur im Ansatz den Versuch unternommen, ihn in Frage zu stellen. Und nun? Nun hatte es dieser Niemand, dieser unbedeutende Wicht, dieser stinkende renitente Bauernlümmel doch tatsächlich gewagt, Hand an ihn zu legen. Mehr noch! Er hatte ihn in einer gewöhnlichen Schenke in aller Öffentlichkeit brüskiert und gedemütigt. Damit war die Verwundbarkeit des Feldwebels bewiesen worden und seine über Jahre hinweg mühsam aufgebaute Aura des Unbesiegbaren mit einem Schlag aus der Welt geschaffen.

Alle hatten es gesehen! Seine Untergebenen. Der zusammengewürfelte Haufen von Spielern und Säufern, der es gewiss in alle Winde posaunen würde. Aber vor allem, und das war das Allerschlimmste, die Töchter des Wirts. Welche er schon etliche Male mit dem pfauenhaften Spiel seiner Muskeln zu beeindrucken versucht hatte. Es gab keine Entschuldigung. Diese Schmach war unerträglich.

„Ich darf mir nichts anmerken lassen. Es muss alles wie gewohnt wirken", sprach er sich Mut zu und überflog derweil insgeheim die Außenwirkung seines Körpers.

In seinem dunkelblauen Uniformtuch wähnte er sich wie der Landgraf in Person. Das rote Innenfutter wurde durch aufkommende Windstöße an den Schoßumschlägen wiederholt aufgedeckt. Im Leuchten der Sonne gab es seiner Erscheinung eine schimmernde Eleganz. Die Halbschuhe mit schwarzen Gamaschen waren blank geputzt. Eine Pflicht, die Dalhover dem Quartierburschen mit

Nachdruck anerzogen hatte. Die linke Hand des Feldwebels umschloss den Griff des gebogenen Säbels, welcher an einem ledernen Leibriemen an seiner Seite hing. Ebenso wie die große Patronentasche aus schwarzem Leder stellte sie einen unverzichtbaren Bestandteil seiner Ausrüstung dar. Zudem trug er eine stets geladene Pistole bei sich. Eine Steinschlosspistole mit drehbarem Lauf. Auf deren versilbertem Messingkorn Dalhovers Initialen eingraviert waren.

Die Muskeln seines Oberarms zuckten elektrisch, als er den Griff um den Säbel fester schloss. Die Gesichtszüge des Feldwebels waren abgehackt und scharf. Der flaumige Schnurrbart perfekt ausrasiert. Unter dem Dreispitz hielt ein obligatorisches Haarband seinen blonden Zopf vorschriftsmäßig umwickelt. Das Kopfhaar an den Schläfen trug er modisch gelockt. Mit erhobenem Haupt stand er in der stechenden Mittagssonne des Innenhofes und beobachtete sich selbst im Wasserspiegel der Pferdetränken.

„Ich bin der schönste Mann auf Erden", flüsterte er sich ein, derweil er mit starrem Tunnelblick, in Richtung der Stallungen gewandt, über seine Rachegelüste halluzinierte. Ein lautes Auflachen ließ ihn abrupt herumfahren. Seine Soldaten hatten sich im Hof eingerichtet. Die Musketen waren an die Wand gelehnt und die Männer kramten Tabak und Karten hervor. Sie scherzten ungezwungen, während sie sich auf den für die Pferdekoppeln vorgesehenen Strohballen niederließen.

„Was treiben diese feigen Commis?", fragte sich Dalhover und musterte dabei die Soldaten eingehend. „Haben sie etwa über mich gelacht?" Verkrampft hielt er die Luft an. War es denn die Möglichkeit, dass seine Männer hinterrücks jene erniedrigende Szene, in welcher der Feldwebel von Germars Schlag getroffen zusammengesackt war, parodierten?

Erneut überkam ihn Unruhe. Er prüfte die Gesichter und Bewegungen seiner Soldaten, studierte Mimik und Gestik auf Gedeih und Verderb. Denn es war ihm, als spürte er förmlich, wie sein Ansehen von Sekunde zu Sekunde in den Augen seiner Männer sank.

Die Niederlage der letzten Nacht war nicht verschmerzt. Im Gegenteil. Es stand so einiges auf dem Spiel. Er befand sich unmittelbar vor einer Beförderung in den Offiziersrang. Zumindest hatten es die Vorgesetzten so ähnlich durchblicken lassen. Man hatte ihm als Anerkennung für seine Tapferkeit erlaubt, das Portepee zu führen. Er war sogar befugt ein Ross zu reiten. Das hatte er zwar aus eigenen Mitteln finanziert, dennoch war es eine bedeutende Ehre für einen Feldwebel, nicht mehr mit der gemeinen Fußtruppe mitmarschieren zu müssen. Er stand zweifelsfrei in der Schlussetappe zu höchsten militärischen Rängen. Gedanklich war er in einer mit Orden dekorierten Stellung als Truppenkommandeur verhaftet. Das beschämende Intermezzo in der Gastschenke lag wie ein Damoklesschwert über den Früchten der jahrelangen Bemühungen.

Hätte er die vielversprechende Karriere an den Nagel hängen sollen? Sich zufriedengeben mit seiner moderaten Position als Feldwebel, ohne jemals in den Offiziersrang aufzusteigen? In dieser unbedeutenden Provinzstadt versauern und tagein, tagaus irgendwelchen kleinen Straßengaunern hinterherhetzen? Nein! Oh nein! Das war gewiss nicht sein Schicksal. Er, Hans August Friedrich Dalhover, Urenkel des berühmten Schwertkämpfers und Enkel des letzten Doppelsöldners im Geiste Wallensteins, würde sein Schicksal selbst bestimmen und nicht allein auf die Hilfe Gottes vertrauen. Denn diese, davon war er absolut überzeugt, wäre ihm ohnehin geneigt gewesen, wenn er sich nur selbst geholfen hätte. Denn so stand es in der Bibel. Amen!

In jener Nacht traf er eine folgenschwere Entscheidung. Dieses Individuum, welches ihm in die Quere gekommen war: Es hatte sein Recht auf Leben verwirkt. Er würde diesen primitiven Tölpel von Germar töten. Er würde es langsam und qualvoll tun. Als gottgewollte und naturgesetzliche Rache des Stärkeren und als mahnende Abschreckung gegen seine persönlichen Feinde.

Die erste Zaghaftigkeit seiner Niederlage war entschwunden. Er war wieder dazu bereit, dieser mit Kühnheit zu begegnen. Denn für ihn als Militär war die Zaghaftigkeit ein verlorenes Gleichgewicht. So wie seine starke Hand die Sehne des Bogens fester spannen konnte, so musste auch von seinem starken Geist zu erwarten sein, dass er, selbst in dieser ausweglosen Situation, die Kräfte höherfahren würde.

    Zu nachtschlafender Stunde stand er aufrecht in seinem Quartier, lediglich mit einem hellen Leinenhemd bekleidet, welches ihm nur bis zum Bauchnabel langte. Darunter splitternackt. Dennoch stand er stramm und still, als würde er gerade vor dem Landgrafen und seiner Entourage posieren. Wie ein Obelisk, auf den zu alle Wege eines Königreiches geführt sind, stand er gebieterisch in der Überzeugung, seinen festen Willen durchzusetzen, um seinem Stolz gerecht zu werden. In ihm stieg die Anspannung. Die innere Unruhe des bevorstehenden Schreckens, welchen er gewillt war loszutreten. Er hätte zugeschlagen. Mit all seiner Kraft hätte er zugeschlagen. Und als er sich immer weiter in seine mentalen Gewaltträusche steigerte, sich Germar vorstellte, wie er ihn zerteilen, zerquetschen, erdrosseln und erschlagen würde; wie er all die Phantasien von Tod und Vernichtung genussvoll um seine Gedanken schweifen ließ, den manischen Blick ins Dunkel seiner Kammer gerichtet, da hielt er seine Lanze fest in der Hand und fühlte sich endlich wieder als richtiger Mann.

4

In den feuchten Ecken des Kerkers lagen die meisten Gefangenen inzwischen im Schlaf. Nicht dass jemand gewusst hätte, dass es Nacht wäre. Ein entferntes Zeitgefühl war ohnehin schwer zu bewahren, da kein Tageslicht in das schimmlige Loch hinunterdrang. Zahlreiche Häftlinge waren deshalb nahezu erblindet. Man schlief eben, wenn man es für richtig hielt.

Germar hatte einen der besten Plätze ergattert. Er schnarchte laut vor sich hin, als wäre er auf einem weichen Federbett sanft entschlummert. Die beklemmende Atmosphäre der Massenzelle schien ihn nicht weiter zu bedrücken. Offenbar war ihm diese Szenerie vertraut. Der Junge kauerte derweil dicht neben ihm. Kurz nach ihrer Einlieferung hatten zwei schmierige Gestalten unter den Mitgefangenen versucht, sich ihm lüstern zu nähern. Germars handfester Intervention war es zu verdanken gewesen, dass die beiden mit eingezogenem Schwanz klein beigaben. Der Totengräber hatte nicht aus Mitleid oder Nächstenliebe gehandelt. Sondern aus dem Verständnis heraus, dass dieser Junge sein persönlicher Lakai war. Sein Eigentum, über das er frei verfügen könne. Und niemand war es gestattet, sich an seinem Eigentum zu vergreifen. Geblieben war dennoch eine panische Furcht davor, dass die beiden faunischen Lüstlinge aus dem Dunkel der Zelle hervorspähen könnten, nur um auf die nächste Gelegenheit zu warten.

Der Junge war hungrig und verängstigt. Aber vor allem war er verwirrt. Denn er wusste nicht, was er hier tat. Wenn es etwas gab, das er sich mehr wünschte, als aus dieser Hölle von Gefängnis zu entfliehen, dann war es die Antwort auf die Frage, wer er war. Er wusste nichts über sich. Niemand hatte ihn bisher mit einem Namen angesprochen. Und so kannte auch er ihn nicht. Er hatte keine Ahnung, wer und wo seine Eltern waren und wie er überhaupt auf die Lichtung vor dem Pestturm gekommen war. Germar war sein einziger Vertrauter. Wenn der Junge bisher kein Wort gesprochen hatte, dann deshalb, weil er nichts zu sagen hatte.

Die erste und einzige Information, die er zu seiner Existenz abzurufen vermochte, war, dass er mit einer unendlichen inneren Leere auf der Lichtung erschienen war. Davor war Nichts. Absolutes Nichts. Diese innere Leere hatte ihn gefangen gehalten und nicht mehr losgelassen. Damals auf des Totengräbers Wagen, den unheilbringenden Leichengestank in der Nase. Und später, als er in einem Anflug von Freude in der Taverne den Bierkrug geleert hatte. Immer war dieses Gefühl des seelischen Nichts allgegenwärtig und allumfassend. Egal wohin er sich gedanklich wandte. Wie sehr er sich bemühte, einen vertrauten Geist in seinem Denken zu erhaschen. Es erschien kein Licht am Horizont. Das Nichts hielt ihn fest umschlossen und wurde immer mehr zu einer fremdartigen Ungewissheit. Es war ihm so, als strebten die Umtriebe seines Geistes danach, ihm gleichsam im Dunkeln Fesseln anzulegen. Es war die Leere seiner Seele, die ihn im Geheimen verzehrte.

Feuchte Kälte umschloss die Gefängniszelle. Eine Spinne schlüpfte aus einer der Wandspalten, welche ihr als Behausung diente, hervor, und hielt kurz inne. Als sei sie justament aus dem Schlaf erwacht, spreizte sie ihre Laufbeine gemächlich auseinander. Die Begrüßung der Gefangenen leitete sie damit ein, ihr zangenartiges Mundwerkzeug zu reinigen, welches fein von einem klebrigen Schleim überzogen war. Mit wenigen zackigen Bewegungen schloss sie ihre Morgentoilette ab. Sodann setzte sie los. Ihre Klauen geleiteten sie sicher über die nassen Steinwände. Senkrecht steil nach oben ging der tolle Lauf, als gäbe es nichts Selbstverständlicheres. Mitunter kam sie zum Stehen. Wie ein Nachtwächter, welcher auf seinem Kontrollgang den Frieden der ruhenden Straßen zu besorgen hat, prüfte sie spezielle Ecken im Gemäuer. Hier und da machte sie sich an Ausbesserungsarbeiten, um bereitgestellte Fallen zu erneuern. Gleich darauf eilte sie munter weiter. Der schweren Atmung der unterhalb verfaulenden Menschenleiber gönnte sie keine Aufmerksamkeit. Hier unten im feuchten Verlies war sie die Herrin.

Der Junge hielt den Blick auf die emsig treibende Spinne gerichtet. Querfeldein hastete sie über das Mauerwerk. In einem locker wirkenden Hürdenlauf koordinierte sie ihre Geschwindigkeiten. Ihr Rhythmus, um über die ausgehöhlten Spalten zwischen den einzelnen Mauersteinen elegant hinwegzusegeln, blieb immer gleich. Wie durch einen vermeintlichen Zeitplan vorgegeben, lief sie die einzelnen Stationen an. Wachsam absolvierte sie ihren Schichtdienst im steinernen Gewölbe. Schon war die Arbeit getan. Erst langsam, dann wieder hurtig schnell krabbelte der Gliederfüßer zu seinem Eingangsspalt. Ein letzter prüfender Blick, bevor die zarten Laufbeine den Pelzkörper geschmeidig in die Dunkelheit der Gemäuer schoben. Zurück blieb nur die Stille.

Unwillig löste der Junge den Blick von jener Stelle, aus welcher er die Spinne in jedem Moment wieder zurückerwarten würde. Doch nichts geschah. Wie die Unergründlichkeit des Meeres hielt der schwarze Kellerraum das Los der Inhaftierten verborgen. Schwere Atmung lag ihm auf der Brust. Allen Gefahren und Bedrohungen, welche in der gegenwärtigen Lage herrschten, zum Trotz, schien nichts so beängstigend wie die Unwissenheit seiner selbst. Während der Junge diesen inneren Kampf ausfocht, der Leere seiner Seele widerstrebend und im verzweifelten Versuch, den Gefühlen in seinem Herzen einen Sinn zu geben, öffnete sich die schwere Gusseisentüre, die den Zugang zu ihrem Verlies bewachte.

Vom grellen Schein einer öligen Fackel erhellt erschien der Feldwebel in der Tür. Suchend überflog er die ausgezehrten Visagen der verteilten Gefangenen. Hinter ihm schoben sich mehrere kräftige Soldaten durch die Tür und fingen sofort an, auf die am Boden liegenden Häftlinge einzutreten, um sich Raum zu verschaffen. Als der

Feldwebel die beiden erblickte, deutete er mit der Fackel auf sie und meinte nur: „Die da!"

Vier seiner besten Gefreiten hatte der Feldwebel abkommandiert und ihnen eingebläut, sich Germar nach allen Regeln der Kunst vorzunehmen. Man solle ihn besonders hart anpacken und ihm bei der kleinsten Andeutung von Fluchtversuch sofort das Bajonette in die Seite rammen. So wurden er und der Junge schroff am Genick gepackt und, von Schlägen und Tritten begleitet, vom Boden hochgezerrt. Germar hatte tief geschlafen und vom Eintreten der Militärs nichts mitbekommen. Als man ihn anfasste und unsanft aus dem Schlaf riss, brach die Tirade an Flüchen sofort wieder aus ihm heraus. Er machte Anstalten, sich zur Wehr zu setzen, doch die Soldaten, welche sich unverzüglich auf ihn gestürzt hatten, legten ihm, halb benommen, sofort wieder Fesseln an. Angekettet an Armen und Beinen, wurden seine Widerstandsversuche zu einem peinlich hilflosen Umhergestikulieren. Unter derben Beschimpfungen wurde er abgeführt. Der Junge folgte widerstandslos.

Man schleppte sie durch die mäanderähnlichen Kerkergewölbe ans Tageslicht. Über den Hof führte der Weg zu den Amtsräumen. Währenddessen wurde Germar wiederholt geschlagen, geschubst und getreten. Er wurde gegen die Wände gestoßen, in den Staub geworfen und sogleich wieder hochgerissen. Der Feldwebel machte dabei munter mit und ließ es sich nicht nehmen, Germar mit der Reitpeitsche zu traktieren. Immer wieder schlug Dalhover mit aller Kraft drein und des Totengräbers

Schmerzensschreie hallten dabei über das ganze Gelände wider.

Die restlichen Soldaten, die sich wie gewohnt im Hof aufhielten, beobachteten die Vorgänge mit augenfälligem Unbehagen. Diese Behandlung war unangebracht. Letztendlich handelte es sich um keine Schwerverbrecher, sondern um Zwangsrekrutierte so wie viele von ihnen selbst. Diese erniedrigende Szene widerte sie an und gleichzeitig waren sie eingeschüchtert. Der Feldwebel hingegen hatte ihre Reaktion taktisch geschickt berechnet und jubilierte insgeheim über seinen gekonnten Schachzug. Durch die offene Demütigung der Gefangenen hatte er darauf anvisiert, zwei Fliegen mit einer Klappe zu schlagen. Diesem impertinenten Lackaffen heimzuleuchten, der es gewagt hatte, ihn vor den Kopf zu stoßen, und gleichzeitig seinen eigenen Männern zu bedeuten, dass er keine Unverschämtheiten durchgehen ließ. Erst im Eingang des Herrenhauses hörten die Schläge auf. Der Junge hatte Germars Hand ergriffen. Er sah, wie sein großer Freund mit den Tränen kämpfte, als sie endlich in die Arbeitsräume des Obersten eingelassen wurden.

5

„Was zum Henker mache ich eigentlich hier?" Diese Frage hatte er sich schon öfter gestellt, seit man ihn als obersten Beamten des Landgrafen an seinen gegenwärtigen Posten versetzt hatte. Als Gutsverwalter in einer mickrigen Provinzstadt die faden Belanglosigkeiten des närrischen Volkes behandeln. Dies war in der Tat keine Position, die seiner würdig war. Immerhin war er, Amtsmann Philipp von Haynau, ein Verwandter Seiner Hoheit. Wenn auch nur in entfernter Linie.

Verantwortlich für diese Misere war Haynaus Frau. Aus bloßer Eifersucht hatte sie dessen Versetzung veranlasst. Sie war es gewesen, die ihn über ihren Bruder, den Truchsess des Landgrafen, in diese missliche Lage gebracht hatte. Dabei hatte er doch nichts verbrochen. Ein unschuldiger Debattierabend im Kreise von Freunden. Mehr nicht. Orgie hatten sie es genannt. Frivoler Amüsierclub. Welch maßlose Übertreibung! Gut, die Situation, in der man ihn erwischt hatte, im Beisein der halbnackten Mägde seiner Frau, angetrunken und vollbekleckert mit französischem Sprudelwein, war zugegebenermaßen etwas unvorteilhaft gewesen. Aber letzten Endes war er in seiner Eigenschaft als ein Mann der Genüsse durchaus in einer adeligen Tradition von Cäsar abwärts zu setzen.

Nach Offenlegung dieser unangenehmen Chose hatten sich zusätzlich allerhand von Missgunst getriebene Gestalten zu Wort gemeldet. Nur um die

Gerüchteküche weiter anzufeuern. Ohne jegliche Rücksicht auf Objektivität waren die gemeinsten Denunziationen losgetreten worden.

„Infame Verleumdungen!", ärgerte sich Haynau. „Wie kann man nur so unaufgeschlossen sein?" Für sein Verständnis war diese Verweigerung jeglicher Appetenz nicht mehr zeitgemäß. „Aufklärung!", sprach er sich Mut zu. „Das ist die Zukunft! Aufklärung in allen Bereichen."

Keine Frage, dass dies natürlich auch für zwischenmenschliche Beziehungen zu gelten hatte. Wenn der restliche Hofadel zu ignorant war, um das Offensichtliche zu erkennen, dann war es doch nicht seine Schuld. Haynau war seiner Zeit einfach voraus. Das stand für ihn fest. Wenn er sich nicht standesgemäß verhalten hatte, dann nur um einer längst überfälligen Entwicklungsstufe der menschlichen Spezies mutig voranzuschreiten und neue Wege zu erkunden. Kein fixierter Schürzenjäger, wie man ihm vorgehalten hatte, sondern ein großartiger Revolutionär, im Sinne der fortschrittlichen Menschheit. Das war er! Doch niemand hatte es sehen wollen.

Wenn man ihn zur öffentlichen Selbstgeißelung durch die Rute verurteilt hätte? Durchaus schmerzhaft und erniedrigend. Aber machbar. Die skandalsüchtige Meute wäre zu ihrer Unterhaltung gekommen. Er selbst hätte hingegen durch die Flagellation den Gipfel sinnlichster Erfahrungen erlebt und damit den Säftehaushalt seines Organismus wieder in Ordnung gebracht. Selbstversunken grübelte Haynau über allmögliche

Eventualitäten nach. Mit Handkuss hätte er die Möglichkeit einer stimulierenden Buße angenommen. Aber diese Einöde. Dieses Herumvegetieren in der ruralen Langeweile. Das empfand er als eine wahrhaft abscheuliche Strafe.

Kleine dünne Falten bildeten sich auf Haynaus Stirn, als er sich, von melancholischem Selbstmitleid getrieben, in einem tiefen Seufzer der Sehnsucht verlor. Seine angegrauten braunen Haare waren mit Pomade sorgsam nach hinten gekämmt und zu einem kurzen Zopf gebunden. Das mit Goldknöpfen versehrte Gilet trug er locker geöffnet. Im warmen Schein des Kaminfeuers reichte es ihm, darunter ein pluderärmeliges Hemd anzulegen. In seinen Händen spielte er mit einem edlen Spazierstock herum, dessen Griff mit einem Hundekopf aus Marmor verziert war. Von der Innenhand ließ er den Stab über die Finger rollen, schwungvoll über den Handrücken balancieren und wieder zurückgleiten, während er verträumt dem Knistern des Feuerholzes lauschte.

Amtsmann von Haynau war ein Mann im voranschreitenden Alter, doch dachte er nicht im Traum daran, sich abschreiben zu lassen. Die Kraft seiner Lenden hatte kein bisschen an Lebenselixier spendender Blüte eingebüßt. Das hatte er ja gerade erst wieder unter Beweis gestellt. Es war zu früh, um dem Schicksal klein beizugeben. Von diesem unbedeutenden Rückschlag hätte er sich bestimmt nicht unterkriegen lassen. Nun musste er das Beste aus der Situation machen. Bloß nicht auffallen. Er brauchte jetzt keine Skandale mehr, sondern eine klare, seinem Herrn devote Linie. Er wäre auf allen vieren zu seiner Frau zurückgekrochen und hätte sich entschuldigt, sie umworben und beischlafend beglückt. Zu guter Letzt wäre dadurch die ganze Angelegenheit in einem halben Jahr vergessen gewesen und er hätte sich auf seinem Anwesen, genauer gesagt, dem seiner Frau, wieder den weltlichen Genüssen widmen können. Nur so hätte er handeln können! Denn er selbst war zwar adelig, aber mittellos. Seine Frau war die Reiche von beiden und noch dazu geizig und ihm gegenüber zutiefst misstrauisch. Was übrigens völlig unbegründet war, wie er meinte. Wenn sie nur etwas extrovertierter gewesen wäre, dann hätte er seine Eskapaden gar nicht nötig gehabt. Doch dieses fatigante Frauenzimmer ging ja schon beim geringsten Anzeichen von Schlechtwetter nicht mehr vor die Türe, in der Angst ihre auftoupierte Frisur zu gefährden. Haynau war von seiner Ehe unsagbar gelangweilt. Doch wer zahlt, schafft an. So war es nun mal.

Er selbst hatte sich in seinem Leben nur einen einzigen Reichtum angeeignet, und diesen behütete er deshalb umso mehr. Ein Gemälde. Er hatte es immer bei sich. An der Wand des Amtsraumes gegenüber seinem Schreibtisch hing das Werk des Giovanni Battista Tiepolo.

„Welch herausragender Künstler", flüsterte er sich zu. Ein Venezianer. Die wussten halt noch zu leben! Ein seliger Ausdruck zeichnete Haynaus Züge, als er wie schon unzählige Male vorher das Bild ehrfurchtsvoll in Augenschein nahm. Er hatte den Maler Tiepolo Jahre zuvor in der Würzburger Residenz kennengelernt und dabei eines seiner Werke erworben. „Susanna und die beiden Alten". Eine überwältigende bildliche Darstellung. Die nackte Susanna mit zwei älteren Herren. Ganz kribbelig wurde ihm bei der Betrachtung jener Stärke der grafischen Erscheinung. Diese Unschuld, mit welcher die frische Holde ihre Scham verbarg, während die alten Männer mit Versprechungen von allerlei Geschenken und kostbaren Regalien sie zu bezirzen versuchten.

„Oh, ho, ho, ho!" Er kicherte schweinisch vor sich hin und rieb sich dabei seine Bartstoppel, während er in Gedanken schon wieder über die Hüften der jungen Mägde von besagter Nacht fuhr. „Ach, diese Wollust!" Es durchfuhr ihn regelrecht. Wie es Tiepolo nur gelungen war, diese ausgepichte Weiblichkeit in all ihrer schöpferischen Kraft festzuhalten? Formidabel!

Insgeheim war die Wahrheit eine andere gewesen. Denn vor ihm hing kein Original, das wusste er sehr wohl. Sondern eine Kopie von Tiepolos Sohn. Wesentlich später entstanden. Aber wen interessierte das schon? Es war ein Tiepolo! Das alleine zählte. Und es war vor allem eine kongeniale Darstellung, die Haynaus tiefste Gelüste in einer nicht nachahmbaren Schönheit wiedergab. Versunken in seinem Ohrensessel bewunderte er das Gemälde, als ein lautes Klopfen an der Türe ihn in die Realität zurückholte. „Was ist denn?", klang seine gereizte Stimme.

Vorsichtig schob Feldwebel Dalhover den Türriegel nach hinten, betrat mit einem Fuß den Raum und meinte: „Euer Ehren, es ist Zeit."

„Schon wieder?", unwillig richtete sich Haynau im Stuhl hoch.

„Ja, Euer Ehren. Ich bedaure", der Feldwebel nahm sich zusammen, im Bemühen außerordentlich zuvorkommend zu sprechen. „Es geht um den Vorfall in der Taverne, von dem ich Euch berichten durfte."

Mit einer flinken Handbewegung bedeutete Amtsmann von Haynau einzutreten. „Na schön, bringen wir es hinter uns!" Der Feldwebel war schon drauf und dran, als ihm Haynau nachrief: „Ach ja! ... und ... Feldwebel?" Der Militär drehte sich erneut zackig um. „Äußerste Diskretion!"

„Selbstverständlich, Euer Ehren." Mit diesen Worten drückte Dalhover die Tür auf und ließ Germar und den Jungen hereinführen.

In einem vorgeschriebenen Respektabstand wurden sie vor dem Schreibtisch in Aufstellung gebracht. Vor dem Eintreten hatte ihnen Dalhover einen trockenen Hieb am Kopf verpasst. Dieser sei gesenkt zu halten. Von Haynau hatte die beiden Gefangenen keines Blickes gewürdigt, als sie hereingeführt worden waren. Er mühte sich ab, ausgesprochen geschäftig zu wirken. Allerlei Urkunden, Briefe und sonstiges Zettelwerk schob er dabei von einer Seite des Schreibtisches zur anderen. Es war kein klares System darin zu erkennen. Er wollte schlicht den Eindruck erwecken, unheimlich arbeitsam zu sein. Und so baute er kleine Papierstapel an dem einen Ende des Tisches auf, um sie sogleich zu teilen, zu verschieben, abzubauen und an anderer Stelle wieder von Neuem zu errichten. Unterbrochen wurden diese albernen Vorgänge durch geheimnisvolles Räuspern. Tiefe nachdenkliche Ausdrücke auf dem einen oder anderen Fetzen Papier zogen sich minutenlang. Nach diesem schier nicht enden wollenden Brimborium ergriff er schließlich das Wort.

Haynau: Nun. Ihr wisst ja, warum ihr hier seid!
Germar: Zum Teufel nochmal: Nein! Ich bin ein treuer Handwerksgehilfe, geschunden von der schweren Last der gottverdammten Plackerei und ehrfürchtig vor dem Herrn. Mein ganzes Leben lang, verdammte Scheiße, habe ich mir keine Schuld zukommen lassen. Das schwöre ich, bei der verstorbenen Seele der Hure, die sich meine Mutter schimpft.
Haynau: Du bist im Amtshaus Seiner Hoheit. Nimm dich zusammen!
Germar: Ich tue, was ich kann, verflucht nochmal! Aber diese Jauchegrube von Stadt verlangt einem alles ab. Schuften, bis einem das Kreuz bricht. Keinen einzigen gesunden Bissen im Magen. Der Teufel alleine weiß, wann ich das letzte Mal richtig geschissen habe.
Haynau: Auch das scheint mir ein wenig harsch formuliert.
Germar: Was ist?
Haynau: Schon gut. Also? Weiter?

Germar: Zu all dem Übel hat uns dieser pferdeäpfelfressende Dämon von einem Feldwebel in ein Loch geworfen, das die zugeschissenste Latrine der Welt als Palast erscheinen lässt. Wir atmen dort Ausdünstungen ein, die direkt aus dem Arsch des Satans kommen.

Haynau: Würdest du deine Fäkalsprache etwas mäßigen? Das ist ja nicht zum Aushalten!

Germar: Nein, Euer Ehren, das ist es wirklich nicht. Man hat uns belogen und betrogen. Aus dem Maul des Feldwebels kommt nur stinkend braune Soße hervor. Ich frage mich, ob er in einem Bottich voller Dünnpfiff haust? Es ist gerade so, als würde sich eine riesige gewundene Kotwurst über das Land ergießen.

Haynau: Nun ist es aber genug! Schweig!

Haynau donnerte den Spazierstock auf den Tisch. Der laute Knall brachte den Totengräber augenblicklich zum Verstummen. Er starrte stupide vor sich hin. Seine fragende Miene und die tölpelhafte Art verrieten, dass er sich nach all den Schlägen, den Vorwürfen und dem jüngsten Konversationsduell mit dem Stadtoberen weiterhin keiner Schuld bewusst war und nach wie vor bereit schien, die Dinge auf sich zukommen zu lassen.

Amtsmann von Haynau hingegen war die Situation bereits äußerst unangenehm geworden. Es durfte auf keinen Fall Probleme mit den Zwangsrekrutierten geben. Denn er hatte nur mehr wenige Tage Zeit, um die Kennzahlen für den Enrolierungskanton zu erreichen. Dabei sollte kein

Aufsehen produziert werden. Alles musste ordentlich und zur vollsten Zufriedenheit Seiner Hoheit vollzogen sein. Soldatenhandel war ein hochlukratives Geschäft für dessen Herren und die überstellten Männer wären eingehend begutachtet worden. Gar nicht auszudenken, was geschehen wäre, wenn der Landgraf ihm die Verantwortung für etwaige Ausreißer gegeben hätte. Er wäre diesem stinkenden Kaff nie mehr entflohen.

Haynau versuchte, sich zu beruhigen, und sammelte abwesend ein paar Papiere auf, welche in der Aufregung von der Tischkante gerutscht waren. Sodann fasste er sich wieder, richtete die angebliche Ordnung auf seinem Schreibtisch zurecht und setzte das Verhör fort.

„Also! Ich will mich nicht länger mit Euch aufhalten als irgendwie nötig."

Dabei fuhr er sich über sein ohnehin perfekt zurückgeglättetes Haar, als wolle er jedes noch so feine Härchen flachdrücken.

„Ihr habt gegen das Gesetz verstoßen und einen Feldwebel der landgräflichen Infanterie angegriffen. Das würde mir schon genügen, um Euch zum Tode zu verurteilen." Er hob seinen Spazierstock, einem Regimentsstab gleich, mahnend Richtung Decke.

„Allerdings", setzte er nach, „ist die Todesstrafe für derartige Delikte zu Eurem unverschämten Glück abgeschafft. Ja, ja. Die neuen Zeiten." Er verweilte kurz in einem sehnsüchtig verträumten Ausdruck und krault sich dabei erneut die nur lässig rasierten Bartstoppeln an seinem Kinn. Dann fuhr der Amtsmann fort: „Ich wandle deshalb Eure

Strafe um. In eine zehnjährige Schuldknechtschaft unter britischer Flagge, der Ihr übrigens durch die Annahme der Kupfermünzen in der Taverne neulich ausdrücklich Euer Einverständnis gegeben habt."

Haynau präsentierte ein ungeschickt aufgesetztes Grinsen.

„Was denn?", fragte der Amtsmann verwundert, als keinerlei Reaktion kam. „Das ist doch gar nicht einmal so übel. Zugegeben, die Arbeitsbedingungen sind mitunter hart. Aber die Verpflegung ist gut und die Kreolinnen sehr charmant."

Ein lautes schmutziges Lachen erfüllte den Raum. Die Soldaten machten schlüpfrige Bemerkungen und stupsten einander an. Hinterlistige Grimassen begleiteten ihre entworfenen Kopulationsbilder.

„Maul halten!", befahl der Feldwebel und stellte mit einem bestimmten Gesichtsausdruck die Ordnung unverzüglich wieder her.

Die zwei Gefangenen schienen unterdessen nicht zu wissen, wie ihnen geschah. Die Blicke des Jungen wandten sich immer wieder hilfesuchend Germar zu. Dessen Gedankengänge waren behäbig und langsam. Beim Auflachen der Soldaten hatte er kurz mitgelacht, bis er endlich begriffen hatte.

Amtsmann von Haynau verzweifelte zunehmend ob derlei sturer Blödheit. Sein fortschrittliches Menschenbild wurde eben gewaltig auf die Probe gestellt. Es war ihm nicht vorstellbar, dass man derart bockig sein konnte. Trotz dieser zum Himmel schreienden Dummheit schien er dennoch bereit, Milde walten zu lassen. Er hegte von Natur aus keinerlei Sühnegedanken gegenüber seinen Schutzbefohlenen. Das hatte er gar nicht nötig. Also riskierte er es nochmal und setzte zu einem erneuten Versuch an.

„Letzte Nacht … In der Taverne …", insistierte er, „da habt Ihr Geld angenommen."

Um seine Worte zu unterstreichen, vollzog Haynau allerlei künstliche Bewegungen mit den Händen, als würde er die Szene nachspielen. „Ihr habt das Geld berührt. Ihr habt es physisch angenommen, versteht Ihr? Ihr seid jetzt in der Armee."

„Physi… Was?" Der Totengräber glotzte sinnentleert aus seinem Hemd.

„Oh Herr, schick ihm ein Zeichen!" Amtsmann von Haynau rollte die Augen hilfesuchend gen Himmel. „Also nochmal", fuhr er fort. „Ihr habt Geld angenommen und seid damit einen Vertrag eingegangen." Er deutete über die Haufen Papier auf seinem Schreibtisch.

„Subsidienversprechungen. Schriftliche Unterstützungsvereinbarungen zwischen den Fürstenhäusern. Versteht Ihr? Allerlei Paragraphen, Klauseln und Sonderklauseln. Das erspare ich Euch jetzt! Fakt ist: Ihr seid nun Teil eines Kontingents, das der Landgraf beabsichtigt, der britischen Krone zuzuführen. Und ich als Majordomus", er klopfte sich dabei bedeutungsvoll auf die Brust, „bin dafür da, Euch zu inspizieren."

Germar beugte sich über den Tisch und fiel ihm ins Wort. „Von mir aus könnt Ihr auch die

Arschhaare des Feldwebels inspizieren", brüllte er. „Ich will wissen, warum …"

Der Satz endete mittendrin. Die Luft wurde ihm ruckartig abgeschnitten. Dalhover hatte ihn plötzlich umklammert. Mit einer Kordel würgte er Germar die Worte ab. Die Tränensäcke reagierten sofort. Ein stechender Schmerz durchfuhr den Totengräber.

Dem Feldwebel war nun alles egal. Er würde es sofort tun. Vor aller Augen. Dalhover war blind und taub vor Zorn. Entschlossen riss er die Schlinge zu. Der manische Blick seiner Augen verriet die pure Mordlust. Ein leichter Schaum in seinen Mundwinkeln verlieh ihm einen abscheulichen Ausdruck. Germar fuhr das Blut im Kopf zusammen. Verzweifelt kämpfte er um den Griff an seinem Hals. Die einsetzende Schwäche drückte ihn in die Knie. Beim hilflosen Anblick seines Freundes sprang der Junge von seinem Platz weg. Einem Affenbaby gleich hing er sich an das Bein des Feldwebels. Ringend torkelten die drei, ineinandergeschlungen wie eine Gruppe hungriger Echsen um eine Ratte, vom Schreibtisch zurück in Richtung Wand.

„Um Himmels willen! Nein!", kreischte Haynau auf, als er von seinem Stuhl hochschoss. Von Angst geritten stürzte sich der Amtsmann an den Kämpfenden vorbei. Als menschlicher Schutzschild warf er sich todesmutig vor das Gemälde.

Die Soldaten kamen durch die Schreie endlich in Fahrt. Mit den Kolben ihrer Musketen schlugen sie auf Germar ein. Dieser spuckte einen Batzen Blut. Fiel wie ein nasser Sack zusammen. Und prallte mit dem Gesicht auf die Tischkante. Dutzende Papiere flatterten unterdessen in alle Richtungen durch den Raum davon. Der Totengräber gab noch ein grummelndes Geräusch von sich, welches unverkennbar als einer seiner Flüche zu verstehen war, und glitt, die Muskeln weich von der einsetzenden Bewusstlosigkeit, mit einem dumpfen Aufprallgeräusch zu Boden. Völlig regungslos blieb er liegen.

Haynau stand terrorisiert vor seinem Gemälde. Das Gesicht in Richtung der Kampfszene gerichtet. Die Arme hielt er schützend vor dem Bild aufgespannt. Erst als Germar zusammensackte und der Junge an seine Seite kroch, schnaufte er tief durch. „Oh, meine Liebe. Meine große, große Liebe", wandte er sich zum Kunstwerk um. Mit der Hand fuhr er sanft über das Leinen des Gemäldes. Als würde er, zart streichelnd, die Bespannung prüfen. „Was für primitives Volk! In welchen Zeiten leben wir nur?"

Er studierte die Farben und Öle, um sich zu vergewissern, dass kein Tropfen Blut oder Schweiß auf die Oberfläche gespritzt war. Sein Gemälde. Sein formidables Gemälde. Es musste in jedem Fall unversehrt bleiben. In einer ehrfurchtsvollen Haltung wiederholte er seine Bewegungen mehrmals. Sein Körper wurde dabei von heftigem Zittern durchdrungen. Nachdem er sich eingehend versichert hatte, dass alles in Ordnung war und das Bild keinen Schaden genommen hatte, schlich er sichtlich beruhigt zu seinem Schreibtisch zurück. Dort zog er sich an der Tischkante nach vorn, um sensationsgierig zum Verletzten hinabzugaffen und sich schließlich in den Ohrensessel zurückfallen zu lassen. Erleichtert wedelte er sich mit einem Stück Papier Luft zu.

„Und nun?", wandte sich Haynau fragend an den Feldwebel.

„Euer Ehren?" Der Militär war wie abwesend. Er stand mit der Kordel in beiden Händen über Germars Körper. Dalhovers Augen schienen sich förmlich selbst aus dem Kopf herauszupressen. Ein tollwütiger Ausdruck ebbte nur langsam in seinem Gesicht ab.

Haynau berührte diese brachiale Szene nicht weiter. Die Anwandlungen des empfindlichen Feldwebels waren bekannt. Wenn es für seinen Geschmack eine etwas brutale Lösungsmethode gewesen war, so hatte Dalhover diesen Unmenschen zum Schweigen gebracht und dem Amtsmann damit eine kurze Verschnaufpause verschafft. Doch wie sollte Haynau weiter vorgehen? Seine erhoffte Rehabilitierung im Sinn, war er weiterhin zur pflichtgetreuen Erfüllung seiner hoheitlichen Aufgaben gewillt. Gleichzeitig begehrte er aber ebenso, dem Anspruch eines Gentilhommes gerecht zu werden. Der Amtsmann ging kurz in sich. Prüfend wägte er Für und Wider ab. Die Papiere auf seinem Schreibpult überflog er dabei nach einer rettenden Eingebung. Schließlich erlangte ihn Bestimmtheit.

„Wir können dieses wildgewordene Etwas nicht dem Kontingent zuteilen", konstatierte er. „Diese Unperson ist schlicht nicht vorführbar. Ich denke, wir werden ihn der hiesigen Gerichtsbarkeit überlassen." Mit diesen Worten beugte sich Haynau erneut über sein Zettelwerk.

Feldwebel Dalhover kombinierte blitzschnell. Wenn man Germar zurückgelassen hätte, dann wäre er in die Hände der Zivilgerichtsbarkeit übergegangen. Und damit außerhalb seiner Befehlsgewalt. Wollte er seinen perfiden Plan durchziehen, musste Dalhover unbedingt dafür sorgen, dass der Gefangene unter militärischer Obhut blieb.

„Wenn Ihr erlaubt, Euer Ehren! Es gibt noch einen anderen Weg", drängte sich Feldwebel Dalhover aufgeregt an die Kante des Schreibtisches. Den Jungen, der gerade dabei war, Germar wachzurütteln, drückte er schroff zur Seite.

„Und die wäre?", fragte Haynau lapidar, während er mit einem Papierfetzen lässig herumfuchtelte.

„Ein Fouragiertrupp!" Der Feldwebel nahm Haltung an.

„Das ist doch unmenschlich!" Haynau machte ein angewidertes Gesicht. „Eine Truppe, die ausschließlich dazu aufgestellt wird, um zu plündern, zu brandschatzen und zu morden. Welch grässlicher Gedanke!"

Der Amtsmann stemmte sich nachdenklich in den Stuhl.

„Gewiss, Euer Ehren. Gewiss", versuchte Dalhover, Einsicht zu signalisieren. „Es ist jedoch nun mal so, dass auch solche Männer gebraucht werden. Und gerade bei diesem Typus hier", dabei deutete er mit dem Kopf auf den am Boden Liegenden, „kann ich mir sehr gut vorstellen, dass er durchaus dafür geeignet wäre, in eine solche Partie zu gehen."

Unschlüssig beäugte Haynau den Benommenen. Germar lag, einem erlegten Walross gleich, unbeweglich vor dem Schreibtisch. Den kleinen Jungen an seiner Seite. Moralisch gesehen, fand der Amtsmann den Vorschlag seines Feldwebels nicht besonders fortschrittlich. Freilich war der neue Weltblick, welcher Haynaus Verzückungen bediente, bislang in recht blassen Zügen in Erscheinung getreten. Eine höchst feine Note hätte gewiss erst aus dem zu erlangenden Erfahrungsschatz gehoben werden können. Wer tradiertes Denken aus seinem Leben verbannte, so sprach sich der Amtsmann zu, dem blieb gar nichts anderes übrig, als sich in die Empirik zu stürzen. War er nicht selbst Leidtragender dieser Umstände? In seiner Doppelfunktion als Diener der Obrigkeit und fortschrittlicher Wegbereiter zugleich sah sich Haynau verpflichtet, dieses Stilprinzip an die Untertanen weiterzugeben. Dalhovers Vorschlag hätte auf diskrete Weise eine überaus praktische Entfernung jenes bärtigen Unholds zur Folge gehabt. Ein vertretbares Übel. Eine Flucht in die Rationalität. Geboren aus der Notwendigkeit, die Signatur des neuen Verstandes zu zeichnen. Was war schon das Opfer eines einzigen Mannes zur Errettung der ganzen Menschheit?

Allmählich entstaubten sich seine Gedanken: „Feldwebel Dalhover, mein Kompliment!" Haynaus

Gesichtsausdruck hatte sich mit einem Mal erhellt. „Eine ausgezeichnete Lösung! Ihr macht Eurem Namen wiedermal alle Ehre. C'est formidable!"

Stolz warf Dalhover die Hacken zusammen. Der Amtsmann machte sich hastig daran, ein paar Zeilen auf die Überstellungspapiere zu kritzeln.

„Was ist eigentlich mit dem anderen?", fragte Haynau Richtung Junge gewandt.

„Das ist ein Schwachsinniger!", rapportierte Dalhover.

Haynau war inzwischen bereits dabei, Siegel und Unterschrift unter die Papiere zu setzen.

„Kann er arbeiten?", legte er desinteressiert nach.

„Ja, Euer Ehren."

„Wunderbar! Das genügt Uns", gab sich Haynau erfreut. Eilig faltete er die Unterlagen zusammen und drückte sie dem Feldwebel mit den abschließenden Worten „Der Fall ist erledigt. Raus mit den beiden!" in die Hand.

Auf dem Weg nach draußen kochte Feldwebel Dalhover innerlich wie ein siedender Kessel. Die vielfachen Kampferfahrungen in kleineren Scharmützeln und Bestrafungsexpeditionen hatten seinen Sinn für angespannte Situationen geschärft. Er konnte seinen Körper unter Kontrolle halten, wenn es in den Kampf ging. Er hatte gelernt in heiklen Momenten, mitten im Schlachtgetümmel, die Waffe ruhig zu führen und bis zum entscheidenden letzten Schlag geduldig abzuwarten. Aber dieser Germar; dieser elende Hund. Der schaffte ihn. Feldwebel Dalhover war außer sich.

Sein Blut brodelte förmlich. Er hätte den Totengräber am liebsten auf der Stelle totgeschlagen. Erneut hatte Germar ihn gedemütigt. Des Feldwebels Entschluss zur vorsätzlichen Tötung dieser überflüssigen Person war nicht mehr revidierbar. Es ging ums Ganze. Aber einen Teilerfolg hatte er indessen errungen. Denn die Gefangenen waren unter seiner Ägide. Und sie würden es bleiben bis zur Überstellung an die Briten. Er hatte Zeit, um sein Vorhaben minuziös durchzuplanen. Dies waren Dalhovers Gedanken; dies und nichts anderes, als sie Germar und den Jungen wieder zurückschleppten.

Man brachte sie in ein anderes Kerkerabteil. Dort war es weniger überfüllt und wesentlich angenehmer. Sie waren nun keine gewöhnlichen Strafgefangenen mehr, sondern Arbeitskräfte im Dienste der britischen Majestät. Womit sie einige Vorzüge genossen. Die beiden durften auf halbwegs sauberen Strohflächen schlafen und bekamen eine warme Mahlzeit am Tag. Sie sollten bei Kräften bleiben. Denn man hatte eine Menge mit ihnen vor.

6

An einem von Wolken verhangenen Februarmorgen waren die neuen Rekruten bereit zum Abmarsch. Am Kopf des Zuges hatten sich berittene Elitesoldaten in Stellung gebracht. Die polierten Gürtelschnallen ihrer beschlagenen Sattelhalfter glänzten im Schein des jungen Tageslichtes. Alles wartete auf die Beladung der Versorgungswagen.

Ein langer Tross war abkommandiert, um am luguberen Vorplatz der Kaserne, welche sich in Sichtweite der Stadttore befand, Aufstellung zu nehmen. Es war ein bunter Haufen; zusammengetrieben aus mehreren Landkreisen. Die Stimmung in ihren Reihen war finster und öde. Wie die Landschaft, die sie umgab. Es fanden sich zwielichtige Individuen unter den Männern, denen die Verpflichtung zum Dienst an der Waffe eine Möglichkeit bot, sich von den Gesuchenlisten der Staatsgewalt und Spionagedienste entfernen zu lassen. Administrativ Verbannte, unter besonderer Aufsicht Stehende, Untersuchte, politisch verdächtige Personen und dergleichen. Dazu anderweitig Zwangsrekrutierte, die mit apathischem Ausdruck ihrem Schicksal harrten.

An ihrer Seite reihten sich freilich auch manche recht unbeschwert wirkende Leidensgenossen ein. Aus freien Stücken hatten sie sich der Truppe angeschlossen, um der Armut ihres Daseins zu entgehen. Ihre Familien wären laut den geltenden Klauseln der Vermietungsverträge selbst nach ihrem

Tod versorgt gewesen. Und so empfanden sie den bevorstehenden Aufbruch als hoffnungsvollen Neubeginn. Sie kannten die Schlachtfelder nicht. Und konnten jene Gräuel, welche in der Sache lagen und von denen wiederholt die Rede war, nicht richtig begreifen.

Andere wiederum waren nicht des Geldes, sondern ihrer Naturen wegen dem Ruf der Armeerekrutierer gefolgt: die aufstrebenden Studentenzusammenschlüsse. Als Auswuchs aller Laster und Exzesse des jugendlichen Lebens beargwöhnt, als zahlende Kunden von Beherbergungsbetrieben und Bordellen umworben, waren sie von den Behörden mal verfolgt, dann wieder hofiert worden. Jene Studenten, welche aus tieferen Schichten kamen, Söhne von Kleinbürgern und niederen Beamten, hatten eine schlechtere Erziehung gehabt und verfügten über eine spärlichere Schulbildung als ihre privilegierten Kollegen aus adeligen Familien. Diese neue Bürgerklasse war nicht selten bereit, den Alltag der Ritterakademien und Lesevereine mit der Aussicht auf ein abenteuerliches Leben im Armeedienst zu tauschen. Als gesellige Geschöpfe waren sie der ansteckenden Sucht nach Schwärmereien von Natur aus angetan. Die Ratschläge ihrer Familien, sich doch eines sicheren Postens als Verwaltungsbeamte des Fürsten zu vergewissern, hatten sie beiseitegewischt. Ihr von Naivität geprägter Wille schob die Burschen vorwärts. Leicht reizbare Begehrlichkeiten und heißblütige Triebe jagten hinterher. Die protzende Jugendkraft wollte über die

Regeln der verkrusteten Gesellschaft im Sturm hinfortziehen. Der flammende Wunsch, in der Neuen Welt mit ihren erträumten Siegen zu reüssieren, stand vor ihren Augen; das morsche Leben der Alten Welt in ihrem Rücken. Die Schmährufe, welche ihnen bei ihrem Aufbruch von der Nachbarschaft zugeflogen waren, hatten sie nur noch mehr angeheizt.

„Was wollt ihr denn, ihr missratenen Herrenkinder?", hatte man ihnen hinterhergerufen. „Die Söldner des Fürsten werden euch schinden, bis ihr am Verrecken seid! Geht doch erstmal was lernen, ihr verzogenen Bengel!"

Doch die entfesselten Gemüter der jungen Leute trachteten danach, sich weder durch Spott noch Angstmacherei von ihrem Drang abbringen zu lassen. Ihre Wünsche und Träume hatten eine Schneise gelegt und waren dazu angetreten, die überholten Vorstellungen der alten Gesetzmäßigkeiten zu fluten. Ruhmvolle Resultate versprachen sie sich. Unmittelbare Ergebnisse wollten sie sehen. Und dabei vernachlässigten sie die Tatsache, dass für die Veränderung einer Gesellschaft der Arbeitseinsatz ganzer Generationen notwendig ist. Ihre endlose Begeisterung verlieh ihnen eine unbekümmerte Leichtigkeit, und die spärlichen Flecken ihrer Schulbildung wurden mit edlen Gedanken und einem festen Willen übertüncht. Die Ehrgeizigsten unter ihnen trieben die Wankenden an. Viele Dinge überließen sie dabei dem Zufall. Es war stillschweigend akzeptierter Teil des Spiels, wenn zahlreiche ihrer Kameraden dem

Suff oder dem Wucherer in die Hände fielen. „Nach Übersee" war der Leitspruch der freiheitsgläubigen Jugend geworden. Sie hatten der Aussicht auf Karriere entraten und sich die blasse Haut der Schulbankdrücker von der sengenden Sonne, welche ihre Wanderschaft begleitete, gerben lassen. Sie hatten sich einen Sack mit Büchern auf die Schultern und die angestaubten Riten einer verflossen geglaubten Welt aus ihren Gedanken geworfen.

Zufrieden richtete sich Feldwebel Dalhover im Sattel hoch und sah gebieterisch auf die Kolonne an Rekruten herab, als wollte er sie bis ins Unterbewusstsein hinein reglementieren. Die entschlossene Erscheinung seiner Gestalt, in einer triumphalen Körperhaltung, ließ die diabolischen Absichten erahnen. Jene überwältigende Stärke, welche er damals beim siegreichen Duell über den Kadetten gespürt hatte, kam erneut über ihn. Er wollte den Tod kosten, um ihn verschlingen zu können. Dalhover war mit sich im Reinen, als er den Befehl gab: „Richtung Norden!"

Schwerfällig kam die Marschkolonne in Bewegung. Der Tross zockelte durch nasse Wälder und über matschige Wiesen, an ärmlichen Hüttensiedlungen und bescheidenen Gehöften vorbei. Nur mühsam kam man voran. Denn die Straßen waren ausgewaschen vom vielen Regen der letzten Wochen. In Zweierreihen marschierend wurden immer wieder die Maulesel von den Wagen abgespannt, um an aufgeweichten Wegstellen vorwärtszukommen. Trotz des ausbleibenden

Schnees war es beißend kalt. Und beim Anfassen der beschlagenen Wagenräder waren die Finger an den Händen wie von Frost erstarrt.

Das Landvolk beäugte den langsamen Tross nur aus der gebückten Haltung. Männer für den Krieg zu rekrutieren, ob freiwillig oder mit Waffengewalt, war geltendes Recht, dem sich niemand widersetzte. Wenn auch für manche Rekruten die Abenteuerlust stärker wog als die Furcht vor der Ungewissheit jenes Aufbruchs, so war es reine Gutgläubigkeit, welche sie antrieb. Im Grunde waren sie alle verhalten ob der anstehenden Reise. Doch hatten sie sich dennoch in ihr Schicksal zu fügen. Die Versorgung war dürftig. Sie wurde meist im Stehen eingenommen. Manche der Männer hatten selbst Proviant dabei, welcher gegen bare Münze getauscht wurde. Die Wirte mit eigenen Gasthäusern und die Besitzer bescheidener Warenläden erzielten erfreuliche Geschäfte mit den Vorbeiziehenden. Sie hatten ihre Betriebe auf die regelmäßig eintreffenden Soldatenkolonnen eingestellt, bereicherten sich am Hunger der Ausgelaugten und waren damit dem Fürsten getreue Untertanen geworden. Die Hausierer, Leibeigenen und all die schon Halbbegrabenen, welche die zu passierenden Ansiedlungen und Dörfer umschwirrten, stellten jedoch die weitaus größere Seelenzahl dar. Diese armen Besitzlosen verzehrten sich beständig nach einer Verbesserung ihrer Umstände. Wiewohl sie nicht wussten, was sie zu fordern hatten, ob Umverteilung des Grundbesitzes oder allgemein geltende Gesetzestexte, so war der unausgesprochene Wunsch nach einem würdevollen Leben immanent.

Bei all ihrem Unvermögen, dies zu artikulieren, versiegten ihre Träume in den sich wiederholenden Bittgängen vor den Gerichtsämtern des Fürsten, wo der Pöbel das eine Mal durchgeprügelt oder andermal dumm sterbend zurückgelassen wurde.

In diesen stumpfen Protest hatte bereits auch Germar mit seiner List eingesungen. Unter der Maske eines Bauern aus einem fremden Gerichtsbezirk hatte er sich mit dem einfältigen Volk, welches die Stufen vor den Behördengebäuden in Erwartung vom Himmel fallender Gaben belagerte, angefreundet. Durch sein selbstgefälliges Auftreten war es ihm gelungen, das Vertrauen der stupide Gaffenden zu erlangen und sich als erneuter Bittgänger, diesmal an den Fürsten persönlich, welcher nur Gutes für sein Volk wolle, doch in Geiselhaft seiner Minister sei, die Leiden der gebückten Untertanen vorzutragen. Dies sei doch kein Amtsgericht, hatte Germar der sich um ihn scharenden Menge zugerufen, sondern eine Bedürfnisanstalt. Allenfalls schändlicher als ein ruchloses Dirnenhaus. An jenem Orte würde das Weibsvolk wenigstens mit dem eigenen Leibe zum Handel schreiten. Doch hier seien wohlgenährte Beamte aus scharwenzelndem Strebertum und um den Lohn eines schnöden Ranges wegen damit beschäftigt, mit dem Leben anderer zu schachern. Wenn der Fürst dies nur wisse, so hatte Germar getönt, hätte er die Befreiung des Volkes mit bewaffneter Hand verfügt. Ein Gejohle unter der lechzenden Zuhörerschaft war darauf gefolgt; ein am Fenstersims einer gegenüberliegenden Gastwirtschaft gelehntes Mädchen kurzzeitig in Ohnmacht gefallen.

    Nicht als ob solcherart Anklagen nicht schon früher nach Geltung gerungen hätten. Doch die Leidensgeduckten waren immer nur bei Worten geblieben und nicht zu Taten gelangt. Es hatte nur eines Initiators bedurft. Die Keime des kollektiven Gerechtigkeitswunsches waren seit Langem gelegt und es war die Glut der feurigen Ansprache, welche sie in toller Eile zur Reifung brachte. Den Argwohn und den letzten Funken gesunden Misstrauens der gewöhnlichen Leute hatte Germar besänftigt, indem er seiner edlen Aufopferungsbereitschaft ewige Treue gelobte. Für die Reise an den weit entfernten Hof des Fürsten hätte er nur mit dem nötigen Reisegeld ausgestattet werden müssen. Dessen Beschaffung die Aufgabe seiner gutgläubigen Zuhörerschaft dargestellt hätte.

    Das alberne Volk hatte Tage und Nächte in regelrechten Bettelorgien verbracht, um den zahlreichen Passanten diverse Kupfermünzen, in einem Fall sogar einen Viertelsilberling, abzuschwatzen, schließlich ihrem Heilsbringer eine veritable Summe überreichen und ihn mit endlosen Segenssprüchen entlassen zu können. Nach Wochen des sinnlosen Wartens hatte der Pöbel den bärtigen Teufel tausendfach verflucht. Da jedoch Trunksucht und Unehrlichkeit keine alleinigen Attribute des Totengräbers waren, hatten sich die Düpierten alsbald wieder im täglichen Überlebenskampf miteinander verloren.

Nicht viel besser war es den Bauernknechten auf den Feldern ergangen. Deren zu bestellende Ackerfurchen sich nicht nur als ihr Arbeitsplatz, sondern oftmals als letzter Ruheort darstellten. Gesetzliche Möglichkeiten, gegen diese lebenslange Marter Berufung einzulegen, standen nicht zur Diskussion. Ohnehin bekam das Volk die Vertreter des Souveräns nur dann einmal flüchtig zu Gesichte, wenn sich der Adel in die Dörfer kutschieren ließ, um sich in der Bekämpfung ihrer Langeweile zu einer Bürgertochter herabzulassen. Vielmehr wurde den geschundenen Leuten nach einer zehnjährigen Dienstzeit das Angebot vorgebracht, ein Stück Land zu erwerben. Welches für die Dauer von neununddreißig Jahren abzuzahlen sei. Als Alternative wäre es ihnen freigestellt gewesen zu gehen. Kein Wunder, dass sich die meisten für Letztgenanntes entschieden. Was wiederum gegen die Interessen der adeligen Landeigentümer war, denen alsbald entsprochen werden sollte. Den ehemaligen Knechten wurde das Land unfreiwillig zugeteilt. Fernerhin die Zahlungen der neununddreißigjährigen Raten mit Gewalt aufgezwungen. Wer protestiert hatte, war kurzerhand niedergepeitscht oder zur Zwangsarbeit in weit entfernte Gegenden verschleppt worden. Die Gefängnisse waren voll von derart Behandelten. Welche nicht selten in den ungeheizten Löchern, wo die Exkremente nicht herausgetragen wurden, starben oder den Verstand verloren. Dieses Kreuz, welches sie manche Male zu erdrücken drohte, trugen sie gramgebeugt durch die Zeit ihrer Tage, in der hoffnungslosen Aussicht, von ihrer grausamen Pflicht befreit zu werden. So war das Leben der entwürdigten Habenichtse, welche den langsamen Zug der Rekruten über die Landstraßen an sich vorbeitrampeln sahen.

An den Weggabelungen lagen Wirtschaften. Vorüberziehende Postkutschen und Leiterwagen konnten dort die Pferde wechseln lassen. Für die Reisenden wurde aufgetischt. Im dahinter gelegenen Weiler boten Scherenschleifer, Korbflechter und Tagelöhner ihre Dienste an. Der Marschkolonne wurden jedoch nur kurze Verschnaufpausen gegönnt. Von Mangel und Müdigkeit niedergedrückt kamen sie endlich an den Ufern der Fulda an. Offiziere und Reiterei hatten in den nahegelegenen Gehöften Quartier genommen, wo praktischerweise gleich die gewaltsame Beitreibung weiterer Lebensmittel besorgt wurde. Die Gefangenen hatten hingegen zunächst das Nachtlager zu errichten. Das fiel umso schwerer, da etliche von ihnen, auf offener Landstraße in Kot, Schlamm und Regen watend, unter der Last des Gepäcks erkrankt waren. Mehrere Zelte wurden in rechteckiger Form aufgebaut. Im weichen Wiesenboden konnten sie nicht festgemacht werden. Immer wieder stürzten sie ein und mussten mit Leinen und Seilen zwischen den Bäumen notdürftig angebunden werden. Die Zeltwände waren aus Stoff, der bei jedem Aufkommen am wässrigen Boden sofort die Feuchtigkeit einsog und das schützende Zelt in

einen aufgeweichten Fetzen, einem Bündel nasser
Wäsche gleich, verwandelte. Ein bitterkalter Wind
pfiff über alle Köpfe hinweg und die nur lauwarme
Suppe aus Wurzelgemüse, welche als Abendbrot
gereicht wurde und aus einigen wenigen
Holzschüsseln heraus gemeinschaftlich gegessen
werden musste, konnte die vielen hungrigen Mäuler
bei Weitem nicht stillen.

Der Junge war als Trossknecht eingeteilt
worden. Man hatte ihm die Versorgung der Lasttiere
in Auftrag gegeben, die Bespannung der Zelte, die
Verteilung der Decken und allerlei Hilfsarbeiten für
die Verpflegung der Truppe aufgehalst. Mit stierem
Blick betrat er das Zelt, als sein großer Freund
gerade dabei war, sich zurechtzulegen. Der Kleine
verharrte in stiller Position. Er kaute auf einem
Stück harten Brotes, während er sich durch das
Reiben der Handballen an den Füßen seine Glieder
zu wärmen versuchte. Diese waren geschwollen und
von verkrusteten Schnitten übersät. Die Zehen
stachen blau angelaufen hervor und die dünnen
Nägel waren mit Blutergüssen unterlegt.

„Was sind denn das für kaputte Kriechsohlen?"
Germar ergriff die verletzten Füße des Jungen. Wie
eine entwässerte, sich schorfig aufbrechende Ödnis
lagen die kindlichen Fersen in den Händen des
Totengräbers. Alles halb so wild, versicherte dieser.
Er habe schon ganz andere Dinge erlebt, begann er
seine Ausführungen. Arge Dinge, bekräftigte
Germar. Und dabei müsse er festhalten, dass er es
gar nicht notwendig habe, sich über andere zu
erheben. Die folgende Erzählung sei deshalb nicht

als Angeberei zu verstehen, sondern die reinste Tatsachenwiedergabe.

„Einst war ich ein Heiler!", bekannte er so laut, dass alle um sie Herumsitzenden es hören mussten. Er hätte sich vortrefflich darauf verstanden. Wenn ihm doch die zuständigen Beamten des Fürsten nicht ständig mit ihren gewerbefeindlichen Medizinalverordnungen die Schaffensfreude am Handwerk verdorben hätten. Germar kreiselte die Augen genervt durcheinander. Beim Volk sei er hingegen landauf, landab für seine gesegneten Heilkräfte bekannt gewesen. So hätte er einem am Daumen verletzten Landsknecht den Arm überaus sorgsam abgenommen. Und das unaufhörliche Magenleiden einer alten Scharteke mit am offenen Feuer erhitzten Steinplatten hartnäckig niedergekämpft. Man dürfe sich vom Wehklagen der Erkrankten bloß nicht irreleiten lassen, ermahnte er. Der Junge schnaubte provokant aus. Na schön, gestand der Totengräber nachgiebig, einmal sei ihm ein kleines Malheur unterlaufen. Einem von eitrigen Beulen übersäten Köhler habe er in bester Absicht die Bauchdecke womöglich etwas zu vehement durchbohrt.

„Meine Güte! Das war ein Unglück!" Unbeherrscht klatschte Germar die Hände wie zu einem Gebet zusammen, als ihm die Idee eines Vorwurfs im Ausdruck seines Zuhörers entgegenschlug. Das von der Kohlearbeit schwarz gefärbte Gerippe des damaligen Patienten sei ja ohnehin schon halbtot gewesen. Zudem habe Germar durch dieses Missgeschick seine wahre

Berufung erkennen können und sich dem Gewerbe des Leichenbestatters zugewandt. Welches restlich jenem des Heilers durchaus dagegenhalten könne. Im Endeffekt bedürfe es zur wahrhaftig endgültigen Bereinigung aller von Luzifer erdachter Beschwerden nur drei simpler Hilfsmittel. Er winkelte die Finger ab, als wollte er mitzählen: „Ein Holzgerüst. Ein Balken. Ein Strick."

Dies sei die letzte Gewissheit für alle Plagen der Erdenkinder. Und selbst der gepuderte Hals unter des Königs Krone sei vor diesem mahnenden Fluch nicht restlos gefeit. Mehr sich selbst zuredend, setzte Germar seine maliziöse Gegenwartsdarstellung dem Jungen mit ermüdender Langatmigkeit auseinander. Manchmal sei man gezwungen, gegen Gebote zu verstoßen. Gottvertrauen hin oder her. Schon die kleinste Berührung mit der rauen Wirklichkeit wäre ausreichend, um alle edlen Gedanken friedlichen Zusammenlebens wie ein entzündetes Pulverfass zerschellen zu lassen. An der Seite des Scharfrichters stehend habe ihn im Laufe der Jahre diese Einsicht wiederholt ereilt. Er könne es an zahlreichen Beispielen belegen, dass es die Hölle vor Ungeduld nur so jucke, sie allesamt zu sich zu holen.

Endlich hob der Totengräber das Bein des Kleinen an, um die Blessuren zu begutachten. Der Junge kippte dabei nach hinten. Auf den Unterarmen stützte er sich ab. Während Germar mit den losen Fetzen einer zerrissenen Decke die Füße zu umwickeln begann. Sicher und weich packte er sie in die Tücher ein und umband das improvisierte Schuhwerk mit den abgetrennten Schnüren aus der Zeltbefestigung.

    Unterdessen verschwand das letzte Licht des Tages allmählich hinter blaugrauen Wolken. Wie auf Anleitung des ersten Geigers setzten die nächtlichen Geräusche des Waldes ein. Aus einem nassen Laubhaufen knirschte es geheimnisvoll hervor. Ein ruckhaftes Rascheln. Abwesend blickte sich ein Igel nach einem verlaufenen Regenwurm um. Nur ungern ließ er sich im Winterschlaf stören. Die Tage waren kurz und von frostigen Unwettern durchzogen. Schläfrig drehte sich das pelzige Wesen um die eigene Achse, rollte sich zu einem stacheligen Knäuel zusammen und fiel zurück in sein Nest. Eine Eule gurrte verlegen dazu. Schwach auf der Brust erschienen derweil die Hirsche, deren Ankunft auf der Lichtung in der warmen Jahreszeit zu erwarten gewesen wäre. Der Abfall ihrer Körpertemperaturen hatte sie während der Winterruhe zu phlegmatischeren Waldbewohnern gemacht und so konnte man ihren Aufenthaltsort im grünen Dickicht nur vermuten. Die Tierwelt lag im Märchenschlaf. Selbst die Artistengruppe der Eichhörnchen, welche sich kopfüber an einem Baumstamm festkrallten, spähte nur mehr halbherzig herab. Als wollten sie sich versichern, dass niemand sie verfolgt habe, prüften sie die Gegend. Bevor sie sich dösig in ihrem Kobel einkuschelten.

    Germars Fanfarengetöse war ausgeklungen. Unmanierliche Geschichten hätten ihm zwar

überreichlich auf den Lippen gelegen, doch sein
junger Zuhörer war ermüdet eingenickt. Die beiden
Gefährten schmiegten sich auf ihren Schlafplätzen
aneinander, um der Kälte der Nacht mit der
gegenseitigen Wärme ihrer Körper zu begegnen. In
ihren Decken eingerollt lagen sie im leicht
ovalförmigen Massenzelt, zusammen mit zwei
Dutzend anderer Rekruten. Manch einer war mit
dem Verzehren des dürftigen Abendbrots
beschäftigt. Weitere unterhielten sich tuschelnd,
spielten Karten oder träumten benommen vor sich
hin. Es dauerte nicht lange, bis nur mehr ein
gemeinschaftliches Schnarchen die Geräusche der
Nacht dominierte. Sie hatten schon einige Stunden
geschlafen, als eine innere Unruhe den Jungen
unvermittelt aus dem Schlaf riss. Verschwommen
wirkten die ersten Eindrücke, als er zaghaft seine
Lider hob. Der Innenraum des Zeltes war im
Träumen versunken. Es dauerte einige Augenblicke,
bis der Kleine wieder vollkommen bei sich war. Still
lauschte er den tiefen schweren Atemstößen, welche
die Nachtruhe der anderen Rekruten prägten.
Germar war weg. Der Junge fuhr mit der Hand über
den noch warmen Schlafplatz. Der Totengräber
musste kurz vorher aufgestanden sein. Langsam
strich der Kleine die Decke beiseite und richtete sich
auf. Er gab sich alle Mühe, seine Bewegungen
kontrolliert durchzuführen, als er behutsam
Richtung Ausgang schlich. Vorsichtig zog er den
mit Garn verschlossenen Eingang der Zeltplane
einen Schlitz weit auf. Vor ihm lag der Wald, in
einen feenhaften dunklen Schein gehüllt. Das Lager

war in einem Karree aufgebaut worden und der Feldwebel hatte darauf bestanden, die beiden Gefährten in einem Zelt am äußersten Rand unterzubringen. Im Gegensatz zu den anderen Zelten stand ihr Eingang dem Wald zu, Richtung Lageraußenseiten. Doch seltsamer erschien dem Jungen, dass von der Bewachung keine Spur zu sehen war. Die Vorhänge der Zeltwand streiften sanft an seinen Schultern ab und schlossen die Schlafgeräusche der Rekruten hinter ihm aus. Leise wie ein Fluchtwild betrat er die Stille der Nacht.

Umgeben von friedlicher Ruhe lag das Lager in einer leichten Senke; durch ein kleines Wäldchen vom Flussufer getrennt. Der Schein des Mondes war geschwächt. Dünne Nebelwolken ragten von den Spitzen der Bäume herab und versenkten die Zeltlandschaft in einen grauen Dunst gleich dem aufsteigenden Dampf gerösteten Kaffees. Vom Fluss her wehte eine frische Brise herüber. Doch die moosige Luft des Waldes überlagerte alle Sinne.

In ein paar hundert Fuß Entfernung hockten die Nachtwachen um ein kraftlos glimmerndes Feuer vereint. Sie starrten wortlos in die Flammen, während sie, in dicke Winterdecken gehüllt, fast unbeweglich wirkten. Nur von Zeit zu Zeit, wenn einer von ihnen ein Stück Holz nachlegte, um das Lodern der Flammen erneut zu entfachen, hoben sich die Umrisse der Soldaten deutlicher ab und verharrten sogleich wieder in ihrer kauernden Position.

Der Junge hingegen war nahezu unsichtbar. Die tief hängenden Äste verstärkten mit deren dichtem

Wuchs das Dunkel der Nacht. Hätte er nicht durch Germars grässliche Andeutungen die Befürchtung gehegt, dass das Schicksal ein grausames Erwachen für die Schlafenden bereithielt, so hätte die Atmosphäre fast idyllisch gewirkt. Doch so vermochte sich der Junge bei all dem nächtlichen Frieden dennoch des Eindrucks nicht zu erwehren, dass die große Ruhe vor dem Sturm in bildnerischer Darstellung zu seinen Füßen lag. In Erwartung einer überfallartigen Attacke. Er stand still am Eingang des Zeltes, um die Geräusche und Gerüche der Nacht ungestört in sich aufzusaugen. In tiefen Zügen atmete er durch. Er ließ die kalte Luft durch die Nasenlöcher fließen, den Rachen hinab erfrischen und stieß sie in einem tiefen Kehlton aus den untersten Regionen seines Bauchraumes wieder nach draußen. Ein angenehmes Gefühl überkam ihn. In der Kühle der Nacht nahm der Hauch seines Atems verschnörkelte Formen an. Es blieb niemals gleich, sondern veränderte sich beständig in surreal anmutenden Bildern. Je nachdem, ob er mehr oder weniger Atem ausstieß, wand sich ein neues Bild heraus, nahm es immer andere Gestalten an und ging dann wieder in der Kälte auf. So bezaubernd, wie es gekommen war.

    Endlich alleine. Bei sich selbst. Wo sonst war Ruhe zu finden? Die Bedeutung eines Zuhauses war dem Jungen nicht erklärt worden. Für die Menschen in seiner Umgebung waren die eigenen vier Wände der Ort der Geburt. In weiterer Folge jener des vorrangigen Lebensinteresses. Es war eine Anlaufstelle für die Befriedigung elementarer

Bedürfnisse. Doch niemals ein in sich geschlossener Korpus, der Familienmitglieder, Frauen wie Männer, Junge wie Alte, in einer liebenden Vertrautheit miteinander verband. Das Habitat war ein Wohnplatz. Aber kein Lebensraum. Die Wohnstätte suchte man nur zur Nachtstunde auf, um sich vor Raubtieren und erdachten Geisterwesen in Sicherheit zu bringen. Tagsüber war man an den Werkbänken beschäftigt. Weitere Arbeit verblieb auf den hauseigenen Äckern. Denn die Familie war der in Fleisch gewordene Rahmen für ihren Herrscher; den ältesten Mann des Hauses. Die Frau hatte, als meist unfreiwillig zugeteilte Ehehälfte, zu gehorchen. Dafür sorgte der Hexenhammer. Kindern und Jugendlichen, die sich als Ausreißer versuchten, kam man mit einer bunten Palette an physischen Disziplinarmethoden bei. Die Allmacht des Familienoberhauptes gründete sich auf einer kastenhaften Gliederung, in der die Zuständigkeiten der einzelnen Mitglieder klar geordnet waren. Ein Ausbruch aus dieser Ordnung stand nicht zur Debatte. Das pyramidenförmige Abbild jener kleinsten Gesellschaftseinheit war der Garant ihrer inneren Struktur. Und wehe dem Haderlump, der es wagen würde, an dieser sakralen Schöpfung zu tasten.

    Menschen wie Germar waren so hervorgebracht worden, der am tiefsten Grunde seiner Seele nichts weiter war als ein verletzter Infant. Ungezählt, wer alles unter diese Sichel gefallen war. Gelegenheiten zu entfliehen ergaben sich freilich in der Wanderschaft des jährlich erwachenden Frühlings, dessen Frohgemut in den Maienliedern herumstrolchender Gesellen widerklang. In Wirklichkeit ein Entlaufen der Werkstätten oder der Zechschulden, waren es eben die Abenteuer in diesen Liedern, aus voller Kehle gesungen in den Tavernen, dann wieder in der Gefangenschaft artig tuschelnd wiedergegeben, welche dem Jungen die Ahnung eines Ausblickes verschafften.

In dieser Idee versunken, blies er aus dem untersten Bauchraum einen warmen Hauch in die Kälte der Nacht hinaus. Seine Atemluft schnörkelte sich auf. Die wundersamsten Welten erschienen darin. Ein Schiff in der Brandung des Meeres. Ein Schloss im Passepartout seiner Gärten. Eine Festung am Fuße eines Berges. Das alles sah er vor sich. In jener barocken Formenfülle, die er durch die Kraft seines Atems kreierte. Sein Hauch gehörte ihm. Unaufhaltsam begab er sich auf die Suche nach seinem kreativen Potenzial. Er versuchte, neue Figuren zu bilden und immer neue Konturen zu zeichnen. Von tiefer Selbstzufriedenheit berührt, lächelte er dabei in den ruhenden Frieden der Stille hinaus. Er war der alleinige Erschaffer dieses kunstvollen Vorgangs. Selbst der eisige Frost der Nacht konnte ihm nichts anhaben, als er sich in der Phantasie seiner Gedanken verlor.

Das schüchterne Wiehern eines Pferdes holte ihn augenblicklich zurück. Er duckte sich hinter der Zeltplane weg. Etwas stimmte nicht. Das Wiehern war nicht vom Sammelplatz hergekommen, an dessen Rückseite die Pferdepflöcke waren. Das Geräusch kam vom Fluss herüber. Aufgeregt blickte der Junge um sich. Die Wachen am Feuer hatten sich nicht bewegt. Sie saßen weiterhin in ihren halbschlafenden starren Positionen. Da war es wieder. Das Wiehern. Es kam eindeutig vom Fluss herauf.

 Sein erster Gedanke galt Germar. Tausende mögliche Gefahren schossen dem Jungen durch den Kopf. Den drohenden Verlust seines einzigen Freundes erahnend, wagte er den Eintritt ins dunkle Unterholz. Behutsam bewegte er sich durch das niederwachsende Geäst. Die weich streichelnden Fußfetzen waren eine wahre Wohltat für seine malträtierten Sohlen. Nur der knasternde Laut, den er beim Auftreten auf dem von kleinen Zweigen übersäten Untergrund machte, wurde dadurch nicht weniger. Wie ein tollpatschiger Tanzbär auf einem Strand voller Muscheln war es ihm, als würde er bei jedem Schritt einen krachenden Lärm verursachen, gleich dem rumpelnden Aufeinanderprallen kaputter Weinfässer. Der Junge wurde langsamer. Eng hielt er sich an den Baumstämmen. Das Finster des Tann war allumfassend. Doch auf das Rauschen des Flusses durfte er vertrauen, welcher ihm grob die Richtung wies. Auf Zehenspitzen schleichend, erreichte er den gegenüberliegenden Rand des Wäldchens. Das Lager war hinter ihm. Es lag getrennt durch den dicht bewaldeten Forst in sicherer Entfernung. Wie eine Burgmauer schirmte es sämtliche Eindrücke ab. Er ging in die Hocke und starrte zurück in den grauen Hain. Geduldig wartete er ab, ob sich ein Geräusch vernehmen lassen würde. Erst als er sicher war, dass ihm niemand gefolgt war, wandte er sich seinem Ziel zu.

Im Schutze der letzten großen Bäume, welche den Ausgang des Wäldchens einzäunten, verschaffte sich der Junge einen Überblick.

Die Intensität des Wasserlaufes hatte sich über Nacht vergrößert. Zahlreiche Abflusslinien bündelten sich zu einem ungünstig schiffbaren Strom. Durch die zusätzlichen Wassermengen, welche von den Nebenarmen an die Mündungspunkte getragen wurden, beschleunigte sich der Fluss zu einem schäumenden Wasserschwall. Wenngleich die Hauptader des Gewässers den größten Teil der Wasserführung in sich vereinte, rannen parallel weitere Fließwege dahin, welche sich mitunter zu kleinen Tümpeln aufstauten, bevor sie in neu gebildeten Verläufen weitertrieben. An etlichen Stellen rannen Verzweigungen in den Hauptstrom und lösten sich an anderen Punkten wieder ab. Ringförmig reagierte das Flussnetz auf kluftartige Geröllsperren. Riesige Felsen ragten hervor und sorgten für ständige Umlenkungen. An ihren Engpässen stürzte das Wasser über terrassenförmige Vorsprünge nach unten. Das Schimmern der Gestirne, welche durch die wolkenbehangene Nacht als mickrige Lichtquellen bescheiden aufleuchteten, brach sich an der Wasseroberfläche und sandte seine Strahlkraft als flimmernd tanzendes Spiel reflektierend zurück. Das Ufer des Flusses war von einem lichten Wiesenstreifen flankiert. Neben einem riesigen Felsbrocken, der halb im Gras, halb im

Wasser lag, graste friedlich das Pferd des Feldwebels. Das Raunen des Gewässers übertönte alles.

Unverhofft traten zwei Figuranten hervor. Der Junge erkannte sie sofort. Germar mit einem Holzeimer in beiden Händen. Dahinter war Feldwebel Dalhover, die Pistole im Anschlag. Sichtlich unbeholfen wirkten Germars Bewegungen. Wiederholt musste er sich nach dem Kübel bücken, um Wasser zu schöpfen. Als er dabei war, sich hinzuknien, um den Eimer einzutauchen, erhob Feldwebel Dalhover seine Pistole und hielt Germar den Lauf der Waffe an den Hinterkopf. Es war so weit. Die Exekution wäre in einer Sekunde vollstreckt worden.

Den Jungen durchfuhr ein prellender Schmerz. Als wäre er vom schweren Stein einer abgefeuerten Balliste getroffen worden, blitzte er los. Zehen, Mittelfuß und Ferse machten den Anfang. Mit einer einzigen Bewegung katapultierte er sich aus seiner unterwürfigen Haltung nach vorn. Die Sprungkraft seiner Muskeln ging von den Waden auf die Oberschenkel über. Sie verpasste ihm einen kurzen heftigen Energieausbruch, der ihn stürmisch antrieb. Von bloßer Angst geritten brach der Junge aus dem Unterholz aus. Das kurze Wiesenstück übersprang er nahezu. Einem blindwütigen Stier gleich, mähte er den Feldwebel frontal nieder. Er riss den Soldaten mit der Kraft seines Schwungs mit in den Fluss. Dieser drückte den Abzug. Doch das Pulver auf der Pfanne war schon nass geworden. Der Schuss löste sich nicht. Dalhover fletschte die Zähne. Über das

Flussbett hinaus gellte sein Schrei. Er richtete sich im knietiefen Wasser auf. Riss seinen Säbel aus der Scheide und zog durch. Die Waffe sauste durch die Luft, durchschnitt die Oberfläche des Wassers und prallte auf den Flusssteinen darunter ab. Germar war den Feldwebel hinterrücks angesprungen. Dalhovers Körper wurde dabei unter Wasser gedrückt. Verzweifelt kämpften sie darum, den anderen zu ertränken. Dalhover wölbte den Rumpf und schlug mit den Armen aus. Er riss, drückte und zog in alle Richtungen. Doch Germar hielt den Kopf seines Gegners gekonnt unter Wasser. In diesem Augenblick der Verzweiflung brachen in Dalhover die tiefsten Empfindungen aus. Die harten Überwindungen, die es ihn gekostet hatte, sich in der Kadettenschule zu behaupten. Die ermüdenden Konkurrenzkämpfe innerhalb des Offizierskorps. Die schlauchende Last der familiären Erwartungen. Den nahenden Tod vor Augen, verachtete Dalhover seine Vorfahren dafür. Er hatte alles getan, um dem Ruf seiner Ahnen gerecht zu werden. Selbst einen Mord.

„Alles verloren", sagte er sich. Und trat an die Schwelle des Übergangs zu einem anderen Fortbestehen. Ein letztes euphorisches Lebensgefühl schoss ihm durch die Venen, bevor er den Widerstand aufgab. Es war ein Moment der Erleichterung, als er im Meer des irdischen Endes unterging. Er war tot.

7

Der fahle Wolkenschweif des Morgentaus verzog sich beim Anheben der ersten Vogelstimmen, als ein lautes Geschrei vom Sammelplatz her die Männer in ihren Zelten alarmierte. Wutentbrannt wurden die Unterkünfte gestürmt. Die Soldaten rissen die Planen herunter. Sie warfen Decken, Kleidung und Essen durch die Luft. Ungebremst schlugen sie auf die Männer ein und schubsten sie Richtung Ausgang.

„Aufstellen! In einer Reihe aufstellen!"

Am Lagerplatz wurden die Rekruten zusammengedrängt. In mehreren Reihen mussten sie sich formieren. Alle wurden durchgezählt. Finstere Mienen lagen auf den Soldaten. Dumpfe Hiebe erfolgten gegen alles und jeden. Die Männer waren erschrocken, völlig eingeschüchtert und verwirrt. Nur Germars Laune war hervorragend. Als befänden sie sich auf einer lustigen Überlandpartie, trällerte er eine vertraut klingende Weise durch die verdreckten Zahnspalten. Er klopfte dem Jungen dabei auf die Schulter und drückte ihn wiederholt zu sich heran. Sofort wurden sie wieder auseinandergerissen. Germar grinste aber trotzdem weiter vor sich hin, als sei alles in bester Ordnung. Ein heller Funke blitzte in seinem Auge auf; das andere blieb hinter den dichten Zotteln vergraben.

Ein beklemmender Ausdruck von Verwirrung zeichnete die Umrisse des Jungen. Seine zusammengedrückten Augen begleiteten die Anstrengung, welche es ihm bereitete, die erdachten

Worte herauszupressen. Mit schreckensleiser
Flüsterstimme drückten sich dessen Gedanken aus.
Endlich etwas zu sagen, war seine Absicht. Denn
eine üble Vorahnung lag ihm auf der Zunge.
Mühsam räumte sich ein kratzender Kehlton den
Weg ans Tageslicht frei. Stammelnd versuchte der
Junge, den Satz hervorzubringen. Doch das
Ergreifen der Worte blieb erneut Germar
vorbehalten. Zu gern übernahm er die Aufgabe der
Vortragstätigkeit. Er sprach von Schicksal und
Zugehörigkeit. Weil es ihm gerade so praktisch
erschien, bemühte er sogar eine göttliche
Vorbestimmung. Es sei eine höhere Macht gewesen,
welche den Jungen dazu verleitet habe, auszuführen,
was er sich erdacht. In seiner Begeisterung übertraf
er sich selbst und bezeichnete ihr Verhältnis
zueinander als einen wie aus Kerzenwachs
gegossenen Felsen. Kraftvoll und biegsam zugleich.
Von jetzt an würden sie endgültig miteinander
verbunden sein. Sie würden zusammenwachsen und
ineinanderfließen. Wie es immer schon das Leben
für sie gewollt habe. Die nachhaltige Bedeutung
dieser Worte war dem Jungen nicht bewusst.
Dennoch legte sich seine Unsicherheit. Denn der
Totengräber umarmte ihn und sprach mit nahezu
liebevollem Klang: „Hüte dich, schönes Blümlein!"

    Unterdessen hatten sich gegenüber der Linie der
Rekruten die Offiziere versammelt. Einer hielt das
Pferd des Feldwebels an den Riemen. Aufgeregt
debattierten sie miteinander. Man konnte kein Wort
ihrer Unterhaltung verstehen, doch dem Wissenden
musste klar sein, um was es ging. Germar hatte die

Leiche des Feldwebels flussabwärts treiben lassen, bevor sie sich in ihr Zelt zurückgeschlichen hatten. Es war nur eine Frage der Zeit, bis die Kundschafter, welche bereits auf den Weg geschickt worden waren, Dalhovers Überreste gefunden hatten. Die Reihen der Rekruten waren von Unsicherheit geprägt. Die Soldaten gereizt und aggressiv. Aber vor allem die Offiziere schienen vollkommen außer sich.

    Schon wieder dieser arrogante Stenz von einem Dalhover, attestierten sie einander. Er habe sich nie vorgestellt. Habe in der Vergangenheit weder gegrüßt noch seine Kopfbedeckung abgenommen. Sein distinguiertes Äußeres sei der reinste Hohn für dessen verlotterte Etikette gegenüber Frauenpersonen gewesen. Und die wiederholten Prahlereien dieses aufgeblasenen Gecken über ein Jahre zurückliegendes Degenduell, reine Gerüchteküche, kaum überprüfbar und damit nichts weiter als die Auswüchse spätkindlichen Pantoffelheldentums. Ein taktloser Menschenmäkler sondergleichen sei Dalhover gewesen. Dessen Ehrenwortbruch und der Verruf der eigenen Kameraden, ständige Gepflogenheit. Kurzum: In jeder Beziehung sei das Verhalten des Feldwebels ein unwürdiges und durch und durch unkorrektes gewesen. Dieses Benehmen hätte nicht nur allen Regeln der Höflichkeit widersprochen, sondern wäre auch geeignet gewesen, ein ungünstiges Licht auf das gesamte Offizierskorps zu rücken. Es entsprach ihren Erwartungen, dass man den Verantwortlichen endlich hierüber eine entsprechende Ausstellung machen würde. Wozu sollte auf den Feldwebel gewartet werden, wo er ihnen gegenüber doch so ein derart verletzendes Betragen an den Tag gelegt hatte? Das Wichtigste war, den Wünschen des Fürsten zu entsprechen und die Gefangenen an die Häfen im Norden zu scheuchen. Man solle die Soldaten antreiben, lautete die Forderung, und mit aller Härte gegen Nachzügler vorgehen, um eine mögliche Verlangsamung des Zuges zu vermeiden. Auch in steilem Gelände müsse das Tempo gehalten werden.

Bereits am ersten Tag nach Aufbruch aus dem Lager waren Opfer dieses Hetzmarsches zu beklagen. Der Mangel an zureichender Verpflegung und die unverhältnismäßigen Kraftanstrengungen hatten Mensch wie Vieh, Fuhrwerk wie Bekleidung zugrunde gerichtet. Es vermehrte sich die Zahl gedrückter und lahmender Pferde. Die Wagen gerieten zunehmend ins Stocken. Ein langer Schweif von Nachziehenden, Kranken, Bagage und kaputten Vorräten prägte ihre Nachhut. Die Männer waren ruhelos. Sie misstrauten sich, beschimpften einander und ein allgemeines Gefühl der Angst vergiftete ihre Reihen. Indes beschlich den Totengräber mit jedem vor Überforderung zusammenbrechenden Leidensgefährten ein angenehmes Gefühl. Hatte Germar schon vorher kein Unbehagen im Angesicht der Gefangenschaft ereilt, so wurde die beklemmende Enge der Knechtschaft zu einer heimeligen Tröstung. Das Hinscheiden der Männer, welche wie törichtes Schlachtvieh in die Gewissheit des Verderbens getrieben wurden, schien ihn zu nähren. Es baute ihn sichtlich auf. Mit jedem Male, wenn ein erschöpfter Körper ungerührt seiner Habe beraubt und in den Strom des Flusses gestoßen wurde, gewann er erneut an Kraft.

Über die Kolonne der verschlissenen Gestalten zog der Regen halbschräg hinweg. Die Kleider waren vom kalten Nass durchsättigt. Ein Wasser des Grauens. Die melierten Nebelschwaden am Himmelsfest ließen nicht ab. Sie dehnten sich weitgesponnen über die Breite der Landschaft aus; und legten sich vor Einbruch der Dunkelheit über alle Häupter. Selbst der Finsternis gaben sie ihre Note. Wie die riesigen Pranken einer unsichtbaren Macht ergriff der Nebelschleier von der Landmasse Besitz, um all ihr Erdenleben in einen scheuen Schatten zu tauchen. Mit Genugtuung beobachtete Germar die Leiber der Gefallenen, welche vom Gewässer davongetragen wurden. Ihre Arme und Beine räkelten sich sehnlichst nach Eden. Doch es half nichts. Der Zug des wütenden Stroms trieb hinab. Kichernd durchwühlte der Totengräber seine Weste. Bis er die Münze aus der Taverne, welche sie den Eintritt in dieses Elend gekostet hatte, zum Vorschein brachte. Wie eine Trophäe hielt er das Klimpergeld hoch. Die fest geschlossene Himmelspforte gewährte einem dünnen Sonnenstrahl durch die Nebelsuppe zu scheinen, und Germar ergötzte sich am Glanz des widerspiegelnden Fuhrlohns.

„Hol über!", erklang es in seinem Gehör, bevor er sich das Geldstück unter die Zunge legte. In dieser Sekunde erschien der Junge an dessen Seite. Wo verbarg sich Germar? Sosehr die imposante Gestalt des Totengräbers jedem ins Auge stach, das geistige Angesicht war nicht zu sehen. Es war ein Helm der Unsichtbarkeit, der Germar schützte. Eine Tarnkappe, welche ihm gereichte, als Virtuose eines dunklen Machtwillens zu walten. Wie auf einem stürmischen Vierergespann trieb ihn eine unsichtbare Kraft umher. Der Totengräber erwiderte den Blick des Jungen. Er fühlte, wie die Entwicklungsbahn seines Lebens sich ablenkte. Germar, der Räuber, war auserkoren worden, den Jungen zu verschlingen. Der Werdegang des Totengräbers war Entbehrung gewesen; Leid und Verlust. Aus den Eingeweiden eines Höllenhundes hatte sich Germar hervorgekämpft. Er hätte dieses Handeln zum Ideal erhoben. Gemeinsam mit dem Jungen wäre der Totengräber hinabgestiegen in jenes schaurige, öde Reich, aus dem es keine Rückkehr gab. Aus freien Stücken sollte der Junge Germar folgen. Aus Liebe. So tief sollte dessen Liebe zu ihm wachsen, dass selbst ein Amboss, hinabgeworfen in die Unsichtbarkeit eines Abgrunds, Tage brauchen würde, um am Grund dieses Verlangens aufzuschlagen. Germar war der Verirrung seines Geistes erlegen.

8

„Wie oft wart ihr verzweifelt, habt gerufen laut oder still, im Chor, für euch allein: Oh Herr, unser Gott, du Quell allen Lebens, du Licht in dunkler Nacht, mache die Menschen glücklich, auf dass sie verkünden deine Herrlichkeit.

Oh Herr, unser Vater, tröste die tränenvollen Augen der Blinden, befreie sie von ihrem Unglück, lasse sie finden deine Herrlichkeit in einer neuen Welt.

Als ihr Diener des Herrn hörtet, dass die Verheißung des allmächtigen Gottes euch befreien würde, da wart ihr noch voller Furcht. Doch da steht ihr nun, in Glück und Frieden!

Die Botschaft, die ich euch von Seiten des Herrn verkündige, ist, dass der Heiland euch erwartet und unter einem neuen Himmel, in einer neuen Welt, sich die Menschen zu Brüdern vereinen werden, in Christus, unserem Herrn."

Ein tiefer ernster Blick überflog die Köpfe der Zuhörer, wie der Prediger seine Hand gen Himmel hob. In der anderen hielt er ein dickes schwarzes Buch, welches er fest an sein Herz drückte. Er machte eine bewusste Pause, um seine Worte besser wirken zu lassen. Ausgerechnet in jenem Augenblick, als der Prediger dabei war nachzusetzen, entfleuchte Germar aus dem Hinterteil ein widerwärtig lautes Windgemisch. Die gesamte Mannschaft schlug sich auf die Schenkel.

„Oh! Lacht nur! Lacht nur, ihr elendes Gesindel. Schon bald wird der Tag kommen, da werdet ihr nicht mehr lachen, sondern euch ehrfürchtig verneigen vor dem Herrn, unserem Gott. Er wird alle Sünder verfolgen, seiner Herrlichkeit unterwerfen und mit Groll wird er sie bestrafen. Auf dass sie auf ewig klagen mögen, in grausamer und unendlicher Pein!"

Der Bordgeistliche schlug sein schwarzes Buch vor sich auf und befahl: „Wir singen das Dettinger Te Deum."

Er sang es alleine.

Cornelius Zeisberg, seine Familie und ein Dutzend weiterer Gemeindemitglieder hatten sich für eine Überseefahrt eingeschifft, um in der Neuen Welt die Botschaft des Glaubens zu verkünden. Die Armut hatte sie zu diesem Schritt gedrängt. Als Kinder Braunschweigs waren sie dem Angebot des imperialen Vaters von Großbritannien, in die zu besiedelnden Kolonien zu reisen, gefolgt.

Im Ruf nach Freiheit sei der Gottesglaube zu finden. Denn der Herr habe die Welt für alle erschaffen. Und alle seien gleich. Die Fürsten und ihre Vasallen hätten das Land widerrechtlich in ihren Besitz genommen. Einzig der Allmächtige hätte die nötige Kraft zur Befreiung geschenkt. Mit dem Evangelium in der Hand wäre ein Erfolg gegen derartige Verdorbenheit vorzugehen gesichert. So hatten Zeisbergs Worte geklungen. Eine Vielzahl ergötzte sich an seiner Rede. Denn der Gedanke eines Neubeginns wollte innigst ergriffen werden. Die Menschen gierte es danach. Sie standen vor dem Nichts. Die vergangenen Kriegsjahre hatten Verwüstungen über das Land gebracht. Die Ackerflächen waren vernichtet. Viehseuchen waren gefolgt. Ganze Dörfer lagen darnieder und lange Züge an Auswanderern hatten weite Landstriche entvölkert. Vor den Schiffsanlegern quollen überstürzt errichtete Notunterkünfte bis an die Seebrücken über. Die Armenfürsorge musste das Elend in den Zeltstädten mehr verwalten als lindern. Händeringend hatte die Obrigkeit versucht, den Plebs daran zu hindern, die Heimat aufzugeben. Doch nach dem letzten Hungerwinter hatten sich die Versprechen des unerschlossenen Kontinents wie schmucke Träume in den Ohren aller entfaltet. Landschenkungen, Abschaffung der Stände, Konfessionsfreiheit. Das Paradies auf Erden. Konnte es wahr sein? So richtig wusste man es nicht, denn es gab keine verlässlichen Berichte. Es war mehr ein Hörensagen, in das sich die Menschen steigerten. Doch es war golden.

 Die Frau des Pastors, Katherina, hatte sich voller Hingabe um all die zerfledderten Lumpengestalten gekümmert, welche mitten in der Nacht an die Anlegestellen in Bremerhaven getrieben worden waren. Die ehrbare Gattin Zeisberg war eine blutjunge Frau. Untersetzt und von tüchtigem Geist. Aufgewachsen in einer zutiefst gläubigen Bauernfamilie war es von Anfang an ihr Schicksal gewesen, sich dem beinahe doppelt so alten Pastor hinzugeben. Es war von ihr erwartet worden. Der gesellschaftliche Druck war omnipräsent gewesen. Und sie hatte sich gefügt. Der

Liebe wegen hatte sie es getan. Allein nicht der Liebe ihrem Manne gegenüber. Sondern gegenüber den Kindern Gottes. Es war ihr sehnlichster Wunsch gewesen, ihr Leben dem Wohle der Menschen zu widmen. Den Predigten ihres Mannes nach Gleichheit unter den Christen hatte sie ihren Willen zur karitativen Aufopferung zur Seite gestellt.

Als sie die Reihen der Rekruten, welche auf den Beginn der Einschiffung zu warten hatten, abschritt, erkannte sie Furcht wie Hoffnung in ihren Zügen. Katherina hatte Schlimmeres gesehen. Auf den Schlachtfeldern der pragmatischen Armeen hatte sie die Hunderten, gar Tausenden Verwundeten, die Erkrankten und Leichen geborgen. Sie hatte ihnen Hilfe und Trost gespendet. Und sie nicht selten verabschiedet auf ihrem Gang in die Ewigkeit. Was hätte einem Mann im Angesicht des Todes besser getan als die zärtliche Fürsprache einer jungen Frau?

Die Ereignisse in den Schrecken der europäischen Feldzüge hatten Katherina in ihrer Glaubensüberzeugung wachsen lassen. Es sei ihre Bestimmung, sich im Namen des Allmächtigen für das Heil der Menschen zu opfern. Ihr Glaube an die alles regelnde Kraft der Vorsehung verlieh ihr innere Stärke. Jedem Anblick des Elends sollte sie standhalten wie die Küstenfelsen dem Aufschlag der Wellen.

Unter den Rekruten stach ihr ein Junge mit narbenzerfurchtem Gesicht ins Auge. In geschlossener Formation paradierte eine Gruppe Männer durch die Straßen in Richtung Hafen und unter der Anleitung gereizt wirkender Offiziere ging es direkt an eine der Anlegestellen. Ignoriert wurden dabei die fragenden Gesichter aus der Menschenmenge, welche sich zwischen Straßenecken und Gassen, zwischen Ständen, Fässern und Holzverschlägen nach der eigenwilligen Versammlung streckten. Die Sonne stand hoch und ein säuriges Lüftchen penetrant stinkender Fischabfälle dampfte über der Anfurt, als der Junge an der Planke des Schiffes haltmachen musste. Im Vorbeigehen ergriff Katherina seine Hand und erkundigte sich, ob er denn hungrig sei. Das gehe sie nichts an, antwortete Germar. Er müsse entschuldigen, erwiderte Katherina, als Frau eines Geistlichen sei es ihre Pflicht, Armen und Schwachen zu helfen. Dies sei der Wunsch ihres Herrn und Gottes. Er kenne keinen Gott, so Germars Antwort, und in ihrer derzeitigen Situation unter der ewigen Knute hätten sie nur eine Hilfe nötig, nämlich die der Freiheit. Ob sie sie ihnen denn schenken könne? Nein, bekannte die Frau geknickt. Dann solle sie seinen Sohn gefälligst in Ruhe lassen, befahl der Totengräber. Geschwind zog Germar den Kleinen über die flattrige Planke an Deck. So möge man ihr wenigstens den Namen des Jungen nennen, bat Katherina. Doch ihr Ruf verschwand im Stimmengewirr der Mannschaften zwischen Pier und Deck. An den Engstellen zu den Schiffsaufgängen war Unruhe ausgebrochen. Ein rücksichtslos drängender Pulk pferchte sich gestresst nach oben. Mit ihren Habseligkeiten unter den Armen, die Kinder an der Hand, quetschten sich

Männer, Frauen und Alte an Bord. Katherina strich sorgfältig ihr kastanienbraunes Kleid zurecht. Eine Lücke im Menschgewirr nutzte sie aus, um sich dem stockend vorwärtsrollenden Gewühl anzuschließen. Unter ihrer weißen Haube lugten tänzelnde Haarsträhnchen hervor.

9

„Germar Mann, Totengräbergehilfe. Und Sohn."
Derart lautete die Eintragung in den Schiffsbüchern.
Ein holländisches Handelsschiff unter britischer
Flagge mit einer Besatzung von dreihundert Mann
war das neue Zuhause. Der Kapitän hatte aus Angst
vor Versandungen im Morgengrauen zum Ablegen
gedrängt. Triumphierend hielt sich Germar aufrecht
am Heck des Schiffes. Die Euphorie über den
gelungenen Handstreich gegen den Feldwebel stand
ihm ins Gesicht geschrieben.

„Es geht hinaus, mein Sohn", sprach er und
stellte den Jungen an die Reling. „Egal wohin sie
uns bringen. Dem Strick sind wir vorerst
entgangen."

Mit einem holzigen Knarren drückte sich die
Bordaußenwand von der Hafenmauer weg.
Vermeintliche Sicherheit schenkte das Gefühl des
Aufbruchs. Die erste Gefahr war gebannt, doch
Freiheit hatten sie damit nicht erlangt.

Was war das überhaupt? Dieses Wort. Freiheit.
Der Junge hatte es vorhin von Germar das erste Mal
gehört und dennoch schien es ihm ein vertrauter
Begriff zu sein. Er ahnte, dass Freiheit etwas
gewesen wäre, das er hätte benutzen können, um
sich selbst zu finden. Denn hier an Bord sprachen
nunmehr alle davon. Die glühenden Burschen in
ihren schrillen bunten Armeeröcken. Die
ausgestoßenen Glaubensbrüder. Die Gestrandeten
und Entrechteten. Schwer kompromittierte Leute auf
der ständigen Flucht vor den Spionagebehörden;

und trotzdem erschienen sie, vielleicht gerade wegen dieser omnipräsenten Gefahren in ihrer Vergangenheit, als heitere Gesellschaft.

Es sei jedem verbürgt, dass der Anbeginn von etwas Neuem, etwas Wunderbarem bevorstünde, feuerte sich die Mannschaft gegenseitig lauthals an. Die Erwartung eines Neubeginns konnte selbst durch die Unsicherheit der langen Reise keinen Abbruch erleiden. Die Redegewandten unter den Auswanderern zogen die Ehre einer breiten Zuhörerschaft hartnäckig an. Und diese ließ sich hoffnungsvoll mitreißen, um der Genugtuung erbauender Worte teilhaftig zu werden.

Menschen unterschiedlichster Neigungen hatten sich auf den Weg gemacht, sich zu einer homogenen Masse zu formen. Egal, welchem Schicksal sie entronnen waren, die Aussicht auf Freiheit hatte sie ebenso zusammengeführt wie die Unfähigkeit, dieses neue Lebensgefühl zu deuten. Trotz ihrer bedeutenden Anzahl mussten sie sich in geistiger Minorität wähnen. Und es war gerade diese Einsicht, welche sie vereinte. Wie vom Meißel eines Künstlers erschaffen, fassten sich ihre Gedanken und Hoffnungen in ein einheitliches Gefüge.

Das Verlangen nach Befreiung war allgegenwärtig. Im Schoße glückloser Kindheiten war der Samen gesprossen, um sich allen Formen der Unterdrückung zu entziehen. Dieses Verlangen hatte sich in gegenseitigem Antrieb zu heißem Tatendurst verwandelt. Farbenfroh gestalteten sich die Vorstellungen über das bevorstehende Glück. Da es an vertraulichen Informationen über das Reiseziel mangelte, war der Phantasie jede Berührung gewährt. Aus Mangel an eigenen Erkenntnissen folgte man hierfür den erstbesten Wortführern, in der Hoffnung, dass ihre vorgetragenen Gedanken Recht bekommen würden. Die enthusiastischen Traumgespinste großer Taten paarten sich mit der Vorliebe des Volkes für einfache Dinge. In unausgesprochener Symbiose flossen ihre Gedanken dahin. Das eine Mal entschlossen und klarsehend, dann wieder verträumt, sich an Chimären ergötzend, gemeinsam demselben Ziel entgegen, der Neuen Welt.

    Doch es war nicht das Ziel selbst, welches sie miteinander verband, sondern der Traum dessen. Ob dann immer alles so rosig sein würde wie versprochen, interessierte niemanden. Denn die schwelgerischen Weitläufigkeiten in den Erzählungen hoben den Unterhaltungswert. Die Konsequenz der gegenseitig zugesprochenen Worte war Auftrieb. Es sollte ihnen Ansporn werden, die größten Taten zu vollbringen. Die tägliche Arbeit als neues Instrument. Keine erzwungene Pflicht von oben. Sondern erhabenes Gefühl der Glückseligkeit. Wie die Flügel der Nacht, welche unaufhaltsam den sonnigsten Tag beenden, legte sich diese Einbildung über ihre Geister. Unerheblich, wie viele der Leidensgenossen sich auch an ihren Illusionen zugrunde richten würden. Die Gefahr, im brodelnden Kessel des Todes unterzugehen, konnte sie nicht abhalten. Sich dem Glück der Tüchtigen zu überantworten, um am Traum des möglichen Erfolgs festzuklammern, war allesamt aussichtsreicher, als die Erduldung eines gewöhnlich verstandenen Lebens. Die Schwärmerei, sich mit harter und fleißiger Hand jeden Wunsch erfüllen zu können, tränkte ihre Gedanken in ein Meer aus Licht. Und nährte ihren Enthusiasmus darin, sich über alle Vorbehalte zu erheben. Herzallerliebst erklang die Zuversicht in ihrer Sprache, als sich das Schiff behäbig in Bewegung schaukelte und die Küste am Horizont allmählich verschwand.

Die gesamte Mannschaft wurde zusammengetrommelt. Ein Offizier in rotem Rock und englischem Akzent brüllte auf die Umherstehenden ein. Er hatte neben dem Kapitän, einer grimmig dreinblickenden Schnapsnase, das Kommando an Bord. Man bläute den Rekruten ein, sie seien Teil der britischen Armee. Man würde in wenigen Tagen London ansteuern. Von da an wären sie in die militärischen Pflichten eingewiesen worden. Und damit sie nicht auf der faulen Haut lägen, würde man am besten sofort mit Übungen anfangen.

Es begann das tägliche Exerzieren. Aufstellung nehmen in Linienformation. In verschiedenen Gliedern. Linksrum. Rechtsrum. Bildung eines Karrees. Und wieder zurück in die Linie. Die Mannschaften mussten mit fiktiven Gewehren aus Holz das Paradieren und das Anlegen der Waffen üben. Sowie die korrekte Schulterung. Als Begleitung diente stundenlanges Strammstehen an Deck. Hinzu kamen allerlei auszuführende Tätigkeiten am Schiff. Die Zimmerleute mussten bei den Reparaturarbeiten an den Stückpforten unterstützt werden. Die Segelmacher wollten die Taue eingefettet sehen. Der Quartiermeister hatte pausenlos Aufträge parat und in der Küche war aufgrund der Mannschaftsstärke Dauerbetrieb. Man überschüttete sie mit Arbeit. Dessen ungeachtet, fand einer unter den Passagieren genügend Zeit, um seine dunklen Gedanken zu pflegen.

10

Schweinefleisch. Gepökeltes Schweinefleisch. Mehrere Dutzend Fässer davon waren in den Laderäumen des Unterdecks verstaut. Germar mochte den Geruch nicht. Lieber war ihm jener der Leichen gewesen. Für ihn roch nichts mehr nach Endlichkeit als das rohe Fleisch von Schweinen. In seinen frühen Kindheitstagen hatte ihn sein alkoholberauschter Vater in den Schweinestall gesperrt. Gründe dafür hatte es keine gebraucht. Der Schweinebauer hatte eine Zucht von rund zehn Tieren gehabt, die er in einem befestigten Freigehege halb verwildert herumlaufen ließ. Er lockte sie abends zum Stall zurück, indem er süßes Obst in Tröge kippte. Nachts sollten die Ferkel vor Raubtieren geschützt sein. Die Schweine waren stets hungrig. Sie sahen fett und träge aus. Doch ihre fassförmigen Körper konnten eine ungeheure Kraft entwickeln. Germar zitterte vor ihnen. Denn sie fraßen alles.

Eines Abends, zur Zeit der Fütterung, hatte er beobachtet, wie ein Eichhörnchen von den Dachbalken des Stalls herabgefallen und verletzt in der Schweinekoppel liegen geblieben war. Die Säue hatten sich darauf gestürzt und es augenblicklich mit ihren spitzen Schneidezähnen zermalmt. Mit erstaunlicher Leichtigkeit hatten sie die Knochen des zarten Wesens zerlegt. Und dabei ein unheimlich knusperndes Geräusch gemacht. Selbst der buschige Schweif des Eichhörnchens war verschlungen worden.

Mehrere Tage in der Woche hatte der junge Germar auf den Feldern der Grundherren zu schuften, deren Äcker wegen der sandigen Untergründe mühsam zu bewirtschaften waren. Nach einem harten Arbeitstag lag er erschöpft in seinem Bettchen; zusammen mit den anderen Kindern, zu denen er trotz des gemeinsamen Vaters nie eine Verbindung hatte aufbauen können. Sie alle waren wortkarg und verschlossen. Die Jungen, von den brutalen Schlägen gefügig gemacht, und die Mädchen, von jenen Dingen, die geschehen waren, wenn der Vater sie zu sich in die Kammer geholt hatte.

Wenn spätnachts der Bauer betrunken heimkam, stolperte er in die Schlafräume der Kleinen, um sich wahllos einen Schützling herauszufischen, windelweich zu prügeln und anschließend in einen Käfig im Schweinestall zu sperren. Um den Bengeln die Ehrfurcht vor ihrem Erzeuger zu lehren, wie er betonte. Das enge Gefängnis war am Rande der Koppel aufgebaut und die Schweine konnten bis an die Gitterstäbe herankommen. Sie schnüffelten mit ihren Rüsseln am Käfig, um die weiche Haut der Sprösslinge zu wittern. Sie schlugen ihre scharfen Hauer gegen das Eisen oder versuchten es zu zerbeißen. Die ganze Nacht hindurch gaben sie sich alle Mühe, um unter den Gitterstäben zu wühlen, denn das süße Fleisch der Kinder, aus deren Poren der Angstschweiß herausbrach, machte sie verrückt vor Verlockung. Wenn sie zwischendurch eine Pause einlegten, starrten sie Germar mit den warzenartigen Höckern in ihrem Gesicht an, um hier und da ein grässliches Quieken durch die Nacht zu senden. Schweine waren intelligent und gefräßig. Sie hätten auch ihn gefressen, wenn sie gekonnt hätten.

Nach seiner Flucht aus dem verhassten Elternhaus hatte Germar der Gedanke an die Nächte im Schweinestall permanent verfolgt. Schweine waren Haustiere erster Klasse und weit verbreitet. Nach seiner Ankunft in der Stadt hatte er sich weiterhin mit ihnen beschäftigen müssen, indem er die Essensreste der Gastschenken in den Trögen aufbereitete. Randvolle Töpfe mit Küchenabfällen aller Art. Pflanzliche wie tierische Reste, vergorene Überbleibsel, alkoholhaltige Mixturen und Tabakrückstände. Alles war zusammengeworfen worden. Germars Aufgabe hatte darin bestanden, das Ganze nochmals aufzukochen und es den Säuen zu servieren. Er hasste diese Arbeit. Sie war dreckig und erniedrigend. Vor allem jedoch erinnerte sie ihn an jenen Tyrannen von Vater. Die Kindheit hatte er ihm verdorben. Das Bewusstsein jeglicher Liebe gestohlen. Nichts weiter als ein kurzes Blitzlicht der Hoffnung hatte sich in Germars Lebenslauf gebrannt. Ein müdes Aufflackern, welches die Ahnung elterlicher Zuwendung ermöglicht hätte.

Der Jahrmarkt des Gerichtsbezirks war ein Großereignis sondergleichen. Nicht nur für den Bauern, der seine Schweine zu stolzeren Preisen feilbieten konnte. Sondern vor allem für die Kinder. Welche in der ungewohnten Umgebung, voller neuer Gesichter, Farben und Gerüche, wie in Trance vorbeigeführt wurden. Es war an einem jener Jahrmärkte, wo der junge Germar unter den herumtänzelnden Bärenführern, den mit Glöckchen ausgestatteten Bottichweibern und scherzenden Gauklern eine Musikantentruppe erspähte. Die Spielleute luden mit ihren Geigen und Pfeifen zum Tanz ein. Sie besangen in ihren Reimen wackere Helden, unglücklich Verliebte und verbreiteten Nachrichten aus weiten Königslanden. Das Spiel der Musiker war heiter und die Melodien der Instrumente legten sich wärmend auf Germars Seele. Die Klangwellen der ineinanderfließenden Tonleitern schwangen harmonisch um sein Gehör. Obwohl der Marktplatz rundum von Geschrei, Lärmen und Getöse beherrscht wurde, ward Germar, als würde die Musik ihn in einen Ruheraum versetzen, ihn ausblenden aus der Wirklichkeit und mit friedlicher Stille umgeben.

In diesem Augenblick trat der Vater von hinten an ihn heran. Ihre Körper berührten sich. Noch ein flüchtiger Blick Richtung der Musik, bevor der alte Bauer seine Hand auf der Schulter des Sohnes niederließ. Germar war wie versteinert. Ein Tremolo setzte ein. Und das Flötenspiel sang schriller. Dieser Augenblick an der Seite des Vaters, im andächtigen Lauschen der reinen Töne, war die Erfüllung eines lang ersehnten Gefühls. Unmittelbar machte es sich zur seelischen Heilung auf. Germar erahnte mit einem Male, dass in der Beziehung zu seinem Vater, so schrecklich er auch bisher gewesen war, das Potenzial der natürlichen Schöpfung versteckt lag. Warum hätten sie nicht ebenso ein kreatives Verhältnis zueinander aufbauen dürfen? Die Voraussetzungen waren gegeben. Germar hätte sich mit Enthusiasmus in die Arbeit gestürzt. Er wäre dem Schicksal des alten Bauern gefolgt und hätte Haus und Hof weitergeführt. Wie es seine Vorfahren schon immer getan hatten.

    In diesem Moment der versöhnlichen Zweisamkeit, in dem die Hand des Vaters auf seiner Schulter ruhte, wurde Germars Dasein mit ehrlichem Glück erfüllt. Zum ersten Mal verspürte er sich in seiner Einzigartigkeit wertgeschätzt. Die Idee, dass der alte Bauer diese Geste aus reiner Zuwendung vollbracht hatte, ohne einen bestimmten Zweck zu verfolgen, versetzte den jungen Germar in innere Aufregung. Denn es war ein Fremdkörper, welcher seinen Organismus betrat. Doch war diese fremde Empfindung von einer derart in sich lebenden Ruhe geprägt, dass er sie gierig in sich aufsog, um all die dunklen Erinnerungen, welche bisher das Verhältnis zu seinem Vater geprägt hatten, aus seiner Gefühlswelt zu verbannen. In einem befriedigenden Austausch zwischen Vater und Kind wäre der Sinn seines Lebens in der Ausübung familiärer Pflichten erfüllt gewesen. Nichts wollte er mehr sein als der Sohn seines Vaters.

    Als der Pauker mit dem Klöppel auf das Fell der Trommel schlug, riss ihn der Alte weiter. Ein lähmender Schock durchfuhr Germars Körper. Es war nicht die Gewalt des Stoßes, die ihn zusammenfahren ließ. Sondern die Einsicht. Die Hand des Vaters hatte nur auf seiner Schulter gelegen, um ihn augenblicklich wieder aus seiner Traumwelt herauszureißen. Diese

Hundertstelsekunde, die es gedauert hatte, bis das sanfte Gewicht der abgelegten Hand in einen eisernen Griff der Beherrschung übergegangen war, war Germar wie eine Ewigkeit vorgekommen. Die schwere Nostalgie nach einem Zeichen der Liebe war derart immens gewesen, dass dieser kurze Anflug von Warmherzigkeit ihn wie die Erfüllung tiefster Sehnsüchte befriedigt hatte. Es war alles Fiktion gewesen. Herausgerissen aus seiner bescheidenen Irrealität, wurde Germar zurück zum Wagen des Bauern gestoßen und zur Arbeit angetrieben. Schläge folgten auf das wortlose Toben des Vaters, der seine Kinder brutal zusammentrieb wie zuvor die Rotte der Schweine.
Diese Erinnerung hatte Germar innerlich zerfressen und seine Gedanken unentwegt gefangen gehalten. Er musste fortgesetzt über die Herzlosigkeit des herrischen Vaters brüten. An jene Szene auf dem Jahrmarkt denken, bei der seine zarte Hoffnung zertrümmert lag. Immerzu wurde Germar an all jene grässlichen Taten erinnert, als der alte Bauer betrunken in die Zimmer der Kinder getorkelt war. Das Geräusch, welches seine Holzpantinen beim Eintreten gemacht hatten, war wie ein Startzeichen zu einem grausamen Hinterhalt gewesen. Man hatte beten und hoffen können, dass es einen diesmal verschonen würde. Doch entkommen wäre niemand.

    Germar hatte den achtzehnten Geburtstag überstanden, als er seinen Entschluss fasste. Diese furchtbaren Erinnerungen, die ihn bedrängten und verfolgten, mussten aufhören. Er wäre zu seinem alten Heim zurückgekehrt und hätte den Vater zur

Rede gestellt. Nun war er stattlich genug, um sich ihm entgegenzustellen. Warum hatte der Vater es nie geschafft, auch nur ein einziges Wort der Anerkennung zu äußern? Es war nun an der Zeit. Germar hätte mit seiner Vergangenheit abgeschlossen. Im Guten oder im Bösen. Heiter oder kummervoll. Wie der Klang eines Liedes.

Eines Abends war Germar zum alten Hof zurückgekehrt. Die Schweine waren nachtaktiv und ihre Fütterung fand zu später Stunde statt. Ein bescheidener Niederungsnebel hatte über den bäuerlichen Feldern gelegen. Von der Landstraße bog Germar auf einen schmalen Pfad ein, der zum väterlichen Gehöft führte. Der Schweinestall lag auf der Rückseite. Um diesen zu erreichen, bewegte sich Germar im Schatten der Bäume, in einem weiten Halbkreis um die Anlage herum. Rasch kam die Dämmerung. Aus dem Haus schien kein Licht. Dessen ungeachtet, vertraute Germar darauf, dass der Bauer da war. Er kannte dessen Zeiten. Sie waren immer gleich. So gewiss, wie der Mond von einer Sekunde auf die andere über den Baumwipfeln hervortreten würde, so sicher war auch, dass der Bauer dabei sein würde, die Fütterung vorzunehmen.

Das Quieken und Grunzen der Tiere war deutlich zu vernehmen. Ein beißender Gestank tierischen Kots lag in der Luft. Germar schlich an den Wänden der Stallungen entlang, bis er an einer Spalte in den Bretterverschlägen stehen blieb, um dazwischen hindurchzuspähen. Die Schweine erschienen ihm größer als früher. Ein gigantischer

Eber dominierte die Gruppe. Seine mächtigen Hauer waren durch das ständige Aneinanderreiben scharf geschliffen. Aufgeregt trieb das Tier in der Koppel herum, sich Platz verschaffend vor der Rotte, welche eingeschüchtert vor ihm zurückwich. Wiederholt stießen sich die Säue an den Trögen. Die Fütterung hatte noch nicht stattgefunden. Es war das grässliche Geräusch der Pantinen, welches bei jedem Auftreten am kotverseuchten Unterboden des Stalls ein terrorisierendes Gefühl der Erinnerung in Germar verursachte. Da erkannte er den Vater. Lautlos schritt Germar zur Türe. Atmete noch einmal tief durch und schlug sie sodann kräftig auf. Der Bauer fuhr erschrocken herum. Einen kurzen Augenblick standen sie sich gegenüber. Ihre Blicke versuchten, die Intentionen des anderen zu erahnen.

Germar war unvorbereitet. Er hatte sich keine Anrede zurechtgelegt, um ein Gespräch zu initiieren. Er hatte gar nicht vermutet, es überhaupt so weit zu schaffen. Jahrelang hatte er sich mit dem Gedanken gequält, einen Schlussstrich unter seine kaputte Kindheit zu ziehen. Nun stand er endlich vor seinem Vater. Dessen gealterte Fratze kalt und zynisch erschien. Wie in jenen frühen Tagen.

Der Bauer hielt einen Kübel mit süßem Obst für die Schweine in der Hand. Eine schwere Holzkelle in der anderen. Er starrte seinen Sohn an. Wie einen Unbekannten. Ob sein Vater ihn erkannt hatte? Oder war es schlicht der gleiche derbe Ausdruck, welcher jahrelang die brutale Kontrolle über die Kinder geprägt hatte und der auch nun, an der Schwelle zum Greisenalter, zu herrschen bereit war?

Ohne ein Wort stürmte der Bauer los. Er ließ den Kübel fallen. Schwang die Kelle durch die Luft. Germar machte einen Schritt zur Seite. Der Hieb streifte seinen Kopf. Die Heftigkeit des Schlages drückte Germar in die Knie. Die Schweine sprangen in der Koppel auseinander. Sie fielen über das Obst her und quiekten vor Angst. Der Bauer trieb weiter. Ein erneuter Hieb kam herab. Germar riss den Vater mit in den Kot. Ineinandergeschlungen versuchte er, seinem Vater die Waffe zu entziehen. Dieser biss zu. Germars greller Schrei hallte durch die Nacht. Er durchbrach die Stille des weiten Gehöfts. Mit bloßen Faustschlägen schlug er auf das Gesicht des Vaters ein. Beim ersten ließ er los. Beim zweiten ging er bewusstlos zu Boden. Germar war im Wutrausch. Er schlug immer weiter auf den Vater ein. Ein Dauerregen wilder Schläge, erst links, dann wieder rechts. Bis nur mehr ein leises Röcheln zu vernehmen war und der Schweinebauer am Boden der Koppel liegen blieb. Das Adrenalin schoss Germar durch den Leib. Die Fäuste blutüberströmt, richtete er sich schnaubend auf. Zitternd stolperte Germar nach draußen. Einfach nur weg.

An der Stalltür blieb er stehen. Eine Idee überkam ihn. Nein. Eine Vermutung. Hatten die Ängste seiner Kindheit ihm zu Recht den Schlaf geraubt? Er wandte sich nochmal zurück, um den Ausgang des Schauspiels zu erleben. Dieses Monster, welches sein Vater gewesen war und ihm all seine Anflüge zarter Gefühle im Keim der Jugend zerstört hatte: Da lag er. Verletzt, kraftlos und keuchend.

Misstrauisch näherte sich der massige Eber dem geschwächten Körper. Zunächst schnupperte er behutsam. Dann begann er an den blutigen Verletzungen im Gesicht des Bauern zu lecken. Dieser versuchte, sich aufzurichten, machte ansatzweise Bewegungen, um sich mit den Armen abzustützen. Da biss der Eber zu. Von einem kollektiven Grunzen begleitet stürzte sich die Rotte auf den blutenden Leib des Landwirtes. Die Schweine bissen in die offenen Wunden. Sie rissen das Fleisch in dicken Streifen vom Gesicht. Und zerlegten die Knochen mit einem unheimlichen Knirschen. Die Schreie des Bauern trieben Germar die Angst ins Mark. Terrorisiert hetzte er los. Vom Eingang des Stalls querfeldein über die kahlen Wiesen; zurück zur Landstraße und hinaus Richtung Stadt. Wie ein panisch Getriebener rannte er weiter, ohne sich umzudrehen. Der Angstschweiß floss ihm über die Stirn. Er vermengte sich mitsamt dessen Tränen zu einer salzigen Mischung aus Trauer und Wut. Auf der verlassenen Landstraße blieb Germar dieses Gefühl des Schmerzes als karges Überbleibsel zurück. Seine flüchtende Gestalt wurde in die schützende Dunkelheit der Nacht aufgenommen. Die röchelnden Laute des sterbenden Vaters hallten hinterher. Sie brannten sich in das Unterbewusstsein ein und wurden von jenem Tage an zum Synonym für Germars Lied der Freiheit.

11

„Hüte dich, schönes Blümlein", murmelte Germar vor sich hin, als er die Ladung im Unterdeck begutachtete.

Der Laderaum war ein Ort der geheimen Überraschungen, dessen materielle Inhalte erfreuliche Geschäfte versprachen. Auf dem neuen Kontinent fehlte es an allem. Nahrung, Kleidung, Werkzeuge. Sämtliche Erzeugnisse aus den Manufakturen der Alten Welt. Als Schiffswährung hätte Germar die Ware dienlich umgesetzt. Das gepökelte Schweinefleisch wäre zur Aufbesserung der chronisch beschränkten Rationen spielend an den Mann zu bringen. Es war erforderlich, einen Weg zu finden, das Gut unbeobachtet verschwinden zu lassen. Ferner, ein Vertriebsnetz unter den Mitreisenden aufzubauen. Darauf stand zwar die Todesstrafe, doch Germar juckte das wenig. Der Glanz des Goldes war zu verlockend, um sich über derlei Androhungen Gedanken zu machen. Er hatte schon etliche Male den Kopf aus der Schlinge gezogen. Es wäre ihm wieder gelungen. Mit etwas Glück würde er ein Vermögen erwirtschaften.

Ein Gewirr von Stimmen hielt sein umtriebiges Bewusstsein gegeißelt. Germar war bereit ein neues Kapitel zu eröffnen. Der kleine Junge, den er auf der Lichtung getroffen hatte; er empfand eine innere Verwandtschaft zu ihm. Sie beide verband die Einsamkeit ihrer Existenzen. Und der urmenschliche Instinkt, über Leichen zu gehen. Gemeinsam waren sie Feldwebel Dalhovers Klauen entflohen. Mehr noch; sie hatten ihn ausgeschaltet. Darin fand sich das einigende Band, welches ihre Herzen miteinander umschloss. Das quälende Bewusstsein der ungerechten Kindheit würde aus den Trümmern seiner Existenz endgültig verbannt werden. Es zu wandeln in eine blühende Zukunft für seinen getreuen Adlaten, war Germars Absicht. Er würde es besser machen als der alte Bauer. Er würde seinen jungen Gefährten wie einen Sohn behandeln. Ihn beschützen und aufziehen. Und ihm all die Aufmerksamkeit geben, die ihm selbst in seiner früheren Zeit verwehrt gewesen war. Er hatte eine Funktion in seinem Leben gefunden. Um nichts mehr in der Welt, würde Germar diese aufgeben. Er würde jedem, der versucht hätte, ihm seinen Sohn zu entreißen, mit brachialer Gewalt begegnen. Die vordringlichste Aufgabe sollte sein, dieses kleine Menschlein zu besitzen. Niemandem würde es gelingen, sie wieder zu trennen. Voller glühender Selbstzufriedenheit stand er im Laderaum, in der Überzeugung, den richtigen Weg erkannt und den Grund seines Daseins auf Erden gefunden zu haben.

    Germar machte sich prompt ans Werk. Er schlich auf dem Schoner umher, um die geringen Essensrationen der Mannschaften mit den gestohlenen Vorräten des Ladeguts aufzubessern. Die geforderte Gegenleistung waren Dukaten, Taler und Schillinge. Wenn die hungrigen Mäuler kein Geld hatten, gab sich Germar mit anderen Gütern zufrieden. Er raffte Schmuck und Uhren zusammen. Fein ziselierte Kunstgegenstände. Eine versilberte Schnupftabakdose. Einen Meißener Porzellankrug.

Der Junge hingegen vereinsamte. Der Tod Dalhovers hatte Unruhe erzeugt. Das Bild des ertränkten Feldwebels brannte sich in sein Gedächtnis ein und raubte ihm den Schlaf. Unablässig erschien ihm der Tote, in wachem wie in schlafendem Zustand. Das Bild irrte in seiner Imagination umher, beherrschte zunehmend seine Gedankenwelt und fand zu keinem festen Platz. Verstörende Schuldgefühle trieben den Jungen herum und belegten all sein Bemühen. Eine Gefahr lauerte auf ihn. Er hatte sie direkt vor seinen Augen. Er wollte nicht werden wie Germar. Verbissen quälte er sich damit, dessen Wesensart auf Abstand zu halten, sie zu bändigen und fortzustoßen. Um seinen Geist geöffnet zu halten, für die kindliche Neugierde.

Eine willkommene Entspannung boten die Einladungen Katherinas zu den alltäglichen Konventikeln. Die regelmäßigen Hausmessen bei den Zeisbergs waren eine Ablenkung von der schweren Arbeit. Und sie gaben Antworten. Denn der Pastor war ein belesener Herr, der sich des Jungen annahm, als dieser zaghaftes Interesse für die Glaubenslehre zeigte.

In Berufung auf das Evangelium wurden die Dogmen der römischen Kirche über Bord geworfen. Die Angst vor dem Gesetz Gottes sollte nicht länger an eine weltliche Institution gebunden sein. Das Buch selbst sei wichtiger als seine Vertreter. Es war eine reine Verstandeslehre, welche geübt wurde. Und eben dieser Übergang zwischen altem und neuem Glauben hatte eine grundlegende Korrektur des sozialen Gefüges zum Resultat. Mit einem Male drang die Position der Gelehrten und Wissenschaftler aus den verplombten Lehrsälen der Akademien an die Oberfläche des gewöhnlichen Lebens. Wissen war nicht länger als lästig zu paukendes Schriftmaterial zu verstehen, sondern als ein sich selbst anzueignendes Werkzeug persönlichen Fortkommens. Die geistigen Waffen lieferte der Mensch. Sie hatten sich zur einzigen Bedingung seiner Existenz erhoben. Talente waren zu einer notwendigen Lebensfunktion geworden; zu Ursprung und Kraftherd menschlicher Vitalität.

Diesen als heidnisch empfundenen Frontalangriff hatte die Kirche nicht akzeptiert. Die Verfolgung und Verbannung ihrer abtrünnigen Herde war Obliegenheit für die eigene Legitimation gewesen. Eine vermeintliche Bestrafung. Denn gerade dieser Makel der Ausgestoßenen war es, der die Auswanderer abermals zusammenschloss. Zu einer Gemeinschaft von Wissenden. Zu einer Familie.

„Der Kuttenbrunzer und sein Tratschweib haben es dir angetan?", kommentierte Germar die Rückkehr seines jungen Begleiters. „Da haben sie ein ganzes Rudel Rotznasen und wollen mir meinen einzigen Sohn auch noch wegnehmen."

Welch ein großzügiges Anerbieten es doch sei, lästerte der Totengräber, dass der Junge den Vorträgen folgen dürfe. Er frage sich jedoch, was einen Menschen dazu antreibe, in den Chor dieses frommen Geklatsches einzustimmen. Auf den Knien dahinkriechendes Volk, würde einen wirklich wenig einnehmenden Eindruck vermitteln. Er selbst habe es auch schon versucht und dabei keine erlösende Antwort vom Himmel erhalten. Egal wie man es drehen und wenden möge: Das Leben sei zu kurz, um seine Zeit mit derlei Unsinn zu verplempern. Den Beweis für einen Gott sehe Germar nicht. Das Einzige, worauf man auf einem muffeligen Schiff vertrauen könne, sei, dass einen die Pest ankomme.

Der Junge setzte sich zu ihm. Nach den ersten Tagen auf See hatte er sich bald in den Alltag an Bord eingelebt.

„Wie hältst du das aus?", verdrehte Germar die Augen. „Dieses Geschwafel von dem Alten macht einen mürbe. Und die dicke Schwarte, aus der er ständig vorliest. Was soll das?" Er kratzte sich im Schritt und kippte den Kopf zurück, als würde er konzentriert nachdenken wollen.

„Ich habe einmal einen Dahingesiechten aus einem Haus reicher Leute abgeholt. Der hatte auch so ein schweres Buch bei sich. Ich glaube, sie nannten es Atlas."

„Land voraus!", hallte die Stimme des Steuermanns unter Deck hinab.
Germar trieb den Kleinen nach oben. Er rieche die parfümierten Hintern der Hafenmädchen. Das würde ein Fest werden. Dieweil sie sich durch die Türe an Deck schoben, war der Kapitän dabei, seine Befehle an die Mannschaften auszugeben. Man sei im Anlauf auf den Pool of London. Alles bereit zum Anlegen.

Ein emsiges Treiben brach los. Jeden gierte es an Land. Um Himmels willen, London! Die

Hauptstadt des größten Weltreichs lag in Sichtweite. Man sei in einem Paradies angekommen. Die englischen Feuermaschinen hätten mit der Arbeitskraft von hundert Pferden die menschliche Plackerei ersetzt. Der Honigwein würde in Bächen fließen und die Mädchen einem alle Wünsche erfüllen. Wenn sie es schlau anstellen, flüsterte Germar dem Jungen zu, während sie sich am Tauwerk zu schaffen machten, könnten sie heute Nacht verduften.

    Des Totengräbers Hoffnungen zerschlugen sich rasch, als sie feststellen mussten, dass ein Verlassen des Schiffes verunmöglicht wurde. Man hielt nicht auf den Hafen zu, sondern senkte an der Themsemündung die Anker ab. Mit Schaluppen wurden in der Folge Proviant, Werkzeuge und anderes Material herbeigeschafft. All die Flüche und Verwünschungen, die Germar in übelstem Gassenjargon über das Wasser Richtung Flusspromenade stieß, halfen da nicht weiter. Und trotzdem. Diese günstige Gelegenheit musste genutzt werden.

    Germar war sich seiner Gerissenheit, welche die vermeintliche Lösung bereithalten würde, gewiss, als er in den frühen Morgenstunden den Jungen eilig weckte. Still führte er ihn an den dösenden Wachen vorbei. Mit einer geleerten Schnapsflasche an ihrer Seite lungerten sie im Delirium an den Treppen zur Kommandobrücke. Der Totengräber machte sich an einer der Schaluppen zu schaffen, die an langen Tauen an der Bordaußenwand befestigt lagen. Die ruhige, fast entspannte Art, mit welcher er sich ans linkische Werk begab, war das Unheimliche an seinem Tun. Er flüsterte dem Jungen zu, welcher sich die eingetrockneten Schlafreste aus den Augenwinkeln rieb, er solle sich bereitmachen. Germar würde ihn über die Schiffswand nach unten ins Boot lassen. Um sodann in einem flotten Rudersprint im anbrechenden Tageslicht zu entschwinden.

„Ihr schätzt die Meeresbrise im Morgengrauen, mein Freund?"

Germar fuhr herum. Der Junge bewegte sich schläfrig mit.

„Verfluchte Teufelsbrut! Schleicht Euch nie wieder von hinten an mich ran. Ich habe bereits Leute für weniger erstochen!", schnaubte der Totengräber.

„Das hält ein strammer Bursche wie Ihr schon aus", scherzte der Pastor.

Katherina und er kamen eingehängt über das Oberdeck spaziert.

„Was wollt Ihr?", fauchte Germar.

„Ich war soeben dabei, Euch dasselbe zu fragen", erwiderte der Geistliche.

„Was ist das für ein Gebrüll?" Aufgeregt trat der Kapitän heran, die Rockknöpfe über seiner Brust schließend.

„Ich bin froh, dass Ihr hier seid", gab sich Pastor Zeisberg beruhigt. „Wir konnten den Diebstahl eines Bootes unterbinden. Oder war es gar eine geplante Flucht?"

Der Pastor wandte seinen Blick provokant Germar zu.

„Welch eine lächerliche Unterstellung? Wir haben uns nützlich gemacht und die Taue eingefettet. Es gibt keinen derart beflissenen Diener wie mich auf diesem Schiff."

Der Totengräber verbeugte sich vor dem Kapitän.

„Ist mir gleich. Ihr habt hier nichts zu suchen", gab sich dieser unbeeindruckt.

„Wie schön, dass Ihr nicht auf die Maskeraden dieses Hochstaplers achtgebt", warf Zeisberg ein.

„Wir haben überdies einen Vorschlag zur Unterbindung derartiger Vorkommnisse."

„Was soll das sein?", gähnte der Schiffskapitän.

„Alle Kinder sollten in den Räumen der Familien verweilen", erklärte Katherina.

„Was für Kinder?", räusperte sich der alte Seebär gelangweilt. „Die Mannschaften haben zu spuren. Schluss!"

„Ausgezeichnet!", applaudierte Germar. „Ein schönes und wahres Wort, Herr Kapitän."

„Schnauze! Ihr verschwindet alle sofort!" Der Schiffskommandant hatte die betrunkenen Bordwachen erblickt und wurde launisch.

„Oh, lasst Euch nicht täuschen von des Teufels Werk!", sang Vater Zeisberg ein. „Es ist die Hand Gottes, welche die sichere Überfahrt gewährt. Wendet Euch ab von ihm und Ihr werdet getroffen von seiner Rache. Die Ungeheuer der See fahren stetig ihre Fänge aus. Nur die Herrlichkeit des Allmächtigen vermag sie zu zügeln."

Augenblicklich schien der Kapitän in Unentschlossenheit versetzt. Der Pastor kannte den

Aberglauben der Seeleute und benutzte ihn für sich. Von schemenhaften Gesten wurden die weiteren Worte des Geistlichen begleitet, als er seine Predigt lostrat. Sie alle seien unwürdige Werkzeuge der göttlichen Vorsehung, umgeben von den geifernden Heerscharen böser Dämonen. In den Tiefen der See lägen die Tore der Hölle versteckt, aus deren Pforten jene monströsen Häscher hervorkämen, die schon so zahlreiche Seefahrer vor ihnen in den Abgrund der ewigen Pein gezogen hätten.

Der Kopf des Kapitäns verschwand tief zwischen seinen Schultern. Rastlos verfolgte er, einem beim Schummeln erwischten Schuljungen gleich, die Ausführungen des Pastors ohne das kleinste Anzeichen eines Einwands.

Von der Unterwürfigkeit des Kommandohabenden beflügelt, peitschte sich Zeisberg in die fürchterlichsten Bestrafungsphantasien weltlicher Sünder. Und dirigierte gekonnt seinen beeindruckenden Choral allmächtigen Zorns bis zur völligen Zermürbung der Zuhörer. Hochrot und unnatürlich aufgebläht war sein Kopf. Die Erscheinung seiner Statur warf einen langen Schatten. Den Finger hielt er unentwegt auf Germar gestreckt.

„Es ist der schauerlichste Abgrund an Frevel und Bösartigkeiten, welcher dieser Mann unter einem unsichtbaren Mantel an Schmeicheleien trägt", drohte der Pastor. „Einmal gelüftet, wird der gehörnte Widersacher aus ihm erwachen!"

„Eine Verleumdung!", wehrte sich Germar. „Ich habe noch nie einen Mantel besessen!"

„Nun", gestand der Kapitän kleinlaut ein, „wir können die Hilfe des Allmächtigen auf unserer Reise durchaus gebrauchen."

„Und wer wäre geeigneter, diese sicherzustellen", tönte Zeisberg siegesgewiss, „als der Diener des Herrn? Aus mir spricht der Heiland zu Euch!"

„Hört Euch das an!", lästerte der Totengräber. „Auch ich habe Euch eine Botschaft zu verkünden!" Er hielt die Arme seitlich aufgespannt und senkte den Kopf nach hinten Richtung Horizont. Die Wolkendecke war dabei aufzubrechen und das Dunkel der Nacht begann der einsetzenden Dämmerung zu weichen. Als hätte er einen direkten Draht zur Himmelspforte hergestellt, inszenierte Germar seine Rede: „Ob durch die Hand des Allmächtigen zum fürstlichen Edelmann erkoren. Oder durch einen butterweichen Furz aus den Tiefen der Unterwelt ans Tageslicht gekotzt: Im Tode sind wir alle gleich!"

„Um Gottes willen!", schrie Katherina auf und suchte Schutz bei Zeisberg. Dieser begann reaktionsartig ein Gebet in seinen Bart zu murmeln und bekreuzigte sich dabei wiederholt.

„Ich bitte Euch", wandte sich Katherina an den Kapitän. „Entscheidet weise!"

„Das fällt mir nun leicht", bemerkte der Seemann. „Die Halbwüchsigen kommen in die Kojen der Familien. Sie sind ab sofort bei den Burschen der Segelmacher eingeteilt. Und du", befahl der Kapitän an Germar gewandt, „gehst mir gefälligst aus den Augen. Oder ich lasse dich über die Planke wandern."

Unwillig verzog sich der Totengräber. Am Eingang zum Ladedeck rülpste er einen derben Fluch über die Brücke, bevor seine Gestalt unter Deck verschwand.

Der Junge begab sich Richtung Unterdeck. Die erleichterten Zeisbergs folgten knapp dahinter. An der Schiffsleuchte blieben sie stehen. Katherina fuhr dem Jungen durch sein zerzaustes Haar, um es wieder zurechtzukämmen. Wiederholt fragte sie ihn nach seiner Herkunft. Die Einladung verlockte ihn, sich auszudrücken. In seinem Kehlbereich formierte sich ein kitzelnder Druck, als wollten sich unsichtbare Wollknäuel hervorarbeiten. Er hielt sich nah an der Pendelleuchte des Schiffes, welche im Wellengang der See munter schunkelte. Ein glimmriges Licht drang aus der Positionslaterne. Der Junge beobachtete die Glutreste der von der Nacht übrig gebliebenen Holzscheite. Tänzelnd schimmerten sie durch das Glas. Die Idee einer Wörteraneinanderreihung machte sich bemerkbar. Ein Matrose trat heran und öffnete das Türchen der eisernen Laterne. Kurz gehackte Späne wurden nachgelegt. Durch die Windstöße der Morgenbrise entfachte sich das Feuer erneut. Mit einem bescheidenen Knastern stach die Flamme empor und erhellte den Korpus der Schiffsleuchte. Das Gehäuse der Laterne wurde erhitzt und der Junge genoss die wohltuend ausstrahlende Wärme.

Er solle ihr folgen, bat Katherina. In den

Gemeinschaftsräumen der Familien wurden sie bereits erwartet.

„Das ist mein ältester Sohn, Carl", erklärte Katherina und stellte die beiden Jungen einander vor. Carl war von drahtiger Figur. Er sah seiner Mutter ähnlich. Weibliche Züge zeichneten den offenen Ausdruck seiner Physiognomie; eine kraftvolle Stimme gab seinem Antlitz den passenden Rahmen.

Im Unterdeck standen die Jungen einander gegenüber, als die ausschweifenden Erklärungen Katherinas begannen. Sie beide seien in einem ähnlichen Lebensabschnitt, von gleichen Interessen getrieben und deshalb wäre es nur selbstverständlich, sich gegenseitig zur Seite zu stehen. Eine neue Form der Brüderlichkeit zu leben. Eine Verwirklichung göttlicher Fraternität, wenn man so wolle. Im beständigen Auftrag, Gutes zu tun.

Carl ergriff seine Mutter am Arm, um ihr zu bedeuten, dass er verstanden habe. In einem unbeobachteten Moment blickte er zum Jungen und machte dabei eine lustige Grimasse. Diese Vorträge hatte Carl schon etliche Male durchlebt. Dem Kleinen entlockte es Schmunzeln.

„Du kannst mit mir mitkommen, wenn du willst", mit diesen Worten durchbrach Carl die versteifte Situation. Er arbeite für den Segelmacher. Carl umarmte seinen neuen Freund und zog ihn eilig mit hinaus. Nicht ohne vorher seiner Mutter zuzunicken; sie solle sich keine Sorgen machen. Als sie erneut die frische Meeresluft umgab, stieß Carl einen Seufzer der Erleichterung aus und lachte gen Himmel. Er löste sich von seinem Freund und winkte ihm mit der Hand zu, ihm zu folgen. Das Gros der Mannschaften war dabei, die tägliche Arbeit aufzunehmen. Die beiden gingen durch das Gewusel der Matrosen hindurch zum Hauptmast und zogen sich an den Leinen hoch.

„Na los, komm. Du brauchst keine Angst zu haben. Ich helfe dir." Carl kletterte gekonnt nach oben. „Siehst du? Es gibt hier Schlaufen in den Seilen. An denen kannst du hochsteigen. Es ist ganz leicht."

Zaghaft folgte der Junge den raschen Bewegungen des Älteren. Er war nicht geübt in den Seilen. Sie kletterten bis an die Spitze des Mastes. Dort war der Aussichtsplatz. Der Kleine kam verschwitzt oben an. Es war nicht die Kraft, welche ihm fehlte. Sondern die Erfahrung mit der Höhe. Das Balancieren war er nicht gewohnt. Vor Angst, in die Tiefe zu fallen, hatte er bei jedem Griff gezittert. Er brauchte eine Minute, um sich zu beruhigen. Dann erst blickte er auf.

Carl strahlte ihn direkt an: „Ist das nicht herrlich?"

Das war es. Das Schiff war in der Nacht aus dem Kanal ausgelaufen, die Küste entlang gefahren und trieb nun auf den offenen Ozean zu. Die endlose Ausdehnung des Wassers dominierte sämtliche Eindrücke. Überall war Blau. In der Ferne tänzelten die Bewegungen der Wasseroberfläche auf und ab und wirkten verführerisch einladend wie ein frisch gelierter Blaubeerkuchen. Das Licht reflektierte in der Gischt der sich brechenden Wellen. Es strahlte über das Meer und ließ abertausende Pünktchen grell aufblitzen. Wie zu Pulver zerstoßenes Perlmutt glänzten sie in den Horizont, verschwanden im Großen Teich und sprühten sofort wieder auf in einem sich ewig spiegelnden Leuchten. Vergnügt vor sich hin krächzende Möwen umkreisten die Köpfe der beiden Jungen. Als wären sie von einer unsichtbaren Kraft getragen, zogen die Vögel ihre Runden über den Masten. Sie spähten die Bewegungen unter dem Wasser aus, um sich beim Anblick von Fischschwärmen gekonnt in die Tiefe fallen zu lassen. In stichgeradem Sturzflug brachen sie in das Wasser ein. Und erschienen wenige Sekunden später erneut in der Höhe mit der erlegten Beute im Schnabel. Inständig bemüht den Mittelpunkt zu halten, bewegten sie sich in Anordnung zueinander, während ihre Flügelschläge ebenmäßig im sich abwechselnd eng verdichtenden, dann wieder locker verbundenen Schwarm erfolgten.

 Der Junge bewunderte ihre Kämpfe um die frisch gefangenen Fische, die halb lebendig in ihren schlanken Schnäbeln zuckten. In halsbrecherischem Segelflug vollzogen die Möwen akrobatische Bewegungen, um die anderen Artgenossen zu verwirren. Dennoch schien ihr Umgang miteinander vertraut. Trotz der Streitereien um Futter war ihr Wesen gesellig und niemals von Neid geprägt. Wenn der Kampf um einen Bissen vollzogen war, gliederten sich alle wieder friedlich in der Gruppe ein, um sich gemeinsam von den Windstößen forttragen zu lassen. Weich lagen sie in den Böen und glitten darauf mühelos auf und ab.

Die Kraft desselben Windes durchfuhr das Haar des Jungen. Sie schob von hinten an und blähte seine Kleider auf. Die Segel unter ihm füllten sich mit sonnengewärmter Luft und manövrierten das Schiff in den Atlantik hinaus. Er blickte hinab und sah die Nase des Bootsrumpfes in das Wasser eintauchen. Mit einer schaukelnden Bewegung erhob das Schiff das Haupt, um sogleich wieder in die brausenden Wellen hineinzutreiben. Ein salziger Geschmack durchfuhr die Atemwege. Es war die gleiche reinigende Frische, welche der Junge in der Nacht im Feldlager gerochen hatte, kurz vor dem Kampf mit dem Feldwebel. Doch war der damalige Moment in der Dunkelheit verfangen gewesen, so war er nun leuchtend hell.

In der Ferne verband sich das Blau der See mit dem Türkis des Himmels zu einem Bildnis der Unendlichkeit. Die Weite des Meeres nahm von ihm Besitz. Der Junge konnte sie sehen. Er konnte sie riechen und spüren. Und die Weite gab ihm mehr. Sie gab ihm das Gefühl, seine innere Leere, welche ihn bisher umschlossen gehalten hatte, füllen zu können. Das lebensspendende Nass wäre die Errettung seiner Einsamkeit gewesen. Er würde seiner inneren Leere mit der Weite des Ozeans begegnen. Er würde dem Nichts die Unendlichkeit entgegensetzen.

„He! Vorsicht, sonst fällst du", Carl packte ihn am Arm. „Halt dich am Mast fest! Gefällt es dir?"

Der Junge nickte heftig. Er hatte Tränen in den Augen.

„Das hab ich mir gedacht", lachte Carl und drückte ihn dabei in den Sitz. „Komm! Wir bleiben ein wenig hier. Solange noch die Sonne scheint."

Von jenem Tage an verbrachte der Junge immer mehr Zeit mit der Familie Zeisberg. Er besuchte die Messen und blieb oft zum Abendbrot. Man empfing ihn wie einen verloren geglaubten Sohn. Er wurde mit Liebe überhäuft. Katherinas Kinder, sechs an der Zahl, nahmen ihn in ihre Runde auf. Sie ließen ihn an ihren Spielen teilhaben und freuten sich aufrichtig über seine Nähe. Niemand machte ihm Vorwürfe wegen seiner stillen Art. Er wurde genommen, wie er war.

Carl erwies sich als wertvoller Freund. Mit dessen Hilfe bekam der Junge eine Anstellung bei den Segelmachern. Das verschaffte ihm Freiraum vom Exerzieren und Abstand von Germar. Er lernte sich auf den hohen Masten, den Segeln und Seilen flink zu bewegen. Und sein Gemüt erhellte sich zunehmend. Mit Interesse verfolgte er die Predigten von Cornelius Zeisberg. Dieser sprach über das gelobte Land, über Neukanaan. Das gab dem Jungen Hoffnung. Man erklärte ihm, dass alle Menschen gleich seien. Nur Gott habe das Recht, über sie zu urteilen. Niemand anders dürfe es tun. Und so behandelte man ihn auch. Man hielt ihn nicht für einen stummen Schwachsinnigen. Im Gegenteil. Familie Zeisberg bewies ehrliches Interesse. Man hatte ihn aufgenommen.

Der Junge erlernte spielerisch alle Arbeiten, die

auf dem Schoner zu erledigen waren. Das Reffen und Bergen der Segel, um bei Erwartung von schlechtem Wetter deren Fläche zu verkleinern. Das richtige Anbringen der Schoten, dicke Leinen zur Bedienung des Schiffes, welche zwischen den als Nocken bezeichneten Schiffsteilen befestigt wurden. Schließlich das Trimmen oder Einstellen des großen Fockbaumes, eines Querbalkens am Mast, der in mehrere Richtungen geschwenkt werden konnte. Mit dessen Hilfe war es möglich, die Segel korrekt einzustellen und den sich ständig ändernden Windbedingungen anzupassen. Es verstand sich von selbst, dass die Matrosen den Jungen niemals die Tätigkeiten unmittelbar ausführen ließen. Er war vor allem für Flickarbeiten an den Leinen zuständig. Aber durch Aufmerksamkeit und scharfe Beobachtungsgabe lernte er dennoch rasch. Zudem wurde er durch die Beschäftigung in der Schiffsmannschaft zunehmend vom lästigen Militärdienst befreit. Von den morgendlichen Übungen an Deck war er für seine Arbeiten freigestellt.

 Germars Interesse für den Jungen nahm indes zusehends ab. Zwar beauftragte er ihn wiederholt mit erniedrigenden Arbeiten, wie dem Reinigen des Aborts, doch war es mehr eine Gewohnheit geworden, um seine Autorität nicht untergraben zu sehen. Germars Gaunergeschäfte mit dem gestohlenen Ladegut entwickelten sich prächtig, und so schien auch für ihn die beschauliche Welt an Bord vornehmlich Trümpfe bereitzuhalten.

 Nur noch vereinzelt und erst spätnachts, wenn

er wieder den ganzen Tag mit Carl und seiner Familie verbracht hatte, kroch der Junge zurück in seine Hängematte neben dem schlafenden Totengräber. Das Schnarchen und Grunzen, die Fürze und Flüche dieses ungehobelten Grobians machten ihm nichts mehr aus. Der Junge hatte eine eigene Gleichmäßigkeit erlangt.

Seit der Abfahrt aus London war das Schiff in Begleitung mehrerer Fregatten, welche aus Angst vor Überfällen vorwiegend in Kiellinie fuhren. Angeführt von einem britischen Segellinienschiff und mit zahlreichen langrohrigen Jagdkanonen bestückt, waren genug Soldaten anwesend, weshalb problemlos auf einen Trommlerjungen verzichtet werden konnte. Es blieb derart die Zeit, sich das Treiben aus luftiger Höhe anzusehen. Der Junge winkte den anderen Schiffsburschen zu, wenn eine der Fregatten an ihnen vorbeizog. Zusammen mit Carl genoss er die Sonnenuntergänge von ihrem Aussichtsplatz aus. Am Abend saßen sie bei den Zeisbergs und verbrachten die letzten Stunden des Tages mit dem gemeinsamen Lesen von Büchern. Der Kleine übte fleißig die Kalligraphie und beeindruckte die Familie mit seinem unbändigen Wissensdurst. Von Tag zu Tag fiel es ihm leichter. Und die Zeisbergs bestärkten ihn darin, weiterzumachen. Er war zufrieden in ihrem Kreise. Wäre auf ewig die Fahrt gegangen, es wäre ihm recht gewesen.

An einem dieser Abende beschloss Carl, seinen Freund in ein Geheimnis einzuführen.

„Hattest du niemals Angst davor, verloren zu gehen?", fragte er ihn unvermittelt.

In den Kojen der Familien war es still geworden. Der Schiffsbauch schaukelte dessen Bewohner behäbig in den Schlaf. Durch die Ritzen in der Holzverkleidung pfiff die Meeresluft hindurch. Die beiden Jungen lagen eingehüllt auf ihren Bettflächen.

Pastor Zeisbergs strenge Stimme donnerte durch den Raum, um Ruhe zu fordern.

Die zwei Freunde verstummten. Ihre Augen blieben geöffnet. Lautlos rückte Carl mit seiner Decke näher. Das Quietschen der alten Holzbalken verbarg sein Geflüster.

„Ich habe eine Karte gezeichnet", nuschelte er kaum hörbar. Erneut pendelte der Schiffsbauch umher. Das aufstöhnende Holzgebälk verbog sich und verschlang Carls Worte.

„Sie ist versteckt", verriet Carl. Er drückte sich die flache Hand auf die Brustseite des Hemdes, als wolle er sein Herz zur Beruhigung sanft tätscheln. „Morgen früh, wenn wir auf dem Mast sind, zeige ich sie dir."

Kichernd nickte Carl seinem Freund zu. Der Junge erwiderte lächelnd. Er lebte nunmehr in einer Familie. Wenn nicht seiner eigenen, zumindest einer, die ihn hinnahm, wie er war. Die Umgebung auf dem Schoner, so begrenzt sie auch sein mochte, erschien ihm wundervoll. Denn er hatte endlich Liebe erfahren. Und das war alles, was er auf der Suche nach seinem Glück brauchte.

12

Es war ein festgeschriebenes Ritual, welches Katherina jeden Morgen vollzog. Nur wenige Minuten dauerte es. Und dennoch war es unbezahlbar wertvoll. Die kurzen Augenblicke vor Sonnenaufgang waren die einzige Zeit des Tages, welche nur ihr allein gehörte. Sie schlich zur Tür hinaus, um im salzigen Duft der Meeresluft eine Schüssel frisches Wasser zu holen. Mit dem kalten Nass wusch sie sich das Gesicht mehrmals ab und ließ den Nebel der Nacht, welcher sich im Schlaf über ihre Augen gelegt hatte, langsam entschwinden. Im abgebrochenen Teil eines kleinen Spiegels lächelte sie sich zu, im Hinblick darauf, den Tag mit einem möglichst freudigen Gefühl zu begehen. In langen sorgsamen Bewegungen strich sie sich mit einem Kamm aus Ahornholz die Haare zurecht.

Sie brauchte nur wenige Handgriffe, bevor sie ihr Tageswerk beginnen konnte. Doch war dieses morgendliche Prozedere unabdingbar für sie, um sich vollends geerdet zu fühlen.

Im Bauch des Schiffes schaukelte der Schlafraum der Familie beständig hin und her. Alles, Kleidung, Wäsche und Utensilien, war durcheinandergewürfelt und improvisiert. Von Hygiene keine Rede. Die Umstände, in denen eine Dame ihrer Morgentoilette nachkommen musste, hätten nicht widriger sein können. Dennoch fühlte sie sich zu Hause, denn die letzten Augenblicke der Nachtruhe ihrer Kinder waren ein harmonischer

Hintergrund. Sie lagen zerstreut auf dem Holzboden verteilt. Zusammengerollt oder mit allen vieren von sich fortwerfend schlummerten ihre jungen Schätze in der Welt der Träume dahin. Bei jedem Lufthauch, den sie ein- und aussogen, hoben sich die Decken über den kleinen Körpern sanft auf und senkten sich wieder ab im regelmäßigen Takt ihrer Atmung. Still genoss sie den Anblick ihrer Pracht, welcher von innerem Frieden geprägt im glücklichen Schlaf ihrer Kinder lag.

 Sie wunderte sich selbst, wie sie hierher hatte gelangen können. In den frühen Jugendtagen hatte sie vollkommen andere Pläne gehabt. Nach der höheren Töchterschule war eine in Aussicht gestellte Liaison mit einem jungen Wissenschaftler der erfolgversprechendste Weg gewesen, den Zugang zur Bildung zu erlangen. Doch nach ihrem ersten Treffen mit dem Pastor war alles anders gekommen. Er hatte ihr in langen Briefen berührende und anmutige Worte geschrieben. Zunächst hatte sie Angst gehabt vor seiner strengen Art; und dennoch hatte sie der Wunsch überfallen, Anstoß zu sein zu seiner inneren Wandlung. Sie hatte damals zum ersten Mal gemerkt, dass die Menschen etwas in sich hatten; einen Glauben, den sie alleine nicht fähig waren hervorzubringen. Sie wollte ihnen helfen; sie retten. Als Instrument der Veränderung fühlte sie sich nützlich. Die Wünsche ihrer Jugend hatte sie dafür geopfert. Sie hatte alles aufgegeben. Ihre frühe Begeisterung für Bücher. Eine weiterführende Ausbildung. Die Möglichkeit, sich zu entwickeln und es zu Wohlstand zu bringen.

Sie hatte sich selbst vergessen. Ohne sich dabei jemals zu fragen, was sie wolle. Ihr Schicksal war es gewesen, jemand anders zu retten; ihr Selbst jemand anders zu geben. Und als Dank dafür hatte sie ihre Familie bekommen.

Sie nahm ein Löffelchen Honig ein, um sich mit der Süße der Natur zu einem weiteren entbehrungsreichen Tag anzutreiben. Bevor sie die Decken ihrer Kinder hob und sie mit einem linden Kuss in einen neuen Morgen einlud.

Die Lider der verträumten Kinderaugen hoben sich langsam an. Mit bedachten Bewegungen fuhr Katherina durch ihre gelockten Haare. Sie streichelte ihre Wangen und kitzelte ihre kleinen Bäuche, um sie liebevoll zum Aufstehen zu bewegen. Carl und die Älteren waren bald auf den Beinen und sogleich dabei, sich das Frühstück zu richten. Die Jüngeren rollten quengelig auf ihren Decken herum.

Katherina durchfuhr eine wohlige Wärme beim Anblick ihrer Kleinen. Jede rationale Logik war ausgeblendet, wenn es darum ging, für das Heil ihre Lieblinge zu sorgen. All die Wünsche und Träume, welche sie in ihrer Jugend gehabt hatte: ihre mit Posamenten verzierten Kleider. Die Lust, auf Reisen zu gehen. Oder die Annehmlichkeiten eines modernen Hauses. Das alles war den Bedürfnissen ihrer Kinder untergeordnet. Seit der Geburt ihres ersten Sohnes, Carl, hatte sich der Wertekanon ihrer Vorstellungen vollkommen verändert. Was ihr vorher wichtig erschienen war, hatte sich zur absoluten Bedeutungslosigkeit reduziert. Es konnte auf der ganzen Welt nichts Wichtigeres mehr geben als das wunschlose Glück ihrer kleinen Familie.

Als sie ihre Kinder wie jeden Morgen aufs Oberdeck führte, erschrak sie kurz. Die gesamte Schiffsmannschaft war angetreten. In einem Rechteck stand die Besatzung um den Hauptmast gereiht. Die wenigen ausbleibenden Passagiere wurden soeben aus ihren Kajüten heraufgerufen. Nachdem sich alle versammelt hatten, erschien der englische Offizier auf der Kommandobrücke.

Mit strengem Auge überflog er die Gesichter der Anwesenden, bevor er sein Präludium eröffnete: „Die Gesetze der englischen Krone sind die Garanten einer sicheren Überfahrt", begann er.

„Nun wurde ermittelt, dass sich an Bord Individuen befinden, welcherlei durch Hinterlist und Bösartigkeit die Sicherheit des Schiffes gefährden."

Fragende Blicke wurden ausgetauscht.

„Es gab eine nicht unwesentliche Reihe diebischer Vorfälle", erklärte der Offizier. „Aus diesem Grunde wird sich niemand von hier fortbewegen, bis das gesamte Schiff durchsucht und der Verantwortliche gefunden ist."

Bei diesen Worten begannen Soldaten sich grob an den Reihen der Besatzung hindurchzudrängen und in die Laderäume und Kajüten hinabzusteigen. Mucksmäuschenstill wurde es an Deck. Unter ihnen war das Gepolter der Suchtrupps deutlich zu vernehmen. Kurz darauf erschien ein Soldat mit einem Stoffbündel und überreichte es dem Offizier.

Dieser überprüfte den Inhalt, um dann in die Runde zu fragen: „Wem gehört das hier?"

Katherina stockte der Atem. Ihr Sohn blickte sie hilfesuchend an. Pastor Zeisberg erkannte die Situation. Kurz hielten sich die drei an den Händen fest, dann erhob der Geistliche seine Stimme: „Das gehört meinem ältesten Sohn."

Die Blicke der gesamten Mannschaft wandten sich ihnen zu. Der Offizier erwiderte nichts, sondern schüttete den Inhalt des Bündels wortlos auf dem Deck aus. Einige Dutzend Brocken gepökelten Schweinefleischs kullerten über die Holzplanken in alle Richtungen und prallten an den Füßen der Besatzung ab. Pastor Zeisberg fuhr der Schrecken in die Glieder. Katherina drückte Carl instinktiv an sich.

„Ich schwöre bei unserem Allmächtigen, dass das nicht der Besitz meines Sohnes ist", brach es Zeisberg unwirsch hervor.

Es müsse eine Verwechslung sein, welche man bestimmt aufklären könne. Sein Sohn sei zu Derartigem nicht fähig. Er gebe sein Ehrenwort dafür.

Man könne auf die Macht Gottes vertrauen, antwortete der Offizier mit scharfem Unterton. Oder sich unvoreingenommen des eigenen Verstandes bedienen. Daraus sei zu schließen, dass der Junge Diebstahl am Eigentum seiner Majestät begangen habe.

„Das ist unmöglich", warf der Priester ein. „Meine Kinder wurden ehrbar erzogen."

„Das mag schon sein. Aber die Beweislast ist eindeutig und auf diesem Schiff herrschen uneingeschränkt Ordnung und Disziplin." Der

Offizier machte seinen Männern ein Zeichen, um Carl festzunehmen.

Er wurde in die Arrestzelle gebracht. Dort hatte er seines weiteren Schicksals zu harren. Katherina verschwand unter Tränen, während der Pastor dem Offizier weiterhin zuzureden versuchte.

Germar und der Junge, welche die ganze Szene mitverfolgt hatten, standen still in der Reihe. Nach Hilfe Ausschau haltend wandte sich der kleine Junge an seinen großen Begleiter. Nervös zupfte er an dessen Hosen, nur um feststellen zu müssen, dass der Totengräber gar nicht bei der Sache war. Dieser beeiferte sich seinem angeborenen Absentismus zu dienen und beobachtete konzentriert die Bewegungen der Wolken, welche weit über ihren Köpfen gemächlich dahinzogen. Dabei trällerte er eine Melodie fröhlich vor sich hin. Den Befehl der Bewacher, sich wieder an die Arbeit zu machen, nahm er mit augenscheinlicher Erleichterung an.

Der Junge unternahm den Versuch, einen Schrei abzusetzen. Ein qualvolles Röcheln würgte sich aus seinem Rachen hervor. Ein kratzendes Gemurmel. Nichts geschah. Die Laute blieben im Kehlenraum vergraben. Wie ein rasch aufziehender schwarzer Nebel nahm ein verkrampftes Gefühl der Enge vom Jungen Besitz. Er hatte dieses Schaudern gänzlich vergessen; war seinem inneren Gewühle mit Offenheit und Leichtigkeit begegnet. Wochen hatte ihn dieser Prozess gekostet. In einem blitzschnellen Moment war die ganze Mühe zunichtegemacht. Erneut überkam ihn schwere Atemnot. Ein beklemmendes Gefühl der Angst presste massiv auf seine Brust. In Dämmerzustand nahm er die Schreie der Soldaten wahr, welche ihn zur Arbeit antrieben.

Das Schiffstribunal, bestehend aus dem englischen Offizier, dem Kapitän und dem ersten Steuermann, kam zu einem raschen Urteil. Carl war des Diebstahls schuldig. Zwar hörte man sich die Einwände des Pastors erneut an, doch das Ergebnis blieb das gleiche. Man hatte die gestohlene Ware in seinem Bündel gefunden. Der Beweis war damit erbracht worden. Recht und Gesetz hatten zu walten. Die Sicherheit des gesamten Schiffes stand auf dem Spiel. An Bord waren so manch potenzieller Dieb und jede Menge niederes Gezücht, welches beim Anschein von Schwäche zu jeglichen Untaten bereit gewesen wäre. Carl musste bestraft werden. Und nach den Regeln des holländischen Seerechts, auf dessen Einhaltung der Kapitän mit Nachdruck beharrte, hieß die Strafe Kielholen.

Carl waren die wenigen Stunden, die es gebraucht hatte, um ihn der Bestrafung zuzuführen, wie eine Unendlichkeit vorgekommen. Das Schlimmste an seiner Situation war die bange Ungewissheit, die sich mit zunehmender Dauer zu einem anhaltenden Gefühl des Bedrohtseins auswuchs. Verbissen versuchte er die Furcht vor der Endgültigkeit, welche in ihm schlummerte, zu unterdrücken. Alsbald die Tür zum Kerker geöffnet und er nach oben gebracht wurde.

Carls Eltern hatten ihm in erzieherischer Absicht die gesellschaftlichen Verhaltensregeln beigebracht. Die Wichtigkeit eines reputablen Lebens war ihm dermaßen indoktriniert worden, dass ihm, im Angesicht der Verfehlung, der Ekel vor ihm selbst hochkam. Für ein derartiges Vergehen bestraft zu werden, ob zu Recht oder nicht, war eine Demütigung für den Haushalt der Zeisbergs. Die Enttäuschung seiner Eltern, für die er sich verantwortlich sah, fraß ihn von innen heraus auf. Sie verunmöglichte jede rationale Abwägung zu seiner eigentlichen Unschuld. Dermaßen präsent war die Verunsicherung, dass allein der Anblick der versammelten Mannschaft Carls innere Bloßstellung initiierte und ihm ein Gefühl seelischer Nacktheit aufzwang.

 Obwohl Besatzung wie Reisende verhalten im Glied standen und sich keiner zu rühren wagte, schien Carl ein tobender Lärm am Oberdeck zu herrschen. Das Geplätscher des Wassers, welches seitlich gegen den Schiffsbauch schlug, war wie Trommelschläge auf seinen Ohren. Die Pupillen weit aufgerissen, nahmen Carls Nerven alle Eindrücke tausendfach verstärkt war. Von kaltem Schweiß überzogen klebten seine Stirnsträhnen an der Haut. Die Nässe gesellte sich zum Zittern aller Muskelpartien, deren Kontrolle stückweise nachließ. Dabei riss er die Augen aufgeregt herum. Ziellos, ohne jemals an einem Punkt festzuhalten.

 Man führte ihn an die Reling und hatte einige Mühe, ihn in Position zu bringen. Carls Herzfrequenzen überschlugen sich und formten jeden einzelnen Muskel seines klammen Körpers zu einer verkrampften Steifheit. Literweise stieß sein Organismus scharfe Flüssigkeiten aus, als man ihm die zittrigen Beine am Ende eines langen Taus festband, um ihn hierfür querschiffs unter dem Kiel hindurchzuziehen. Das Blut schoss Carl elektrisierend durch die Venen. Obwohl er immer schneller atmete, schien ihm die Luft über dem Ozean bei Weitem nicht auszureichen. Seine Blicke schossen verzweifelt umher, in der Hoffnung, ein vertrautes Gesicht zu erhaschen. Die Eltern überflog er. Beschämt wich seine Wahrnehmung ihren Blicken aus. Und fror dann auf einem hellen Gesicht fest.

Der Totengräber bemühte sich ostentativ um ein geistiges Fernbleiben. Konsequent wandte er sich vom Gefangenen ab, schaute auf den Wellengang hinaus oder versuchte den Jungen mit anderen Themen abzulenken. Er solle bloß aufpassen, dass er nicht nass werde, bläute er ihm ein. Das Schlimmste auf einem Schiff sei das Wasser selbst, mit dem man nicht zu viel in Kontakt kommen solle. Venerische Übel, ja gar die Pest erwüchsen hiervon.

Der Junge hörte nicht zu. Er war bei seinem Freund. Zuerst erschien es ihm, als würde Carl durch ihn hindurchsehen. Derart verbissen peilte er ihn an. Dann erkannte er dessen Absicht. Es war eine Art des Abschiednehmens.

Mit aller Kraft mühte sich der Junge, die Ideen in Worte zu fassen. Er wollte diesem Moment seinen persönlichen Ausdruck verleihen. Doch es kam nur unverständliches Würgen hervor. Ein Haufen überflüssiger Laute. Ein forciertes Hecheln.

Wie hätte er in dieser Umgebung den korrekten Sprechakt lernen können? Es war ein Durcheinander an unterschiedlichsten Reden und Dialekten, das ihn umgab. Eine babylonische Sprachverwirrung sondergleichen. Nur selten konnte man eine vornehm gesprochene Wendung erheischen. Für gewöhnlich war es ein Gelärm an rasch aufeinanderfolgenden Imperativen, das über die Kommandobrücke gebellt wurde. Ein vertracktes Stakkato. So lästig einbrennend wie das Gekläff einer Hundemeute.

Freimütig blickte der Junge seinem Freund Carl entgegen. Und gemeinsam fühlten sie jene Trauer, welche die zarte Blume der Freundschaft, die gerade dabei war zu verwelken, in ihnen auslöste. Ihre desperaten Versuche, das Unabwendbare zu ignorieren, waren nicht mehr als eine trotzige Utopie. Unwichtig erschien für eine Sekunde die Welt, als sie sich in ihrer Imagination verstiegen, um sich zum Eintritt in einen neuen Lebensabschnitt zu beglückwünschen.

„Hüte dich, schönes Blümlein!", sprach der Totengräber und seine Worte zerrissen förmlich den Moment der Andacht.

Mit einem kraftvollen Ruck wurde Carl hinabgestoßen. Im freien Fall stürzte er an der Schiffswand entlang nach unten. Der Druck fuhr ihm durch den Körper. Ein reflektorischer Lufthunger kam hoch. Klatschend schlug er auf der Wasseroberfläche auf. Mit der Kraft des Sturzes wurde er in den Untergrund hinabgezogen. Mechanisch paddelten seine Arme wieder nach oben. Mit den gefesselten Beinen fiel es ihm schwer. Hastig schnappte er nach Luft. Doch schon zog die Mannschaft an. Das Seil an seinen Beinen zerrte ihn unaufhaltsam in die Tiefe. Trotz aller Anstrengung gelang es ihm nicht, dagegen anzukraulen. Der Zug führte ihn unnachgiebig unter Wasser. Sein Körper wurde gegen die Außenseite des Schiffsbauchs gedrückt. Die an den Holzblanken festgewachsenen Ablagerungen zerschnitten sein Fleisch. Scharfkantige Muscheln und abgeschliffene Gesteinsverkrustungen sezierten Carls Haut wie ranzige Butter. Seine Schwimmkräfte gaben nach. Die Männer an Deck zogen mit aller Kraft am Seil, um Carl auf der anderen Seite wieder hochzuzerren. Dabei musste sein Körper am Schiffsbauch entlang schleifen.

    Katherina konnte sich nur abwenden. Sie stand apathisch an der Seite, mit einer gespenstischen Ruhe inne. Abscheulicher als die Leiden ihres geliebten Kindes, dessen brutaler Folter sie Zeugin wurde, war die beklemmende Frage nach dem Sinn dieser Bestrafung. Sie entwirrte ihre Gedanken nach einem fraglichen Ereignis in ihrer Vergangenheit. Wann hatte sie einen Fehltritt begangen? In welcher Okkasion hatte sie einen dermaßen großen Frevel verbrochen, dass ihr diese Bestrafung zuteilwurde? Ihr Körper bebte vor Schmerz. Innere Krämpfe zerfraßen ihren Leib. Ihre Sinne waren in ein quälendes Gefühl der Angst versetzt. Ihre Gedanken drangsalierten sie mit dem Vorwurf der Unfähigkeit gegenüber dem Schutz ihrer Liebsten. Es war ein Versagen ihrer ureigenen Lebensbestimmung. Der Grund ihres Daseins war mit einem Mal auf den Kopf gestellt. All die Kräfte und Freuden, welche sie bis zu dieser verhängnisvollen Markierung ihres

Lebens geführt hatten, die ihr Antrieb gegeben und ihr Wesen erhellt hatten, zerschmolzen zu einer unwahren Nichtigkeit.

Erneut rissen die Männer das Seil kraftvoll an. Immer tiefer wurde Carls Körper hinabgezogen. In die völlige Dunkelheit. Ein grollendes Geräusch umgab die Meeresunterwelt. Das Blut schoss ihm durch den Kopf. Durch die unbeholfenen Schwimmbewegungen verbrauchte sich der Sauerstoff in seinen Adern wie im Nichts. Verbissen kämpfte er, den Mund geschlossen zu halten. Das salzige Wasser drang dabei an seine aufeinandergepressten Lippen. Der Kopf wurde schwer. Die Gliedmaßen unbrauchbar vor Schmerz. Als er durch das Wasser gewirbelt wurde, blähte sich sein Körper unaufhörlich mit Luft auf. Der Druck in ihm steigerte sich immer weiter. Sein Leib verfing sich entlang der Spatenbalken. Doch das Anziehen der Mannschaft ließ nicht nach. Die Zugkraft quetschte ihn in die Kerbe zwischen Kiel und Schiffswand, während das angezogene Tau an seinen Beinen ihm die Füße abzureißen drohte. Mit einer verzweifelten Bewegung gelang es ihm, sich von der Außenseite des Schiffsbauchs wieder fortzustoßen. Mit dem Becken schlug er dabei am Kiel auf. Eine tiefe Wunde gab die blanken Knochen am Bauchraum frei. Halb in Trance zappelte er mit seinen Armen weiter. Die Bewegungen waren beliebig und unkoordiniert. Völlig orientierungslos spürte er, wie er an der anderen Seite des Schiffes wieder an der Wand entlang nach oben geschliffen wurde und Hunderte

Schnitte der spitzen Muscheln sich weiter in sein Gerippe bohrten. Endlich erschien sein Kopf wieder an der Oberfläche. Bewegungslos hing Carls Körper am Seil. Kopf und Arme nach unten baumelnd. Durch die Luft wurde er nach oben gehievt. Das Wasser rann an den erschlafften Gliedmaßen zurück ins Meer, und mit einem letzten Ruck platschte sein welker Körper über die Reling auf das Deck.

 Was die Männer da an Bord gezogen hatten, war ein fremdes Wesen. Das Gesicht war nicht mehr zu erkennen. Blutüberströmt präsentierte sich eine Larve aus Tausenden Wunden. Die vormals kindlichen Gesichtszüge waren vernichtet. Carls aufgeplatzter Unterleib brachte die schlauchartigen Gedärme hinter den offenen Rippenbögen ungeschützt hervor. Aus seinem Mund ergoss sich eine schleimige Flüssigkeit aus Magensäure und Blut.

 Als Erstes erkannte Carl das grelle Licht der Sonne, die wie eine hoffnungsvolle Verheißung hinter den Wolken hervorkam. Ein letztes Mal erhellte sie sein Gesicht. Ihre warmen Strahlen beruhigten sein Gemüt. Die Schmerzen der Verletzungen betäubten all seine Sinne, derweil er sich innerlich dazu aufraffte, dem großen brennenden Stern entgegenzufliegen. Seine Augen hielt er bewusst geöffnet. Die versammelte Besatzung eilte mit Katherina an der Spitze an seine Seite. Lächelnd erfasste Carl die sanften Umrisse seiner Mutter. Bevor sein gläserner Blick in einer angestarrten Position erlosch.

13

„Du kannst jetzt nicht hinein", meinte Germar.

„Den ganzen Tag stehst du nun schon hier rum. Es hat keinen Sinn. Begreif es doch!"

Das Mobiliar schunkelte im Raum des Schiffsbauches behäbig dahin. Eine Seekiste rutschte ungesichert umher. Der Junge hielt sich eng am Türrahmen der Zeisbergs gelehnt. Seine Augen waren umgeben von einer breiten Kruste eingetrockneter Tränen. Aus dem Inneren war nichts zu vernehmen. Nur ein leises Schluchzen.

„Ich verstehe deinen Schmerz", sprach ihm Germar Mut zu. „Ich verstehe es wirklich. Glaub mir! Niemand weiß besser als ich, wie schwer es ist, einen wertvollen Menschen zu verlieren."

Behutsam versuchte er, sich dem Kleinen zu nähern.

„Ich kann dir jedoch versichern: Noch schwerer ist es, einen wertvollen Menschen zu finden. Sei nicht verzagt über den Verlust, sondern freue dich über den Gewinn."

Der Junge wandte sich fragend um.

„Mich!", lächelte ihm Germar zu. „Du hast mich gefunden. Und nach alldem, was wir gemeinsam durchgemacht haben, ist es selbstverständlich, dass ich dir nun beistehen werde."

Müde zog der Junge die Mundwinkel etwas an.

„Ah! Sehr schön. So ist es schon besser. Komm! Gehen wir ans Oberdeck", meinte der Totengräber, als er ihn in seine Umarmung nahm.

Man könne es doch offen sagen, begann Germar seine Interpretationen, vermutlich sei es sogar besser so. Er drückte seinen jungen Kompagnon fest an die Seite. Wer wisse denn schon, was dieser Carl alles so ausgefuchst habe. Einer, der zu Diebstahl fähig ist, der hätte bestimmt auch andere Schweinereien auf dem Kerbholz. Das müsse er, Germar, doch am besten erschnuppern können.

Bei diesen Worten riss sich der Kleine los und blieb dabei in einem angespannten Ausdruck stehen. „Ja, ja. Ich weiß schon", zog ihn Germar weiter. „Für dich war er ein Freund."

Aber solche Typen können durchtrieben sein, fuhr er fort. Woher wisse man, dass das nicht alles ein Mummenschanz sei? Nur um von wahren Taten abzulenken? Er schüttelte den Jungen an der Schulter.

„Keine Meinung dazu? Na, siehst du", stellte der Totengräber erleichtert fest.

Man könne sich nie sicher sein. Das Einzige, worauf man sich in jeder Lebenslage verlassen könne, sei die Familie. Nur die habe Bestand. Deswegen könne der Junge von Glück sprechen, dass er Germar habe. Er sei dessen Familie. Und ihm könne er vertrauen.

Es kam keine Reaktion. Der Junge war wieder zurückkatapultiert worden in jene Stimmungslage, welche ihn auf der Lichtung umgeben hatte. Die Anflüge der Freundschaft und Zuneigung, durch Carl und Katherina erlebt, waren verloren. Das Schicksal hatte ihn auf null zurückgesetzt. Auf jene Position des Ausgeliefertseins, in der er den Launen des Totengräbers unterworfen war. Die allumfassende Leere schien wieder im Begriff zu sein, von ihm Besitz zu ergreifen.

„Ich werte dein Schweigen als Zustimmung", kicherte Germar. „Deshalb bekommst du jetzt von mir ein Geschenk. Eine Überraschung!"

Er zog den Jungen an die vorderste Stelle des Schiffsbugs, packte den Kopf des Kleinen zwischen seine dicken Hände und drückte ihn mit dem Gesicht hinaus Richtung Weite. „Da vorne! Siehst du es?"

Germar zog ihm den Kopf lang, sodass der Junge fast den Boden unter den Füßen verlor. „Da vorne ist unser Ziel. Und in wenigen Tagen werden wir es erreicht haben. Du kannst mir glauben. Ich habe den Steuermann dabei belauscht, wie er den Kapitän informiert hat."

Germar legte seine Hand auf die Schulter des Jungen. Er gab sich alle Mühe, ihn genau so zu berühren, in exakt jener Haltung zu verharren, welche sein Vater damals auf dem Jahrmarkt bei ihm selbst eingenommen hatte. Sie würden zusammenbleiben; und würden sich in einer fremden Umgebung eine neue Zukunft aufbauen. Ein abscheuliches Geheimnis trug Germar in sich. Tief vergrub er es im Inneren seines von Verbrechen überbordenden Gewissens. Wer brauchte das schon? Gewissen?

„Germar, alter Fuchs", sprach seine innere Stimme zu ihm, „du hast es wieder einmal geschafft. Du hast nicht nur den Feldwebel beiseitegeräumt, sondern dein geliebtes Seelenkind aus den fiesen Klauen dieser verfluchten Pfaffen befreit."

Er war so stolz auf sich. Seine Brust schwoll an vor Freude. Er hatte den Kleinen endlich wieder nur für sich allein. Und in seiner Begierde nach neuen Horizonten war die Gelegenheit, ihn zu vereinnahmen, nie so günstig wie gegenwärtig. Dort drüben, in dieser unbekannten Neuen Welt, würde er nicht nur eine Familie aus ihnen schmieden, sondern mehr. Eine Menschenseele für sich gewinnen. Ein Abbild seiner selbst; dem all das Glück, die Anerkennung und Liebe, die seine traurige Existenz hatte vermissen müssen, durch ihn zuteilwerden würde. Germar fühlte sich übermächtig, und ein wärmendes Gefühl entfachte den eisernen Willen zu seiner missionarischen Aufgabe.

In diesem Augenblick erschien ein Punkt am Horizont. Erst klein und unklar. Dann langsam, aber beständig größer. Vom Punkt hoben sich seitlich zwei Spitzen ab. Flügelschläge. Es war eine Möwe, welche ihnen entgegenzog. Die Mannschaft ließ kurz von ihrer Arbeit ab. Die Reisenden und die Besatzung kamen nach vorne. Sie drängten sich aneinander, um den ersten Blick auf das in Sichtweite erscheinende Land zu bekommen. Wie ein zu Wirklichkeit gewordenes Traumbild hob sich die Silhouette des neuen Kontinents in der Entfernung ab. Es versprach ihnen alles. Diese bunte Gesellschaft, welche sich aus allen Schichten zusammensetzte, wurde in Bann genommen vom Gedanken, endlich ihr eigener Herr sein zu können. Vom niedersten Knecht bis zum begüterten

Kaufmann, von den Philistern zu den Lektoren. Sie alle wurden angesogen. Sie gravitierten regelrecht hin wie zu einem Massezentrum. Der Zug in die Unabhängigkeit, in die Verantwortung ihrer selbst, zerriss die Bande des Vaterlandes. Wie Meilensteine am Wegesrand wurden die erträumten Erfahrungen des freien Lebens gezählt, reflektiert und unterrichtet. Dies alles getragen von schwebender Leichtigkeit. Und hätten auch auf die Fehltritte der Jugend nur die Exzesse des Erwachsenenlebens gefolgt, so konnte keiner sich der Lust entziehen, es nochmals und wieder aufs Neue zu versuchen. Sie alle wollten mehr und möglichst alles. Das Minnelied ihrer Gedanken hatte sich allerlei um triviale Probleme gedreht. Nur jetzt erschien es in neuen Gesängen. In dem Wunsch, etwas erschaffen zu wollen, der Natur ihre Schätze zu entreißen, und ohne Bedenken auf göttliche Rache, den Freuden des Lebens zu erliegen. Diese Adhäsionskraft war nicht durch höhere Gewalt erfolgt, per Dekret veranlasst oder losgetreten durch die Macht einer Revolte. Es war so selbstverständlich wie nur möglich der Lauf ihrer menschlichen Entwicklung gewesen, welche dazu herangereift war, den nächsten Schritt nach vorne zu tun.

 Eine Windbrise umschwirrte ihre Gesichter. Aneinandergeschmiedet fanden sich Germar und der Junge am Rande eines gewaltigen Kontinents wieder, dessen verrenktes Wispern verheißungsvoll herüberklang. Der Atlantik lag hinter ihnen. Und voraus die Ungewissheit.

14

Nervös wackelte Germar von einem Bein auf das andere.

„Seit einer Stunde stehen wir schon in Position. Diese verdammte Schaluppe ist noch immer nicht vor Anker gegangen."

Die Besatzung stand in Warteschleife an den Abgängen des Decks, während die Matrosen das Landemanöver herunterspulten. Im improvisierten Hafen mit seinen vielen kleinen Fischerbooten verkam das Anlegen großer Seeschiffe zu einer Sisyphusarbeit. Mit reiner Muskelkraft wurde der Wasserkoloss seitlich an die Hafenstege gezogen.

„Kopf hoch, mein Sohn", stärkte Germar dem Kleinen den Rücken. „Erstmal wieder festen Boden unter den Füßen haben. Danach werden wir uns den Wanst vollhauen. Das wird ein wahrer Schmaus."

Der Junge nickte abwesend mit dem Kopf. Seine Blicke schlängelten sich an den Rücken der anderen Passagiere vorbei, um Katherinas Ausdruck, die weiter vorne stand, zu erhaschen. Sie hatten sich seit Carls Bestrafung nicht mehr gesehen. Die ganze restliche Überfahrt hatte Katherina in der Kajüte verbracht. In Einsamkeit und Trauer. So gerne wäre der Junge an ihrer Seite gewesen.

Es hatte sich etwas in ihm getan. Die Vertrautheit mit Carl und Katherina hatte ihm aufgezeigt, dass es mehr gab als ein leidensbereites Leben an der Seite des Totengräbers. Er selbst, in seiner ureigenen Person, hielt in sich die Kraft verborgen, die Zukunft selbstbestimmt zu dirigieren. Trotz Carls dramatischen Endes, dessen traurige Erinnerung den Jungen allerorten begleitete, hatte die Überfahrt ihn in seiner Erfahrung wachsen lassen. Gezwungenermaßen hatte er sich vom Trossknecht bis zum Tambour hochgearbeitet. Die darin enthaltenen Erlebnisse von Überwindung und Verlust hatten ihm eine gewisse Schwungkraft verliehen. Zum ersten Mal empfand er so etwas wie Selbstvertrauen. Es war die innere Ungeduld, sein Leben meistern zu wollen. Die Sehnsucht, sich seine Begabungen zu Nutze zu machen und den väterlichen Intimus abzuschütteln, hatte den Spross der Hoffnung gelegt.

„Endlich!" Germar stieß einen Schnaufer der Entspannung aus, als das Schiff am Hafenbecken anlegte.

„Immer langsam!", befahlen die Soldaten.

„Alle unten aufstellen. Zum Weitermarsch!"

„Was? Schon wieder rumstehen? Schon wieder marschieren?", meinte der Totengräber entnervt.

„Bei dieser herrlichen Pracht, die uns erwartet?"

Mit einer Hand zerrte er seinen Sack voller Habe hinter sich her, mit der anderen den Jungen fest im Griff.

Das Schauspiel, welches sich im Hafen präsentierte, war von Germars Geschmack. In den verwinkelten Gassen flogen die Betrunkenen auf dem rutschigen Pflaster herum. Sie verstopften die Straßenabflüsse mit Unrat, jagten die Domestiken der Herrenhäuser über die Gehwege oder versuchten sich vorbeihastende Mädchen zu krallen.

Kraftmeierisch brachten sie sich vor den Hafenschenken in Position. Dabei gaben sie unverständliche Würgelaute von sich. Lauter junge Männer der niedrigsten Schichten taumelten umher und schienen schwer benommen zu sein. Es war eine verbrecherisch aussehende Meute. Ein mieses Gesindel, wie man es sich nur vorstellen konnte. Sie ballten die Fäuste mit erhobenen Armen. Pfiffen und grölten. Ein ohrenbetäubend lautes Getöse. Alles schien schmutzig, wild und fremd.

    Die Neuankömmlinge waren geschockt. So hatte man sich das nicht vorgestellt. Selbst die höhergestellten Personen, welche in den europäischen Städten aufgewachsen waren und die Werke der angesehenen Ökonomen, Naturforscher und Philosophen kannten, wussten nichts über die tatsächlichen Verhältnisse in dieser Neuen Welt. Die Lebensanschauungen und Traditionen der vielen Eingewanderten unterschieden sich eklatant. Die Sprache des Gegenübers verstand man nicht.
Bei den unteren Schichten war das Maß an Bildung hingegen gleich null. Der enorme Einfluss simpler Formeln und abergläubischer Stimmen prägte das Denken. Verflucht sollten die Elenden seien, welche den Erlassen der Göttlichkeiten keine Folge leisten würden.

    Die blutdürstigen Bestrafungsmethoden des Fegefeuers, welche von zahlreichen Predigern an den Anlegeplätzen den Ankommenden entgegengeworfen wurden, geboten als ständige Drohung. Bei der Unfähigkeit, eigene Gedankengänge zu konzipieren, wurden die meisten

Menschen vom archaischen Lebenskonzept streng religiöser Dogmen beherrscht, welche alle für sich den Anspruch hatten, die alleinigen Träger des Talismans für einen erfolgreichen Beginn in der Neuen Welt zu sein. Die beständigen Propagandareden klangen oft nur schablonenhaft und trafen nicht den Kern der Sache. Entbehrungen und Leid waren somit die häufigsten Ergebnisse, welche der vermeintliche Neuanfang für die Ankömmlinge mit sich brachte.
Da, in diesem durcheinanderwurlenden Schwarm von Menschen fror der Blick des Jungen auf Katherina fest. Sie wandte sich zu ihm um, schritt langsam auf die beiden zu und hielt dabei ein Päckchen in ihrer Hand. Das Herz schien dem Kleinen aus dem Körper herausplatzen zu wollen, so groß war seine Aufregung. War sie etwa zu ihm gekommen? Würde sie ihn dem Totengräber abkaufen? Das schmerzliche Verlangen, Teil einer Familie zu sein, überfiel ihn erneut. Die Gedanken, welche ihn in seiner Vorstellung erleichtert hatten, kamen wieder auf. Ein Funke Hoffnung.

„Zur Erinnerung", begann Katherina und streckte ihm das Bündel entgegen. „Ich wollte dir noch sagen, dass wir uns freuen würden, wenn du …"

„Oh! Wie aufmerksam von Euch, meine Teure", unterbrach sie Germar.

„Das wäre doch nicht nötig gewesen." Gierig riss er das Bündel an sich. „Ja, ja. Auch für uns war es eine wunderschöne Zeit", schnatterte er eilig.

„Wer weiß, vielleicht ergibt es sich mal wieder? Meine Empfehlung an den Herrn Gemahl."

Schon schleifte er den Jungen weiter. Dieser sah sich kurz um. Und vertiefte sich dabei in Katherinas Augen. Ihre Erscheinung speicherte sich in seinem Gedächtnis ab. Bevor sie in der Menschenmenge gänzlich unterging.

„Puh! Endlich. Die wären wir los", schnaufte Germar erleichtert. „Mal sehen, was drin ist." Er riss die Umwicklung auseinander.

„Ein Hemd?", bemerkte er enttäuscht. „Was soll ich denn mit so einem alten Putzfetzen? Da! Nimm du!"

Der Junge ergriff hastig das Kleidungsstück. Es war Carls Hemd. Er hielt sich das Kleidungsstück ans Gesicht und schnüffelte genussvoll am vertrauten Geruch seines Freundes.

Währenddessen wurden die Rekruten abseits des Hafentreibens aufgestellt, durchgezählt und anschließend in ihre Quartiere gebracht. In wenigen Tagen würde es losgehen. Zu einer Expedition Richtung Landesinneres. Germar zerrte den Jungen zur Sammelstelle. Dieser drückte das weiße Hemd schnuppernd an sein Gesicht. Er streifte das Hemd über, um seinen Freund bei sich zu haben; ihn in seinem Herzen fortzutragen.

15

„Ich kann es nicht fassen, was Ihr da sagt, Edward."

„Glaubt es, denn ich habe mich entschieden."

„Thomas! Was meint Ihr dazu?"

„Ich bin Edwards Meinung. Wir müssen die Gesamtsituation im Auge behalten."

„Genau das meine ich doch!"

„Nein, lieber George. Ihr meint was völlig anderes."

Eine angespannte Ruhe umgab die drei Männer im Feldlager. Ein warmes Lüftchen ließ die Wände des Zelteingangs herumflattern, als sie sich wortlos gegenüberstanden. Sie alle waren im Willen, ihren Auftrag zu erfüllen, vereint. Doch der Weg dorthin konnte nicht unterschiedlicher interpretiert werden.

Edward, Kommandant und Expeditionsleiter, hatte klare Anweisungen bekommen, eine Straße gen Westen durch die Wildnis zu errichten, um den zukünftigen Vormarsch der britischen Armeen zu garantieren und die wirtschaftliche Ausbeutung der rohstoffreichen Regionen zu sichern.

Thomas, sein Offizier, pflichtete ihm bei. Zu groß war sein Antrieb nach Karriere und Erfolg. Und darüber hinaus hatte der Befehlshaber etwas, was dem Dritten im Bunde, fehlte: George war kein Brite. Jedenfalls nicht im klassischen Sinn. Er war ein Kolonialist. Ein Siedler. Ein Bauer.

Unbestritten hatte sich George seinen Rang als Adjutant des Obersten und Befehlshaber der Miliz mutig erstritten. Doch war er ihnen damit standesgemäß gleichgestellt? Beileibe nicht. Sie brauchten ihn, um die Miliz anzuführen. Eine billige Hilfstruppe aus bewaffneten Siedlern, bei denen George, der charismatische Draufgänger, einen Stein im Brett hatte. Für die britischen Offiziere, die sich wegen ihrer adeligen Abstammung gegenseitig sekundierten, war George insgeheim nur ein nützlicher Lakai. Nichts weiter.

Dieser seinerseits spürte die unterschwellige Verachtung der englischen Lords und ließ sie dennoch an sich abprallen. Geduldig vergrub er seinen Hass gegen die arroganten Vertreter der alten Schutzmacht unter jener Decke der äußeren Ruhe, die allen schlauen Taktikern zu eigen ist. Unbeeindruckt hielt George an seiner Meinung fest: Diese Expedition war zum Scheitern verurteilt! Skeptisch musterte er die beiden englischen Gockel, während er sich in seiner britischen Uniform zunehmend unwohl fühlte. Als Hauptmann hatte man ihn für dieses Unternehmen eingesetzt. Obwohl er vorher bereits einen höheren Rang innegehabt hatte. Ein Affront, welcher ihm übel aufstieß.

„Ich sehe einfach nicht ein, warum wir so viel Zeit vertrödeln", eröffnete George erneut.

„Weil wir die Wildnisstraße bauen. Das habe ich Euch doch erklärt", antwortete Edward genervt.

„Teil unserer Aufgabe ist es aber schließlich auch, die Franzosen aus ihren Stellungen zu jagen."

„Ach was! Diese froschschenkelfressenden Säufer. Wir werden ihnen den Garaus machen."

„Sie haben eine nicht unerhebliche Zahl an Rothäuten bei sich."

„Ein paar verlauste Waldmenschen sollen die stärkste Armee der Welt aufhalten? Macht Euch nicht lächerlich!"

„Die Erzählungen ihrer Überfälle auf Farmer haben die Runde gemacht. Einige der Männer haben höllische Angst vor den Indianern."

„Eure Miliz vielleicht", warf Thomas ein. „Die britische Armee hingegen fürchtet nichts und niemand. Wir beherrschen die Welt!"

„Ein wahres Wort, lieber Thomas", applaudierte Edward und führte dabei ein Gläschen Portwein zum Mund.

„Wenn Ihr euch da bloß nicht irrt", ätzte George. „Während wir hier unsere Zeit verplempern, nur um jeden Maulwurfshügel einzuebnen, geben wir dem Feind den Spielraum, sich zu präparieren."

„Ihr seid zweifelsfrei ein beflissener Stratege, lieber George", konstatierte Edward in einem etwas strengeren Ton. „Als Offizier und Gentlemen solltet Ihr jedoch darauf achten, nicht als vorlauter Emporkömmling in die Geschichte einzugehen."

„Danke für Euren Rat, Sir", versuchte George, diese Anspielung zu übersehen. „Aber wir alle werden selbst bald Geschichte sein, wenn wir nicht schleunigst zuschlagen."

„Nur die Ruhe. The slow horse reaches the mill", grinste ihn Thomas an. „Habt Ihr denn immer noch nichts von uns gelernt?"

„Hört, hört", assistierte Edward. „Cheers My Lord!"

Wütend stampfte George zum Zelt hinaus. In seinem Rücken wurden kichernd die Portweingläser angestoßen. Beim Gedanken an diese Dussligkeit überkam George eine stechende Übelkeit.

„Sie haben nichts verstanden. Nichts", ärgerte er sich.

Während die Truppe nach langen Wochen im Feld schwächelte; sich Skorbut von der einseitigen Ernährung holte; die Pferde durch den Nachschubmangel verendeten und die Kampfstärke allgemein zu Grunde ging, waren die sogenannten Gentlemen mit sich selbst beschäftigt.
„Oh, bei Gott! Ich werde es anders machen", schwor sich George, als er an den gaffenden Siedlern vorbei durch das Lager schritt.

Er dachte an seine kleine Tabakplantage in der fernen Heimat. Wie würde die Arbeit dort ohne seine stetig wachsame Begutachtung vorankommen? Es war recht feucht für die Jahreszeit und die Trocknung der langen parfümierten Laubblätter hätte Probleme bereiten können. Prüfend hielt George seinen Zinken in die Luft, wo ein Pärchen junger Drosseln ihr neckisches Flügelspiel durch die Winde jonglierte. Die Auguren standen schlecht. Zu Hause wäre er dringend gebraucht worden. Nicht nur dass seine Vorgesetzten die kostbare Zeit damit verplemperten, über Belangloses zu parlieren, sie riskierten seinen Kopf und den seiner Getreuen. Konnte man im Angesicht der Katastrophe noch von Vertrauen in die Befehlskette sprechen? Wem galt seine Treue? Den althergebrachten Eliten aus Übersee oder seinen persönlichen Parteigängern? Eine Niederlage hätte Georges private Geschäfte geschädigt und die erfolgreiche Ernte riskiert sowie den Zuspruch der Anhängerschaft geschmälert, welche er nach abgeschlossener Expedition wieder als rurale Gefolgsleute an dessen Seite wissen wollte. Mit ihnen war er zeit seiner Tage im Austausch gewesen. George kannte sie und ihre Familien persönlich und wusste ob ihrer Schwierigkeiten im Leben Bescheid. Die zwei großsprecherischen Edelmänner im Zelt dort hinten waren für ihn nichts als Fremde. Eine Wechselwirksamkeit in Sachen Beistand empfand er ihnen gegenüber keineswegs. Es war mehr ein Geschäft praktischer Natur, welches jedoch nun, die drohenden Verluste vor Augen, zunehmend uninteressant wurde.

Eilig zog George an den Zeltreihen vorbei. Waren es innere Unruhe oder ein waghalsiger Aufbruch, die seinen Schritt dazu antrieben, beständig schneller zu werden?

„Sollen sie doch ihre eigenen Männer opfern. Ich hingegen werde mir mein Ansehen unter meinen Landsleuten durch ehrenvolle Handlungen erarbeiten. Das und nur das ist die größte menschliche Leistung."

Er fühlte die bedeutungsvolle Schwere dieser historischen Worte, als die Füllung seines Magens, welche sich vom vielen Verzehr des Salzfleisches in Richtung Rektum verabschiedete, ihn geschwind auf ein stilles Örtchen trieb.

16

Vor Hitze und Durst verschmachtend legten sich die zwei Gefährten an einer der Kochstellen nieder. Die hoffnungsvollen Erwartungen, welche sie mit ihrer Ankunft in der Neuen Welt verbunden hatten, waren verflogen. Sie sahen keinen Unterschied zu ihrer niederen Position im ehemaligen Wirkungsbereich des Landgrafen. Erneut hatten sie zu marschieren und zu arbeiten; zu arbeiten und zu marschieren. Die heroischen Erzählungen, die Mütter ihren Kindern über den Kriegsdienst des Vaters zum Einschlafen vorsangen, waren nur beschauliche Märchen. Es gab nichts Heldenhaftes in ihrem Tun. Die Tage wiederholten sich in entbehrungsreicher Eintönigkeit. Seit ihrer Ausschiffung waren Wochen vergangen, in denen man sie in Begleitung von britischer Infanterie, Siedlern und ihren Familien und einer ganzen Reihe schlecht ausgebildeter Milizionäre in einem langen Treck Richtung Westen geführt hatte. Der Bau von Straßen und Brücken war eine kräftezehrende Arbeit. Ein grauer Schatten hatte den Ausdruck in ihren Gesichtern verdunkelt.

„Ist das Essen nicht bald fertig?", fuhr Germar den zuständigen Koch an.

„Es dauert noch", keifte dieser zurück. Der Koch machte sich an den schweren Töpfen zu schaffen, während seine Gehilfen das Fleisch zerteilten.

„Du kannst das Salzfleisch aber auch gerne kalt essen."

„Schon wieder Salzfleisch", stöhnte Germar.

„Noch dazu vom Schwein. Das sind gemeine Viecher! Glaubt mir."

„Passt mal auf!", rief er in die Runde der Wartenden, welche verteilt um die Kochstelle lungerten. „Was ist euch eine grausame Geschichte über Schweine wert?"

Er richtete sich auf, um alle Köpfe zu überblicken. Germar habe eine Erzählung von menschenfressenden Ungeheuern auf Lager, deren Opfer von ihren riesigen Hauern zerfleischt wurden.

Die Menge starrte ihn gespannt an.

„Ich schwöre beim Leben aller verfluchten Dirnen, deren Ritt meine Lenden genossen haben, dass es die Wahrheit ist", rief der Totengräber schwülstig.

„Zückt eure Geldbeutel!", forderte Germar die Wartenden auf, als er den umgedrehten Dreispitz als Sammelbecher benutzend durch die Mannschaften schritt. „Die Geschichte beginnt so."

Entnervt ließ der Junge eine große Trommel, welche man ihm nach Ankunft im Hafen umgeschnallt hatte, auf die Seite gleiten. Er wusste, was jetzt kommen würde. Germar hätte wieder stundenlang Geschichten erzählt, sich dabei betrunken und allerlei kleine Gaunereien eingefädelt. Er hätte gewettet, gewürfelt und gestohlen, und wenn er dabei gewonnen oder verloren hätte, er wäre in jedem Fall für den restlichen Tag nicht mehr für ihn da gewesen.

Auf der Suche nach Ablenkung flüchtete er sich in die Natur. War er vorher von ihrer Schönheit fasziniert gewesen, so steigerte sich seine Freude in eine Weitensucht. Das Dickicht aus Kiefern, Espen und Weiden, welches das Lager umgab, breitete sich über die hügeligen Bergflanken empor. Parallel dazu verliefen kupferschimmernde Serpentinenbäche herunter. Biber bevölkerten die Flussbecken. Rehböcke und Hirsche zogen tagsüber in Herden über die Ebenen und verschanzten sich des Nachts in den schroffen Gebirgshängen, die sich wie Festungsmauern aus Granit an den Seiten auftürmten. Mensch wie Tier wirkten unbedeutend klein in dieser endlosen Prachtentfaltung grüner Gipfel.

    Wie klar lag der Gedanke parat, dass die Reise immer weiter gehen würde. Und niemand so recht wusste, was noch käme. Erstmals fühlte sich der Junge mit seinen Begleitern in einem Punkt gleichgestellt. War bisher immer nur er der Unwissende gewesen, so waren sie nun in ihrer Suche vereint. Die Vorstellung, dass es immer neue Dinge zu entdecken gab, dass womöglich hinter dem nächsten Bergrücken dort vorne ein gewaltiges Naturschauspiel seine Geheimnisse preisgeben würde, war so mächtig wie die Landschaft selbst. Es legte sich wie eine weiche Decke die Erkenntnis auf sein Herz, dass er durch das Fehlen vertrauter Umgebungen der Sucht nach Weite ungehindert begegnen konnte. Die ganze Welt würde er sich erschließen. Mit jeder Meile, welche sie weiter Richtung Westen drangen, füllte er die innere Leere der Seele zunehmend auf, stärkte seine Gedanken mit Carls Lebensfreude und träumte insgeheim davon, Katharinas Familie wiederzusehen.

Er strich sich über das weiße Hemd, welches er stets unter seinem Uniformtuch trug. Speckig war es geworden vom vielen Tragen. Selbst nachts legte er es nicht ab. Und beim Waschen im Fluss, was aufgrund von Germars Angst vor dem krankheitserregenden Wasser ohnehin selten getan wurde, hielt er es ebenfalls an seinem Körper.

Die breite ausgedehnte Landschaft lag lieblich vor ihm, als er sich immer weiter vom Lager entfernte, um im angrenzenden Wald die Gerüche und Geräusche der Natur zu genießen. Er stellte sich unter einen alten Ahornbaum, lehnte sich eng an den Stamm und hob den Kopf nach hinten. Von unten herauf blickte er durch das filigrane Geäst des Riesen nach oben. Hunderte Verzweigungen wirkten wie die Adern seines Körpers, frisch und lebendig trieben sie das Blattwerk mit Leichtigkeit in die Lüfte hinaus. Die Farben gingen von einem hellen Gelb zu einem dunklen Rot über, in unzählig wechselnden Schattierungen. In einem entspannenden Rhythmus bewegten sich die Äste im Wind. Als würde das ganze Universum stillstehen, empfand der Junge den kurzen Moment der Ruhe, bis ein erneuter Windstoß wieder anfuhr. Das Rauschen der Blätter erinnerte ihn an jenes des Wellengangs. Es legte sich beruhigend auf seine Seele und schläferte ihn allmählich ein. Die Augen geschlossen, legte er sein Gesicht behutsam an den lauen Stamm, um die heilende Wärme des von den Sonnenstrahlen aufgeheizten Holzes zu spüren.

Stöhnende Laute klangen plötzlich aus dem Buschwald. Der Kleine öffnete nur unwillig die Augen. Schon keuchte es erneut herüber. Ein seltsames Geräusch drang durch den Forst. Der Junge erkannte es nicht. Germar hatte ihm allerhand Geschichten von Bären und Wölfen erzählt. Sie würden in der Dunkelheit umherschleichen, ihn aus seinem Zelt zerren und bei lebendigem Leib fressen. Dementsprechend schüchtern war seine erste Reaktion. Herausgerissen aus dem harmonischen Schlummer wollte er sich schleunigst auf den Rückweg machen, als das Geräusch abermals zu ihm herüberklang. Wie beim Nachlassen eines aufgeblähten Luftsacks war es eine Idee von Anstrengung und Entspannung zugleich. Ein Echo der Erleichterung nach einer großen Überwindung. Was war das nur? Vermutlich ein verletztes Tier; gefangen in einer der vielen Fallen, welche die Jäger des Regiments zur Versorgung der Expedition überall aufstellten? Schon mehrmals hatte man Rehe und Hirsche herangeschafft, deren Läufe sich in den scharfen Verzahnungen der Tretfallen verfangen hatten.

Er drückte sich sein Hemd fest an den Körper, als wollte er Carls Kraft für sich nutzen, um seine Ängste zu überwinden. All seinen Mut nahm er zusammen, als er sich weiter in Richtung der Geräusche vorwagte. Die Furcht vor einem Raubtier hielt seine Gedanken gefesselt. Und wenn es tatsächlich ein verletzter Bär wäre? Er würde ihn zerfetzen. Mit Sicherheit würde er ihn angreifen und töten. Dieses Bewusstsein trug er in sich, und dennoch konnte es ihn nicht hindern, weiter der Gefahr entgegenzuschreiten. Er hatte etwas erlangt. Eine innere Art der Kontrolle, welche es ihm ermöglichte, seine Ängste zu zügeln. Es war nicht mehr dieser Schockzustand, jene panische Starre, welche ihn beim Zusammentreffen mit Germar gelähmt hatte. Es war mehr ein gespanntes Lauern. Eine kribbelnde Vorfreude auf die Belohnung der Überwindung. Blutdurchströmt war sein Körper. Die Gliedmaßen verkrampft. Die schwitzenden Handflächen feucht von der salzigen Flüssigkeit. Doch der Sog des Abenteuers war tausendmal stärker. Vorsichtig strich er die feinen Äste der Sträucher beiseite. Innerlich bebte sein Leib, als er das Monster vor ihm erkannte.

Ein riesiger weißer Hintern hielt sich wenige Zentimeter über dem Waldboden in Balance. Während die Arme eines Offiziers den Rock um seine Hüfte gewickelt hielten. Der Schweiß drang sichtbar durch das Rückenteil der Kleidung. Wie versteinert hielt der Kleine inne. Nie in seinem Leben war er sich so sicher gewesen zu wissen, was bald geschehen würde.

Ein letztes Geräusch der Anstrengung bereitete den Anfang. Auf einen lang gedehnten Kehlton folgte die nachlassende Anspannung. Im nächsten Augenblick entleerten sich die Sekrete der Verdauungsdrüsen. Das Ergebnis englischer Kochkünste kam zum Vorschein. In voller Herausbildung glitschten die gegärten Darmbakterien in einem stinkenden Fäulnisprodukt auf den Waldboden. Feucht dampfend rollte die

Defäkationswurst darnieder. Welche zweifelsfrei nur unter britischer Knute eine derart abstoßende Form hatte entfalten können.

„Was zum … Verflucht nochmal!", erschrocken riss George seine Hosen hoch.

„Wer ist da?", rief er durch den Wald, während er den Bund hastig zu schließen versuchte.

Ein Hosenbein halb beim Knie unten, konnte er der kleinen Gestalt, die aufgeschreckt davonrannte, nicht hintereilen. Ungeschickt verlängerte George den Schritt. Trat dabei in sein eigenes Ergebnis und fiel unbeholfen auf den Bauch; die helle Offiziershose verunstaltend.

„Das gibt es doch nicht!", brüllte er wutentbrannt. „Ihr verdammten Schnüffler! Spione! Verräter!" Fluchend richtete er sich wieder auf.

„Oh! Diese elenden Hunde! Was ist denn das für eine verruchte Sautruppe, die ihren Offizieren sogar beim Abkoten nachsteigt?" George war außer sich.

„Ich habe es doch gesagt. Ich habe es gesagt", sprach er sich zu. „Diese ganze Expedition ist ein Reinfall. Und jetzt auch das noch!"

Hilfesuchend wandte er sich verzweifelt nach allen Richtungen um. In der Stille des Waldes erschien er sich in seiner Peinlichkeit wie auf der Bühne eines Festspielhauses. Eine dunkelbraune Stelle an seinem Beinkleid gab den Ursprung der Verunreinigung verräterisch preis. So konnte er nicht zurück zu seinem Zelt. Gleichzeitig musste er schleunigst herausfinden, wer ihm einen derartig perfiden Streich gespielt hatte, bevor das Ganze die Runde machen konnte.

„Das war bestimmt einer von Thomas' Leuten", bläute er sich ein. „Seit unserem Aufbruch versucht dieser aufgeblasene Aristokratensohn, mich vor Edward schlechtzumachen."

Gramgebeugt hielt er sich die Hose unter dem Bauchnabel zusammen. Eine innere Wut fuhr ihm in den Kopf.

„Das werde ich ihm heimzahlen. Und wenn es noch Jahre dauern soll. Ich werde ihn stellen. Persönlich oder in der Schlacht."

Möglichst unauffällig näherte sich George dem Lager, als die ungebärdigen Verwünschungen über seinen insgeheimen Gegner in seinen Gedanken umherschweiften. Den Hut hatte er abgenommen. Er trug die Kopfbedeckung in einer merkwürdigen Position an die Seite seiner Hose gelehnt, um die Stelle des Anstoßes abzudecken. Hastig schlängelte er sich durch die Zeltreihen und verkroch sich in seiner Unterkunft. Von draußen drangen die Geräusche des werkenden Volkes durch die Zelttücher. Man hörte die rhythmischen Schläge der Hämmer, das Sirren der Sägen und das krachende Geräusch der frisch geschlägerten Bäume. Ankommende Pelzhändler besangen ihre Trophäen, nur um von den Rufen der Küchenbrigaden abgelöst zu werden, welche die fetten Biberschwänze als Delikatesse anboten.

Georges Gedanken waren woanders. Seine Vorstellungen hatten Wurzeln geschlagen und der Ruf nach Freiheit war zum Vorwand für Rebellion geworden. Der Grundstein für etwas Großes, für eine weltgeschichtliche Tat, war gelegt. Nun galt es, so schnell wie möglich seinen sanitären Pflichten nachzukommen, die Garderobe zu wechseln und den voyeuristischen Schnüffler zu entlarven.

„Da bist du ja endlich", empfing Germar den Kleinen. „Du hast wieder mal das Beste verpasst, du Träumer."

Mit weit aufgerissenen Augen hockte sich der Junge an die Seite des Totengräbers.

„Hier", lächelte dieser sichtlich bedüselt, als er ihm einen Teller rüberschob. „Ich habe dir was aufbehalten. Dein Alter schaut eben auf dich. Los, hau rein!"

„Was macht ihr da?", herrschte sie eine Stimme von hinten an. Wie ein scharfer Hund stand George in Angriffsposition.

„Essen. Was sonst?", meinte Germar, der nicht mal zu ihm aufblickte.

„Ich meinte: Was habt ihr geredet?"

„Nichts."

„Lüge! Ihr habt getuschelt. Ich hab es genau verfolgt."

„Was geht Euch das eigentlich an?"

„Seid Ihr verrückt, Mann? Ich bin Befehlshaber der Miliz. Antwortet sofort oder ich lass Euch auf der Stelle fusilieren!"

„Na schön", lenkte der Totengräber ein. „Ich habe mich über das Essen beschwert. Der kleine Trommler sagt gar nichts."

„Ihr habt ihm den Mund verboten?"

„So kann man es auch nennen."

„Ich verstehe", gab sich George konzilianter. „Sehr wohl erzogen der Bursche. Hält sich vornehm zurück, wenn Diensthabende sprechen. Das gefällt mir."

„Quatsch! Der ist einfach nur stumm. Und außerdem nicht ganz klar im Kopf."

„Wie wunderbar!" Der Ausdruck des Offiziers erhellte sich. Die manische Angst davor, seinen Namen von einem primitiven Rotzlöffel verschmäht zu sehen, fiel ihm wie ein Stein vom Herzen.

„Hä?", blökte Germar, der endlich den Blick hob.

„Ach, nichts", erwiderte George, der mit einem Male wieder völlig beruhigt schien. „Ich habe euch Unrecht getan. Wie wäre es mit einem schönen Schnaps?"

„Ja, doch!", warf ihm der Totengräber entgegen. „Wir sind so ausgetrocknet wie die verdorrte Furche einer alten …"

„Oh, ho, ho, ho!", übertönte ihn George. „Welch herrliches Temperament!"

Grinsend schenkte er ihm ein. Als Germar den Becher hinunterwürgte und gleich wieder zum Nachschenken hinhielt, blitzte George eine Idee durch den Kopf. Ein stummer kleiner Junge? Das wäre in der Tat ein fähiger Intrigant gewesen. Wer hätte dem schon was zugetraut? Als Leidtragender britischer Zucht wäre er womöglich bereit gewesen, ein paar Extradienste zu vollbringen.

„Wir haben vielleicht etwas ungeschickt angefangen", begann George seinen Annäherungsversuch, als er sich kameradschaftlich neben die beiden ins Gras setzte. „Ist dieses Land nicht herrlich?"

„Dreckige Wildnis", schimpfte Germar. „Kein junges Weibsstück weit und breit."

„Aber Ihr seht die Dinge zu verkürzt, mein lieber Freund", George rückte näher an sie heran. „Ihr müsst nur die unbegrenzten Möglichkeiten erkennen, welche in diesem Land stecken."

„Was sollen wir armen Schlucker schon davon haben?", bemerkte der Totengräber kalt, wobei er ihm die Schnapsflasche frech aus der Hand nahm.

George ließ ihn gewähren. Er schaute ihm beim Trinken zu, grübelte innerlich seinen Plan zurecht und schielte unterdessen immer wieder zum Jungen hinüber, der vor lauter Scham dem Blick nicht standhielt.

Durch das Spiel des lauen Windes pendelten die Kochlöffel an den Halterungen der Feldküchen umher. Die Klänge des übereinandergestapelten Kupfergeschirrs, welches von den Küchengehilfen soeben herangetragen wurde, schepperten in den Takt ein. Langsam begann sich eine Reihe hungriger Mäuler vor einem als Essensausgabe betitelten Holzbrett zu bilden.

„Was haltet Ihr von meinem Vorschlag?", begann George nach einer längeren Nachdenkpause erneut. „Ich sorge dafür, dass Ihr nicht mehr an dieser Straße schuften müsst. Dafür erledigt Ihr einen kleinen Auftrag für mich."

Germar blickte auf.

„Aha!", schoss es aus ihm hervor, „Und wen müssen wir dafür …?" Er setzte sich den Finger an die Halsschlagader und fuhr damit quer über den

Hals, als würde er den Schnitt eines Messers nachahmen.

„Nein, nein. Nichts dergleichen", beschwichtigte George. „Ich brauche einfach nur ein paar Informationen."

„Was für Informationen?"

„Na ja. Was man eben so wissen muss bei einem derartigen Unterfangen."

„Ich verstehe nicht."

„Es ist doch so", erklärte der Offizier. „Wir sind hier ein Teil der britischen Armee und ziehen gegen die Franzosen. Soweit verständlich?"

„Mhm!", nickte Germar beflissen.

„Gut. Dann gibt es noch die Indianer; die auch mitmischen wollen."

„Verfluchte Wilde!"

„Wie auch immer. Aber das ist noch nicht alles."

„Nein?"

„Oh nein", gab sich George mysteriös. „Da sind noch ich und die Milizionäre."

„Ja und? Ihr kämpft doch mit uns. An der Seite der Briten."

„Wir sind aber keine Briten."

„Ach! Was dann?"

„Wir sind Bewohner der britischen Kolonien in Amerika."

Der Totengräber presste die Augen zusammen, um George verbissen zu fixieren. Es war so, als würde man seine Gedankengänge förmlich spüren. Wie ein großes, holpriges Hamsterrad bewegten sich die Reflexionen behäbig in seinem Haupthirn voran.

„Aber wir ziehen doch gemeinsam gegen die Franzosen", warf er in der Überzeugung ein, ein unschlagbares Argument gefunden zu haben.

„Heute schon", schmunzelte George. „Aber morgen?" Er hob die Schultern steil nach oben.

„Was ist morgen?"

„Abwarten und Tee trinken."

„Ich bleibe lieber beim Schnaps."

„Wir haben uns also verstanden?", fragte George, als er sich wieder aufrichtete.

„Nicht wirklich."

„Dann erkläre ich es so: Die Briten sind unsere Verbündeten. Scheuchen uns aber trotzdem herum wie gehetztes Vieh. Sie achten unsere regionalen Gesetze nicht. Verwerfen alle unsere Vorschläge und behandeln uns wie Menschen zweiter Klasse."

„So kenne ich es eigentlich auch aus meiner alten Heimat."

„Aber ist es rechtens?"

„Das habe ich mich noch nie gefragt."

„Solltet Ihr. Denn kein Mensch darf so behandelt werden", George machte eine kleine Pause und setzte dann nach. „Ich für meinen Teil möchte in einem Land leben, in dem alle Menschen frei sind."

„Da wäre ich schon dabei", bemerkte Germar.

„Dann schließt Euch mir an. Und findet heraus, auf welcher Seite die Briten wirklich stehen?"

„Welche Seite soll denn das sein?", meinte Germar kleinlaut.

„Gerade das sollt Ihr für mich feststellen", ließ sich George fordernd vernehmen.

„Das klingt irgendwie alles sehr verwirrend", kam als Antwort zurück.

Schnaufend ließ sich George erneut zu den beiden herab. Der Totengräber war nicht mehr klar im Kopf. Wässrig erschienen seine Augen vom vielen Schnaps der letzten Stunden. Also wandte sich der Offizier an den Kleinen: „Hör mal! Anschleichen. Das kannst du. Nicht wahr?"

Verlegen nickte der Junge, den Blick nach unten gerichtet.

„Es soll alles vergessen sein, wenn du den Auftrag erfüllst", versprach George.

Die Augen des Jungen öffneten sich. Der Anführer der Miliz persönlich wollte ihm einen Auftrag geben. Ihm. Dem kleinen Gehilfen des Totengräbers.

„Da gibt es so einen britischen Offizier", begann George flüsternd. „Sein Name ist Thomas. Dicker Bauch. Augenringe. Er befehligt die Vorhut."

Der Junge spitzte die Ohren.

„Häng dich an die Vorhut ran. Finde heraus, was die treiben, und berichte mir."

Der Kleine machte einen Salut mit der Hand, wie er es von den Soldaten kannte und Georges Miene wurde sichtlich sanfter.

„Du gefällst mir, Kleiner. Für Leute wie dich gibt es eine große Zukunft in unserem weiten Land."

Siegessicher richtete sich George breitbeinig ein. Der Stolz über die Aussicht, als erster freier Amerikaner in den Geschichtsbüchern enden zu können, blähte ihn auf wie einen in Schmalz getränkten Krapfen.

„Hört her, Leute!", schrie er über die Versammelten hinweg, welche immer in Gruppen über die Wiese verteilt lagen.

George hob Germar und den Kleinen an seine Seite, umarmte sie wie alte Kumpanen und hielt sich in deren Mitte triumphal in Positur.
„Seid nicht verzagt, denn es ist Rettung in Sicht", rief er den Milizionären entgegen. „Noch in der Ewigkeit wird man sich dieser Tage erinnern. Als junge Männer sich im Hass gegen die Besatzer vereinten. Um dem Fluch jener Fremdherrschaft, die lediglich dafür gemacht wurde, die kleinen Leute zu knechten, ein Ende zu bereiten. Heute soll jener Aufbruch beginnen, den wir bis zur Befreiung fortführen werden. Gegen jeden Widerstand und jeden Feind. Es wird keine Stände mehr geben. Und keinen Adel. Durch ehrliche und harte Arbeit werden wir die Besten hervorbringen. Welche sich über die ungerechte Herrschaft hinwegsetzen werden, um sich selbst ihre eigene Ordnung zu geben. Nichts und niemand soll mehr unser Schicksal bestimmen als unser aller eigenes Streben nach Glück."

Kraftlos plumpste der berauschte Totengräber zu Boden. Er war eingeschlafen.

18

Brief
des Cornelius Zeisberg an seinen Bruder in der Heimat.

Freundlich vielgeliebter Bruder. Ich sende Dir meinen Gruß und alles, was ich an Herzenswärme vermag vorweg. Wiewohl ein ganzer Tann von Geschehnissen hinter mir liegt, aus dem ich mir Inhalt zu diesem Schreiben holen könnte, will ich doch meine Feder zügeln, sodass du nur kurze Angaben statt ausführlicher Berichte bekommst. Gäbe ich nach, mein Brief schwölle zu einem Diarium an.

Wir haben das gelobte Land erreicht. Am Tag nach unserer Ankunft hier vermochte ich vor Reisemüdigkeit keinen Fuß vor die Haustür zu setzen. Die nächsten Tage, in denen mir immer noch unwohl war, habe ich dazu gebraucht, meine Kräfte zu sammeln und jenes Unheil im stillen Gebete dem Herrn zu überantworten, wovon ich hierdurch berichte.

Mein Sohn, Dein Neffe, ist tot. Er ist eingegangen in die Herrlichkeit des Himmels; aufrecht und tapfer, wie sein Geist auf Erden gelebt. Obgleich ich vor Schmerz wegen des Verlustes meine Sinne zu verlieren fürchtete, so haben sich mir durch beständiges Fürbitten die Absichten unseres Herrn offenbart. Wenn ich die Zeit der Verbannung und Auswanderung in Ruhe zugebracht hätte, so glaube ich, wäre mir nicht so etwas

Außerordentliches geschehen. Und so erkenne ich das Opfer meines Sohnes, Deines Neffen, als Bestimmung des allmächtigen Gottes an, der dafür sorgt, das alles aufs Beste versehen wird.

Der Tod handelt nicht ehrlich. Erinnern wir uns, wie böswillig er unsere Glaubensbrüder geholt hat, welche die Predigten der wahren Lehre zu verbreiten suchten. Die Schuld am Ende meines Kindes muss der Bosheit des Todes zugewälzt werden. Ich habe den Tod erkannt. Ja, Bruder, er ist mitten unter uns. Es ist sozusagen das Schicksal des göttlichen Wortes, dass der Tod in Menschenform erscheint, um die Standhaftigkeit unseres Glaubens zu prüfen.

Da ich schon zur Genüge erfahren habe, wie unvorhersehbar die Künste des Todes sind, durch die er uns neben all unseren Gebeten immerwährend angreift, so hat mich die boshafte Schlauheit nicht überrascht, mit der er mich anging. Ich habe alle Qualen dieser Art schon längst im Geiste erahnt und war deshalb mutig bereit, sie durchzukämpfen. Ich habs erfahren, dass wir nicht ins Weite schauen dürfen. In jenem Augenblicke, als ich mir Ruhe in allem versprach, stand er vor mir. Ich werde den Tod bezwingen. Denn in Gott ist das Leben Ewigkeit.

Hätte ich es mit einem ernst handelnden Manne zu tun oder doch mit einem, dessen Hirn in Ordnung ist, dann wäre die Sache schon beigelegt. Aber was soll ich tun? Ich kann mit Vernunftgründen ihn angreifen, wie ich will, es ist verlorene Lebensmüh. Es ist nicht meine Art, frech mit Schimpfwörtern zu kämpfen. Dazu aber mag er mich verlocken. Er hat den Namen des Herrn verschmäht; sich in frevelhafter Besessenheit seinen Mantel umgelegt. Er hat unsere Gemeinde mit dem Gift der Unruhe und Zwietracht versetzt. Mit anderen Worten, er hat mit dem Wort des Allmächtigen Spott getrieben.

 Ich habe wohl bemerkt, dass vielen Gemeindemitgliedern mein Eifer in dieser Sache nicht gefällt, weil sie sich nicht gern aus ihrem schläfrigen Wesen aufrütteln lassen. Weil sie sich den Tod nicht gerne denken. Doch ich habe ihn erkannt und werde vom Weg nicht abweichen. Denn was könnte rühmlicher sein als die göttliche Rache an den Verächtern unserer Lehre?

 Der Tod verbirgt sich im Gewand eines Menschen. Er ist Fleisch und Blut. Ich werde ihn zu mir locken, in unsere Gemeinde, und ihn umstellen lassen von meinen Leuten, damit er nicht entwischt. Ich werde ihn selbst aufsuchen und dabei alles abstellen auf die Kraft Gottes, in dem wir leben und sind. Ich werde ihm die göttliche Herrlichkeit entgegenhalten und ihn mit Worten zu unterwerfen suchen. Schwert und Schild unseres Gottes möchte ich sein. Selbst der trägste, faulste Mensch soll zum Fleiß angestachelt werden, durch das Entgegenkommen meines Geistes, welches so groß ist, dass ich wohl merke, wie es mehr meiner Liebe zu Gott als meiner eigenen Person gilt. Umso mehr muss ich danach trachten, dass ich nicht mit zu viel Liebe, die mir drückend, ja fast beschwerlich wäre, den Tod zu überschütten. Gelingt mir das, wird unsere Lehre, zuvor noch verfolgt und verbannt, über allem Ruhm der Welt erhaben sein, von keiner

Macht übertroffen stehen und als Wort des lebendigen Gottes und Christi, den der Vater zum König gemacht hat, dass er herrsche von einem Meer zum andern und von den Flüssen bis an die Enden der Erde, bis in alle Zeiten weiterleben.

    Lebe wohl samt allen Brüdern und Freunden. Meine Frau grüßt mit mir. Der Herr behüte Dich und leite Dich in seinem Geiste. Amen.

    Cornelius Zeisberg. Neukanaan.

19

Mühevoll kämpfte sich die Vorhut durch das unwegsame Gelände. Mit bescheiden gezimmerten Flößen hatte man einen breiten Strom überquert. Anschließend war das weitere Vorwärtskommen auf einem spärlich ausgetretenen Waldläuferpfad jenseits der Furt zur erneuten Kraftarbeit geworden. Zahlreiche Lasttiere waren verendet, das Material und schwere Geschütze in einem Zwischenposten zurückgelassen worden. Die Infanteristen mussten die gesamte Ausrüstung selbst tragen. Hinzu kam die ständige Angst vor Hinterhalten und Überfällen. Schon weit waren sie in Feindesland vorangeschritten und die Erzählungen über die brutalen Foltermethoden der eingeborenen Stämme, welche die Soldaten trotz Verbots untereinander austauschten, vernichteten ihre Kampfmoral. Den Rest besorgte die mangelhafte Ernährung. Das magere Gemüse, die dünnen Suppen und das viele stark gesalzte Fleisch. Die Hauptbeschäftigung der Männer, um die Marschzeiten totzuschlagen, war es deshalb, neben den prahlerischen Mären amouröser Eroberungen, sich in der Phantasie über schmackhafte Speisen zu ergehen. Für Thomas, die Gefahr von Meutereien und massenhaften Dissertationen kennend, war dies eine billige Methode, um Ruhe in die Reihen zu bringen. Er saß auf dem Rücken seines Rosses, welches ihn schlapp durch den dichten Forst trug. Seine rote Uniformjacke mit dem goldbestickten Revers hatte er ausgezogen und hinter sich über den Sattel gelegt.

Die erdfarbene Weste fügte sich in die Erscheinung der Baumstämme ein. Hätte der schaukelnde Pferdehintern seine Figur nicht unablässig hin und her bewegt, so wäre er in seiner steifen Haltung als Baum durchgegangen. Wiederholt musste er sich unter den tief hängenden Ästen hinwegducken, die quer über den Weg wuchsen. Sein edler Dreispitz lief wiederholt Gefahr, verloren zu gehen. Die Kopfhaut unter der weiß gepuderten Perücke juckte unablässig. Doch abgenommen hätte er das Standesabzeichen in keinem Fall.

Auf einem kleinen Hügel, auf welchem der Weg breiter wurde und der enge Baumstand sich etwas lichtete, ließ er anhalten. Vernünftig wäre es, so der Kommandant, heute Nacht einen Versuch zu unternehmen, das Jagdglück herauszufordern. Ein allgemeines Raunen ging durch die Reihen, als sich der Tross der Soldaten unter den Bäumen verteilte. Ihre Gedanken waren bei ihren Frauen, beim wärmenden Kaminfeuer ihrer Häuser und den fettigen Geflügelbraten an den Kirchentagen. Alles hätten sie für einen derartigen Happen gegeben. Doch statt klingendem Besteck und klirrenden Gläsern war es nur das tiefe Grummeln ihrer luftgefüllten Bäuche, welches verstimmt in das Lied des Waldes einsang.

Aus dem undurchsichtigen Dickicht heraus blitzten zwei leuchtende Augenpaare zu ihnen herüber. Aufmerksam beobachteten sie die Bewegungen der Truppe. In einem immer enger werdenden Kreis schlichen sie sich heran.

„Sollen wir näher?", fragte Germar flüsternd.

Der Junge nickte langsam. Er war vollends nach vorne fokussiert. Auf das Ziel seiner Aufgabe.

„Na schön", meinte der Totengräber. „Du hast Recht. Man versteht ja kaum was. Du gehst nach rechts und ich …" Er unterbrach mittendrin. „Was ist das?", seine Stimme überschlug sich. „Das sind Brombeeren! Wundervolle, große, dicke Brombeeren!"

Kopflos warf sich Germar in die fruchtige Süße. Völlig ausgehungert fiel er darüber her. Ein ganzer Strauch reifer Brombeeren stand direkt vor ihm. Er war auf einen regelrechten Schatz gestoßen.

„Komm rüber! Das musst du probieren", rief er dem Jungen zu und erhob dabei seine Stimme erheblich.

Der Kleine schaute ihn streng an und hielt sich dabei den Finger an die Lippen.

„Ach ja! Richtig", ging Germar in sich. „Wir müssen leise sein."

Doch der Totengräber hielt sich nicht an sein eigenes Wort. Mit vollen Händen fuhr er in die Sträucher hinein, stopfte sich die Beeren in den Mund, andere in die Tasche. Seine wettergegerbte Gesichtsfarbe vermischte sich mit der markanten rötlichen Bläue der Rosengewächse. Dabei kicherte Germar kindlich vor sich hin und gab hier und da geräuschvolle Gase aus seinem Hinterteil frei, dessen Verdauungstrakt von dem plötzlichen Eindringen unbekannter Stoffe irritiert wurde.

„Wer seid ihr?", schallte es den beiden entgegen.

Germar fand sich von Soldaten umringt, als er endlich den Kopf aus den Sträuchern zog und kauend um sich glotzte.

„Wer seid ihr?", wiederholte Thomas.

„Wir sind auf eurer Seite", stammelte Germar.

„Nicht auf der Seite der anderen."

„Was soll das für eine dämliche Antwort sein? Warum ist euer Mund so blau? Habt ihr gesoffen?"

„Wir wurden ausgeschickt, um nach Nahrung zu suchen."

„So weit weg vom Hauptteil der Truppe?", unterbrach ihn Thomas.

„Wir haben uns etwas verstiegen."

„Unsinn! Ihr seid getürmt", urteilte Thomas.

„Dafür gibt es nur eine Strafe: Exekution."

„Das ist ein Missverständnis!", rief der Totengräber laut, wobei er sich schnell eine Handvoll Beeren in die Backen schob.

„Vier Mann abstellen. Zum Exekutionskommando", schrie der Offizier.

Die beiden wurden schroff angepackt.

„Wartet doch, Euer Ehren. Wir können Euch helfen."

„Ihr braucht jetzt selbst Hilfe", lästerte Thomas.

„Aber ich bin ein begnadeter Küchenmeister", log Germar und dann weiter flüsternd zu seinem jungen Begleiter: „Du musst jetzt mitspielen."

„Was sagt ihr da? Wollt ihr mich foppen?" Thomas riss Germar am Kragen an.

„Mitnichten. Ich hatte den Vorzug bei den großen Küchenmeistern der europäischen Fürstenhäuser den Schweinetrog aussortieren zu dürfen. Ich kenne alle Gerichte der Tafeln Ihrer erlauchten Hoheiten. In jeder Form, Farbe und Festigkeit übrigens."

„Lasst ihn sprechen!", schrie einer der Soldaten.

„Ja! Habt Erbarmen! Lasst ihn sprechen!", stimmte ein Weiterer ein. Neugierig drängten sich die Männer um Germar und den Jungen.

„Könnt ihr einen Schweinebauch mit Rosinen zubereiten?"

„Eine meiner Spezialitäten", prahlte Germar, als er von der Umklammerung der Soldaten befreit wurde.

„Und einen Gänsebraten mit Klößen und Rotkohl?"

„Kleinigkeit", winkte er ab.

„Erzählt uns! Was könnt ihr noch?", forderten mehrere Stimmen lauthals.

Thomas, der die günstige Gelegenheit, seine Truppe bei Laune zu halten, nutzen wollte, schritt ein: „Männer! Ich darf euch hiermit eine Überraschung präsentieren. Ein Schaustück aus der Welt der Speisen", schwindelte er. „Eine Aufwartung unseres Königs an seine geliebten Truppen in den Kolonien. Viel Vergnügen!" Jubel und Applaus brachen durch den Wald.

Thomas wandte sich an Germar, packte seine Schultern und riss ihn dabei ganz nah an sich heran:

„Macht es gut", flüsterte er ihm zu, „oder ich lasse euch in Stücke reißen."

Germar und der Junge sahen sich in wortloser Absprache an. Und setzten sich dann sogleich in Bewegung. Der Junge hüpfte auf einen umgefallenen Baumstamm, um besser sichtbar zu sein. Germar brachte sich vor ihm in Stellung. Während sich die Mannschaften in einem Halbkreis um sie scharten.

„Passend zum Anlass und als Referenz gegenüber unseren Gegnern", begann Germar, „möchte ich hiermit eine Einführung in die französische Küche darbringen." Gespanntes Lauschen.

„Beginnen wir unser Mahl mit einem meiner erfolgreichsten Rezepte: Fettammern à la Germar. Das Gericht ist denkbar einfach. Nehmt ein gut gemästetes Tier, stecht ihm die Augen aus und ertränkt es in Branntwein. Öffnet dem kleinen fetten Vogel den Magen und entfernt selbigen. Anschließend wird der gerupfte Ortolan mit Salz, Pfeffer und Lorbeerblättern abgerieben und in einem Schmalztopf gegart. Man nehme das Tier dann sogleich heraus und fasse es mit Daumen und Zeigefinger am Schnabel. Den Leckerbissen als Ganzes in den Mund schieben und ganz knapp an den Fingern abbeißen. Dabei nicht vergessen zu kauen!"

Ein Heer aus offenen Mündern verfolgte die Ausführungen des Totengräbers gebannt. Die tänzelnden Bewegungen des Jungen waren das Begleitorchester des Schauspiels. Er imitierte die Tiere, von denen Germar sprach. Wenn auf einen Fisch die Rede kam, so machte er Schwimmbewegungen. Wenn es um Spanferkel ging, drehte er fiktiv an einem Spieß. Der Kleine stellte sämtliche Kochszenen nach, indem er in der

Luft Gemüse schnitt, Töpfe umrührte und Speisen verkostete. Die Männer gafften ihm dabei versteinert zu. Der Speichel rann ihnen zwischen den Zähnen zusammen. Die Lust nach einem saftigen Braten steigerte sich ins Unermessliche. Wie verzaubert kauerten sie am Boden herum, rieben sich die leeren Bäuche oder hielten sich an ihren Musketen fest umklammert, als würden sie fürchten in einen Abgrund zu stürzen.

„Weiter geht es mit einem Klassiker", kündigte Germar an. „Geschmorter Fasan. Dieser muss vorerst von den Federn befreit, ausgenommen und geputzt werden. Die Füße und die Enden der Beine schneiden wir ab. Daraus kann man beispielsweise eine Fleischsuppe ansetzen. Dazu später gerne mehr. Für unseren Fasan brauchen wir inzwischen einen großen Kochtopf, welchen wir mit Schweineschwarte, Feldkräutern, Zwiebeln, Pastinaken und Karotten auslegen. Der mit Speck gespickte Fasan kommt obendrauf und wird mit selbiger Mischung nochmals bedeckt. Die Garzeit ist, je nach Größe des Fasans, unterschiedlich. Sie muss mit mäßiger Hitze sowohl von unten als auch von oben erfolgen. Ihr könnt, passend dazu, ein Ragout reichen. Dieses bereitet ihr aus einer fein gehackten Mischung vom Kalbsbries sowie Pilzen, Trüffeln, Artischockenherzen und Spargelspitzen zu. Die Zutaten in zerlassenem Speck schwenken und anschließend mit Bratensaft ablöschen."

„Oh! Wie herrlich!", stieß einer der Soldaten aus.

Ein anderer ließ sich von einem Schwächeanfall getroffen in das weiche Gras fallen und starrte dabei den beiden Vortragenden verträumt entgegen. Alle waren paralysiert von den schwelgerischen Luftschlössern, welche in ihnen Glück wie Leid erzeugten.

„Nun Achtung, verehrte Zuhörerschaft! Es wird etwas anspruchsvoller", warnte der Totengräber. „Wir gehen nun an die Bluthuf. Schneidet eine Kugel aus einer frischen Kalbskeule heraus und spickt sie mit Speckstreifen. In eine tiefe Kasserolle bereitet ihr sodann ein Bett aus geklopften Rindsschnitzeln und fettdurchzogenen Schinkenscheiben. Darauf legt ihr die Kalbskugel, welche ihr wiederum in ein Schweinsnetz hüllt. Dann wird Schmalz klein gewürfelt und in der Kasserolle ausgelassen. Einen guten Liter Schweineblut dazugießen und mit reichhaltig Gewürzen abschmecken. Das Blut köcheln lassen, bis es stockt. Dabei ständig umrühren. Anschließend das Bett aus Rindsschnitzeln und Schinkenscheiben um die Kalbskugel wickeln und alles im Ofen garen."

„Gibt es nicht auch etwas mit Fleisch?", forderte einer der Soldaten ungeduldig.

„Aber natürlich!", freute sich Germar.

„Gegrillte Schafsschwänze mit Oliven empfehle ich."

„Jetzt reicht es dann wieder. Kommt langsam zum Ende", fauchte Thomas nervös.

„Nehmt acht bis zehn Schafsschwänze. Schneidet die äußeren Zipfel ab und legt sie mit reichlich Schmalz, jungen Zwiebeln und Wurzelgemüse in eine Kasserolle. Vorher die Schwänze weich kochen, bitte."

„Wir haben genug von euren Sauereien", warf Thomas grimmig ein, während er Germar mit den Augen durchbohrte.

„Röstet die Schafsschwänze an, bis sie braun sind, und bestäubt sie anschließend mit etwas Mehl. Danach gießt ihr sie mit Fleischsaft, Brühe oder Wein auf. Falls euch die Sauce nicht dunkel genug ist, könnt ihr etwas gebräunten Zucker hinzufügen. Das ist mein Geheimtrick", blinzelte er. „Und dann bettet ihr das Gericht auf glacierten Endivien und serviert alles mit einem würzigen Olivenragout."

„Hört jetzt endlich auf!", schrie Thomas.

„Ohne Nachtisch?", fragte Germar grinsend in die Runde.

„Nicht aufhören!", brüllte die Mannschaft. „Wir wollen den Nachtisch!"

Verärgert drehte sich Thomas zur Seite.

„Vielen Dank, meine Treuen!" Und der Totengräber verbeugte sich tief.

„Also zum Nachtisch: Eier in Ochsenmark. Hierfür nehme man süße Mandeln, um diese zu schälen, zu zerstoßen und mit einer Mischung aus Knochenmark vom Ochsen, kandierter Zitrone und fein gewiegten Orangenblüten zu vermischen. Gehackte Marillen passen auch sehr gut dazu. Man achte bitte schön darauf, die Orangenblüten vorher anzurösten! Anschließend wird die Mischung gezuckert. Dazu kommen zwölf Dotter und ein Viertelliter geschlagene Milch. Der Franzose nennt das Frische Creme. Ihr backt die Teigmischung im Ofen, bis sie fest geworden ist. Vor dem Servieren glaciert ihr sie mit fettiger Brühe und gebräuntem Zucker. Fertig!"

„Bravo! Hurra!" Die Männer stürzten auf sie ein. Sie warfen ihre Hüte in die Luft, riefen allerlei Segenswünsche und klopften den beiden auf die Schultern. Einige hatten Nachfragen zu dem einen oder anderen Rezept. Sie fühlten sich innerlich in ihre Heimatdörfer zurückversetzt und ergänzten Germars Ausführungen mit ihren eigenen Erinnerungen an die mütterliche Küche.

Sie waren mitten im Fachsimpeln, als Germar erneut die Stimme erhob: „Ach ja! Um den Rahmen des Festessens perfekt zu machen, lassen wir uns natürlich bedienen. Am besten von einem weißen Indianer."

„Ein weißer Indianer?", fragte Thomas verdutzt.

„Warum nicht? So wie der. Dort drüben!" Er deutete über ihre Köpfe hinweg an das Ende des Pfades. Fast synchron blickte sich die Truppe um. Dort stand ein weißer Mann, gekleidet wie ein Indianer, doch mit den Rangabzeichen eines französischen Offiziers. Für eine Sekunde wusste niemand, was das sollte. Dann brach Thomas los: „Alles in Deckung!"

Ein heller Blitz riss die Männer aus ihrem Tagtraum heraus. Sie fuhren herum und nahmen die Waffen in Anschlag. Panisch luden andere ihre Musketen. Pulverhörner wurden hastig hervorgeholt; die Langwaffen gestopft. Ein Aufblitzen aus dem buschigen Laub. Rauch.

Feuerdampf. Ein junger Soldat in der ersten Reihe kreischte laut auf. Ein helles übertöntes Rufen. Etwas ängstlich. Überrascht. Der Soldat blickte nach unten. Ein kleines Loch durchdrang seine Kleidung. Mit den Händen fuhr er sich über die getroffene Stelle am Unterleib. Die Waffe ließ er fallen. Schon brach das dunkle Blut durch den beigefarbenen Rock. Ein letzter Blick zu seinen Freunden gewandt und der junge Soldat ging leblos zu Boden. Allgemeine Verwunderung. Dann krachten weitere Schüsse auf die Truppe ein. Sofort ging die vordere Reihe in einem fast eleganten Rhythmus getroffen zu Boden. Wie umgestoßene Dominosteine sackten sie hintereinander zusammen.

Thomas brüllte seine Leute zu den Waffen. Die Männer liefen geschockt durcheinander. Selbst durch die heftigsten Schreie konnte die allgemeine Verwirrung nicht geordnet werden. Von drei Seiten gleichzeitig wurden sie unter Beschuss genommen. Aus dem Unterholz blitzten die Funken fremder Musketenläufe auf. Die Treffer rissen furchtbare Wunden in die Leiber der Männer. Aufgeplatzte Bäuche. Abgeschossene Gliedmaßen. Ein Soldat taumelte kreischend mit einem halbabgetrennten Arm durch die Reihen. Am Boden lagen Verletzte, die schreiend und winselnd vor sich hin bluteten.

Hinter einem Baum sprang plötzlich ein Indianer hervor. Oberkörperfrei stürmte er mit einer Streitaxt nach vorn. Die Männer schossen. Daneben. Unter einem schrillen Geheul warf sich der Kämpfer ihnen entgegen. Dem Ersten in der Reihe hackte er sein Beil in die Stirn. Wie ein weich gekochtes Ei platzte die Schädeldecke auf. Das Blut spritzte über die Gesichter seiner Kameraden und der Mann ging zu Boden. Geschickt drückte der Indianer das Beil aus dem Schädel seines Opfers heraus und stürzte sich auf den Nächsten. Ein Handgemenge. Panische Schreie. Das Aufblitzen eines Schusses. Getroffen ging der Angreifer nieder. Das Einschussloch dampfte qualmig. Ein Soldat brach hysterisch zusammen. Thomas war nach vorne gekommen. Er trat auf den Mann ein. Befahl aufzustehen. Wer nicht kämpfe, würde wegen Feigheit gehängt werden. Die Soldaten, welche wahllos in die Gegend schossen, mussten geordnet werden. Immer wieder wurden sie getroffen. Die Kugeln flogen durch sie hindurch. Es waren glühende Eisensplitter, welche sich unaufhaltsam in die Haut brannten. Sie trafen Oberschenkel, Schultern und Bauch. Sie schmorten den Stoff der Bekleidung in die eitrigen Wunden und zerfetzten die darunterliegenden weichen Körper. Mitten im Getümmel erkannte man nur die Umrisse von Gestalten. Gekonnt hielten sich die Angreifer zwischen den Bäumen verschanzt.

Endlich standen die Soldaten beisammen. Musketen laden. In die Knie gehen. Feuer. Die erste Salve brach krachend in den Wald. Irgendwer ging zu Boden. Zweite Reihe vor. Anzielen. Nächste Salve. Die Männer schossen blind in Richtung der Angreifer. Die geballte Ladung Schrapnell, welche wie eine Donnerwand ins Dickicht platzte, verfehlte ihre Wirkung nicht. Nach mehreren Salven beruhigte sich die Situation etwas. Aus dem Wald kamen nur mehr vereinzelt Schüsse.

„Nichts wie weg hier", rief Germar.

Nach den ersten Schüssen hatten sie sich flach auf den Boden geworfen. Der Kleine robbte hinter dem Totengräber her. Sein Körper zitterte.

Rauch lag über dem Hügel. Röchelnd wurden die Verletzten hinter die vorderste Reihe in Deckung gezerrt. Überall lagen Verwundete. Hinter Büschen und Bäumen hörte man Männer wehklagen vor Schmerz. Doch der Ansturm schien vorüber zu sein. Die Bajonette wurden aufgesetzt. Langsames Vorrücken. Plötzlich Halt. Ein wildes Geschrei stieß aus Hunderten Kehlen durch die Luft. Eine ganze Armee war dort im Wald versteckt. Erneut brach die Hölle los. Schüsse. Explosionen. Zerfetzte Körperteile. Ein schweres Kreuzfeuer nahm sie unter Beschuss. Die Projektile fraßen sich in das weiche Fleisch, durchbohrten die Organe und ließen klaffende Wunden zurück. Umherfliegende Splitter prallten an Knochen ab und gingen verätzend unter die Haut. Reihenweise sah Thomas seine Männer fallen. „Rückzug!", gellte er durch den Rauch.

Erst im allerletzten Moment unternahmen die Männer einen verzweifelten Ausbruchsversuch aus der hufeisenförmigen Umzingelung.

20

„Wer ist dieser Kerl?", fragte Edward erbost. George und der Kommandant waren über eine Landkarte gebeugt, als Germar unangekündigt ins Zelt hereinplatzte. Seine Mundwinkel waren blau von den Beeren. Der Hut halb schief am Kopf. Die Haare zerrupft. Der Ausdruck bescheuert.

„Ach nichts", versuchte George zu entschärfen. „Das ist nur ein Gehilfe."

Eilig schob er den Totengräber unterm Arm mit nach draußen. „Seid Ihr vollkommen verblödet? Einfach so aufzutauchen?"

„Es gibt Informationen", gab sich Germar geheimnisvoll.

„Ja?"

„Es ist eine Katastrophe."

„Was denn? Sagt schon?"

„Thomas hat keine Ahnung."

„Natürlich nicht. Dieser anmaßende Wichtigtuer. Immer weiß er es besser. Bildet sich was ein auf seine hochwohlgeborene Abstammung. Einfach lächerlich!"

„Das ist es nicht."

„Nein?"

„Ich meinte die Küche."

„Die Küche?"

„Ja! Er hat keine Ahnung von gutem Essen."

„Und wenn schon? Er ist Engländer."

„Aber er hat mich mehrmals unterbrochen."

„Wobei denn?"

Germar schüttelte abwesend den Kopf. „Hätte er doch bloß auf mich gehört. Kochen können sie, diese Franzosen."

„Franzosen? Was redet Ihr da?"

„Er ist selber schuld, dass er in diesem Schlamassel steckt", meinte der Totengräber abschließend und verschränkte beleidigt die Arme vor der Brust.

Der Junge lugte hinter ihm hervor. Er sprang aufgeregt auf und ab. Machte hastige Bewegungen und allerlei Handzeichen in Richtung der Vorhut. George wandte sich entschlossen an Germar:

„Hört mal! Mit diesen wagen Andeutungen kann ich nichts anfangen. Ihr müsst schon genauer werden!"

„Da vorne wird gekämpft."

George fuhr der Blitz durch die Muskeln. „Idiot!", brüllte er Germar ins Gesicht.

„Edward! Edward!", stolpernd stürzte sich George zurück ins Zelt. „Die Vorhut wird angegriffen!"

„Sofort im Eilmarsch nach vorne", befahl dieser und warf dabei die Karten durch die Luft.

„In Formation antreten! Alles nach vorne! Zum Angriff!", brüllte George seine Befehle über den Platz. „Und Ihr: Verschwindet aus meinem Blickfeld!" Dabei versetzte er Germar einen Tritt und stieß ihn von sich fort.

Überhastetes Gedränge brach los. Im Schnellschritt verließ man das Lager in Richtung des deutlich näher kommenden Schlachtgebrülls. Ein allgemeines Wirrwarr, welches der Totengräber augenblicklich nutzte, um sich ungesehen ins Dickicht zu schlagen. Den Jungen hinterherziehend.

Der Gang durch das dichte Unterholz ließ die kürzesten Streckenabschnitte zu ausgedehnten Wanderungen verkommen. Immer wieder mussten Erhöhungen genommen werden, hinter deren obersten Punkten nur ein fordernder Ausblick auf weitere bewaldete Hindernisse lag.

Ihr gehetzter Lauf durch die Wälder war derart stundenlang unentwegt fortgegangen, bis sie sich endlich stehen zu bleiben getrauten. Sie waren wieder alleine. Abgedrängt vom chaotischen Getümmel hatte Germar den Jungen im Durcheinander der Kämpfe hinter die feindlichen Linien gebracht. Querfeldein hatten sie sich durchgeschlagen. Hungrig und ausgelaugt. In der ständigen Angst, von ihren Feinden ertappt zu werden.

Müde hielt Germar den Blick auf den Jungen gerichtet, der in zähem Ringen einen Fuß vor den anderen setzte. Das ständige Marschieren, der Hunger und die Härte der Wildnis hatten Germar in eine Art Trance versetzt. Seine Bewegungen wirkten mechanisch. Er fixierte die kleine Gestalt, die sich vor ihm her bewegte. Der Totengräber sprach kein Wort. Eine düstere Erinnerung an ihre Schifffahrt kam über ihn. Tief in seiner Seele versteckt, hielt er das Geheimnis verschlossen. Es war sein Schwachpunkt. Die Achillesferse seiner missionarischen Aufgabe. Nur er alleine trug die geistige Wirklichkeit ihrer gemeinsamen Geschichte in sich. Der Gedanke, der einzige Eingeweihte dieses Geheimnisses zu sein, drängte ihn beständig in einen inneren Konflikt. Zugleich fühlte er sich gestärkt. Denn die Einsicht über diese erhobene Position des Wissenden verlieh ihm eine seltsame Macht.

Die Antwort lag in Carls Ende. Überall auf dem Schiff hatte Germar sein Diebesgut versteckt gehalten. Mit dem Urteil über Carl waren die Häscher der Obrigkeiten von seiner Fährte abgekommen. Es war richtig gewesen. So fühlte er es. Katherina hatte auf so perfide Weise versucht, ihm seinen Seelenverwandten wegzunehmen. Seinen Gefährten. Sein geliebtes Kind. Welch ein Unrecht! Und nun hatte er seiner Rivalin dieselbe Strenge zukommen lassen. Sie hatte den ihrigen Sohn verloren. Keine Rache. Sondern ausgleichende Gerechtigkeit. Mit unheimlicher Genugtuung berührte ihn dieser Gedanke. Sein Verständnis von Gerechtigkeit war erfüllt worden. Ohne dass nur ein Anzeichen von Verdacht auf ihn gelenkt worden war. Was für eine großartige Tat! War es nicht eine überragende List, eine Fehde zu gewinnen, ohne jemals überhaupt in den Verdacht einer solchen Absicht zu gelangen?

Der Wald um sie herum war vollends in Frieden gehüllt. Nach dem tobenden Lärm der Schlacht kam die Ruhe der Natur. Sie besänftigte Germars Gemüt und ließ ihn in seiner Verträumtheit schlummern. Er sah diese kleine Menschenseele vor sich hertrotten; und wie er die Bewegungen des Jungen ausspähte, ihn bewunderte und verehrte in seiner Einzigartigkeit, da vergrub er jenen dunklen

Schatten, der seit jeher über seinen Gedanken thronte. Ein Antrieb von außen war dafür verantwortlich. Kein König oder Fürst. Keine irdische Instanz. Jene verborgene Gewalt, welche dieses unverrückbare Verlangen, eine Seele zu besitzen, einforderte, war nicht von dieser Welt. Lob und Tadel, Schuld wie Belohnung waren nicht Ergebnis seines Handelns geworden, sondern die Bedingungen einer alles überdauernden Regentschaft. Er hatte die geistige Gewissheit darüber erlangt, dass er jedes Verbrechen begehen konnte und dabei mit sich selbst im Reinen blieb, solange nur der Junge sein Vertrauen auf Germar behielt. Ein großartiges Gefühl der Macht. Diese Erklärung, welche er sich zurechtgelegt hatte, war nichts Geringeres als die Erklärung seiner Existenz. Doch dieses Wissen ließ ihn nicht ruhen. Es ließ ihn weder gleichmütig atmen noch nachts friedlich entspannen. Das Glück des Kleinen war zum Freibrief für Germars Taten geworden. Und obwohl er weder Schuld noch Reue gegenüber Carls grausamem Schicksal empfand, so sah er für das Leben des Jungen nur einen einzigen Ausweg: das Ende jenes Liedes, welches Germar seit jeher sang.

 Unterdessen wankte der Junge tapsig weiter. Völlig verstört war er seiner Nase hinterhergeirrt. Zu sehr hatte sich das Bild der abgeschlachteten Menschen in seine Gedanken gebrannt. Endlich machten sie halt, um sich im Gras auszustrecken. Nadelbäume und Laubsträucher standen eng aneinander und die Kronen der Wipfel deuteten langsam schaukelnd Richtung Horizont, als sich der

Junge zurücklehnte und die Augen schloss. Er gab sich dem Sirren der Blätter hin und konzentrierte sein Gehör auf die zarten Stimmen der Vögel. Irgendein Kleintier raschelte im Unterholz, während weit entfernt das Tröpfeln eines Baches zu erahnen war.

Der Totengräber lag neben ihm. Er war still. Durch das sich überkreuzende Baumgeäst wurde das Licht heruntergeworfen und saugte den Rauch des Wiesentaus auf. Germars borstige Strähnen klebten verschwitzt an seiner Stirn. Mit einer beiläufigen Handbewegung strich sie der Totengräber beiseite. Nur seine linke Gesichtshälfte blieb verdeckt. Durch seine nassen Zotteln hindurch betrachtete er den Jungen. Dessen Augenlider hoben sich wiederholt an, gaben ein grünes Leuchten frei und fielen wieder ein. Weich und schläfrig. Ein müdes Schimmern drang hindurch und umschlang ihre Blicke, als sich die Lider wiederholt hoben, um sogleich wieder einzufallen. Germar war, als würden sich die Gesichtszüge des Jungen herzförmig verändern. In perfekter Symmetrie präsentierten sich die Konturen. Die sublimsten Veränderungen sog Germar auf. Fasziniert durchforstete er die Mimik des Kleinen. Das Antlitz des Jungen als Spiegelung seiner Aufgabe. Als Wunsch, ihn zu holen. Das Grübchen am spitzen Kinn des Jungen ließ ihn nochmals lächeln. Dann brach der Totengräber zusammen. Erst war es nur ein leises Winseln, bald ein Jammern. Wie ein verzweifelter Bengel schluchzte Germar drauflos. Sein Weinen durchdrang den Wald. Es verscheuchte alle Tiere des Waldes, die bis dahin fröhlich gewerkt hatten, und zog eine lebensbeendende Gültigkeit auf, als wolle es die beiden in den Fluten eines tiefen Flammenmeeres versenken. Ein scheuer Schatten flog über sie hinweg, als Germar sein Gesicht verzweifelt gegen den Körper des Jungen presste. Schon war der Totengräber entschlossen, ihn im Strom des Vergessens in andere Gefilde davonzutragen. Doch die Zeit war noch nicht reif.

 Als er das Kind an sich drückte, es festhielt und umschlang, um es nur für sich alleine zu haben, fühlte Germar eine knirschende Hülle anstelle der zarten Haut. Zunächst reagierte er nicht. Doch dann spürte er es erneut. Kein weicher Untergrund des Hemdstoffes, sondern etwas Glattes. Ein fest gepresstes Material drückte gegen seine Wange. Mit der Hand tastete er die Stelle am unteren Teil des Hemdzipfels ab. Dort war etwas eingenäht worden. Geschwind riss er das Stoffende des Hemdes auseinander. Der Junge versuchte Abwehrbewegungen. Doch der Totengräber ließ sich nicht beirren. Ein zusammengefaltetes Stück Papier kam zum Vorschein. Germar öffnete die von der Abnutzung aneinandergeklebten Seitenteile. Straßen, Flüsse, Siedlungen waren darauf abgebildet. An den vier Oberkanten der Seiten erkannte er Buchstaben. Germar drehte das Blatt in alle Richtungen. Doch lesen konnte er die Karte nicht.

 Ein sichtbares Staunen des Jungen erwiderte Germars klagenden Ausdruck, dessen Tränen deutlich in den stacheligen Barthaaren lagen.

Stoßartig nach Luft schnappend riss sich der Totengräber wieder aus seinem trauernden Zustand heraus. Verlegene Berührung überkam ihn. Stammelnd versuchte er, sich neu zu ordnen. Den noblen Mantel der Trauer verscheuchte er mit allerlei aufgesetzter Leichtigkeit. Was sie hier gefunden hätten, eine Karte, sei glückliches Produkt ihres beständigen Zusammenseins, stotterte er hervor. Die groß markierten Buchstaben an den Seitenrändern würden für die vier Apostel stehen: Norbert, Simon, Wilhelm und Otto. Der Erstgenannte sei vom Blitz des Allmächtigen getroffen worden, als er sich durch die morgenländischen Damenklöster stieß. Während der Nächstgereihte für seine blutrünstigen Vierteilungen berühmt geworden sei, weshalb man ihn, in dessen Darstellungen stets mit Säge in der Hand bewundern könne. Was die anderen beiden gemacht hätten, sei Germar entfallen.

Der Junge schnappte nach der Karte. Er wusste genau, was das war. Und der Totengräber ließ ihn gewähren. Denn eine alles ergreifende Besessenheit fuhr ihm ins Gebein. Es drängte ihn, den trügerischen Gefühlsausbruch zu überspielen. Was hätte es bedeutet, in seinem Vorhaben zu scheitern? Wäre ihm der Junge nicht gefolgt, so wäre Germar nichts geblieben als der unvergängliche Fluch, ein für alle Ewigkeit Ungeliebter zu bleiben. Wie eine tausendjährige Last lag dieses Bangen auf seinen Schultern. So sah sich der Totengräber in der Verzweiflung, sich am einzigen Halt zu verständigen, dessen er gewiss war. Und mit dem geruhsamen Schaffen eines Fährmannes ertönte es in ihm:

> Das Zirpen des Flautenspiels,
> Das Ende des Niederblühens.
> Im Ausklang; wird es erschallen,
> Ein Schweben. Ein Fallen.
> Diese endliche Weise,
> Mal laut, mal leise.
> Im nixenhaften Singen,
> Uns allen wird sie erklingen.

Aus der Karte vertieft, hob der Junge den Blick. Sein innerer Kompass schlug an; und die Absichten des Totengräbers gaben sich übergangslos zu erkennen.

Ein sanfter Wind trieb durch die Bäume. Fast unhörbar waren die Bewegungen der Äste. Das Sirren der Blätter erinnerte an Wassertropfen. Aus einem Versteck in den Kronen erhob sich schwarzes Gefieder. Der dunkle Flügelschlag einer Krähengruppe glänzte im blaugrünen Schimmern. Die Rufe ihrer rauen Kehlen verstärkten die Anklage, als sie einen Bogen um Germars Kopf zogen, um alsdann im Tiefflug über ihn hinwegzubrausen. Der Junge nickte ihm zu, bevor sich seine Aufmerksamkeit erneut in der Karte vergrub.

Wild herumfuchtelnd, versuchte der Totengräber, die umherflatternden Eindringlinge zu verscheuchen, als fühle er sich ertappt. Um seine Unsicherheit zu verbergen, geriet sich Germar in zahlreiche Ausflüchte. Was habe er doch schon oft den Weg alleine gefunden, meinte er, als sich der Vogelschwarm in die Waldung verzog. So eine Karte sei überhaupt nicht notwendig. Allgemein gelte die ureigene Gefühlslage als der beste Ratgeber. Alles andere würde sich fügen. Einfach der Nase nach. Dabei käme ihm ein Erlebnis seiner Jugendtage in den Sinn, meinte er gekünstelt, während der Junge sich an der Karte zu schaffen machte, welche ihm Germar endgültig überließ.

„Als wir uns einmal im Morgengrauen am Rückweg von einer fein hübschen Bauernhochzeit befanden", erging sich der Totengräber. Hätte er den Anschluss an seine Trinkkameraden verpasst und sei dabei vom Weg abgekommen. Durch ein stilles Wäldchen war Germar auf einem nur spärlich ausgetretenen Fußpfad an die Rückseite eines großen Gebäudes gelangt.

Am Rande von Städten waren neuartige Manufakturen im Entstehen befindlich. Diese als Arbeitshäuser betitelten Einrichtungen hatte man getrost als eine Form von Zwangsarbeitslager bezeichnen gekonnt. Wiewohl niemand je auf die Idee gekommen wäre, sie derart zu benennen. Hausierer, Wegelagerer und Findelkinder wurden dort untergebracht. Einerseits versorgt, andererseits zur Arbeit verdonnert. In diesen Manufakturen erzeugte man Waren vorwiegend von Hand und lebte daneben primär von der Landwirtschaft. Die Arbeitsmoral hatte keine Produktivität im Sinn. Das Vorrecht lag bei der Erwirtschaftung des alltäglichen Lebensbedarfs. Zudem waren Minuten und

Sekunden nicht ermittelbar, wodurch Pünktlichkeit eine untergeordnete Rolle spielte. Die gestellten Aufgaben wurden „heute oder morgen" erledigt. Mußezeit und Absentismus hatten damit leichtes Spiel. Regelmäßige Arbeitsniederlegungen standen an der Tagesordnung.

Diese kollektiven Ausstände orientierten sich nicht selten an dem Aufkommen nahegelegener Wirtshäuser zum Arbeitsort. Wenn die Handwerksgesellen wieder einmal ein „Abendchen" veranstalteten, wussten die Werkmeister, dass am nächsten Tag nur mit halber Hand, falls überhaupt, gearbeitet werden würde. Mitunter musste die Belegschaft mit Waffengewalt an ihren Arbeitsplatz zurückgebracht werden. Was jedoch aus Angst vor Unruhen eher selten durchgesetzt wurde. Vielmehr informierte man in solchen Fällen die zuständigen Behörden. Welche alsdann einen möglichst umgänglichen Amtsboten damit beauftragten, sich das Geschimpfe der Gesellen anzuhören und mit der Zusicherung, ihre jeweiligen Forderungen dem Gerichte vorzutragen, wieder zur Arbeit zu bewegen. War dies erfolgreich durchgesetzt, wurde keine weitere Veranlassung gesehen, sich mit der Frage der massenhaften Produktivitätsleistung aufzuhalten.

Ein in sich geordnetes Gesellschaftsgefüge existierte ohnehin nur in Gestalt von Nobilität und Staatsdienern, in geringerer Form durch Händler und Kaufleute, aber in keinem Fall als Produkt von Bauern oder leibeigenen Arbeitern. Und unter jenen gab es obendrein starke Divergenzen. Die freien

Bauern, welche zumindest bescheidene Felder und Äcker ihr Eigen nennen konnten, verachteten die Besitzlosen. Mit Neid und Missgunst wurden sie dafür von den Leibeigenen bedacht. Die im Entstehen befindliche Blühte geistigen Fortschritts hatte zwar diesen untersten Stand im Sinn, doch die Verbindung dahin war schwach. Lieder und Poesien besangen zunehmend die Ungerechtigkeit, adressierten jedoch weiterhin an die Hochwohlgeborenen. So blieb die Wirksamkeit eines neu zu erdenkenden Weltbildes auf die ausgedünnten Schichten der Belesenen beschränkt und beraubte sich damit selbst jeglicher Effektivität, tiefe Verflechtungen ins Volk zu schlagen.

 Wer also seine Lebenszeit beispielsweise damit verbutterte, Bücher zu lesen, naturwissenschaftliche Beobachtungen festzuhalten oder an wundersamen Räderwerken zu basteln, wurde als Kauz abgetan. Die ersten zaghaften Ideen des industriellen Fortschritts wurden nur in den erlesenen Kreisen der staatlichen Ingenieursakademien gesponnen und erreichten nicht die Masse der Bevölkerung. Dass die neuartigen Erfindungen zweckdienlich gewesen wären, ganze Erwerbsfelder zu revolutionieren und dabei scheffelweise Arbeitsplätze zu vernichten, kam den wenigsten in den Sinn. Demnach wurden die Urheber der an den Pforten der Weltgeschichte aufwartenden Industrialisierung als schrullige Tüftler und Träumer belächelt.

 Ein solches Schicksal des ewig Missverstandenen hatte den Besitzer und Werkmeister besagter Manufaktur erreicht. Dem immerzu nachjagenden Wissensdurst des Forschers war es zu verdanken gewesen, dass derlei Ignoranz an ihm abprallen konnte. Obwohl er ein Leben lang Bescheidenheit, Fleiß und Ehrlichkeit als die wichtigsten Tugenden hochgehalten hatte, war ihm bislang kein Glück bestellt gewesen. Missernten und Hungersnöte hatten seinem Gewerbe zugesetzt. Der Nachwuchs vom Picardschen Schweißfieber davongetragen. Dem vagabundierenden Volk, Hilfsarbeiter, welche er frohgemut angestellt hatte, in der Aussicht, mit seinem Unternehmen zu triumphieren, hatten dessen erfinderische Innovationen oft Anlass gegeben, ihn zu foppen, als schwachsinnig oder gottlos und verdammt zu brandmarken.

    Verdächtig still war die Manufaktur von außen erschienen. Kein Deut von betriebsamer Geschäftigkeit, als der Totengräber, welcher ein Plätzchen gesucht hatte, um sein Wasser abzuschlagen, stierend in der Tür des Werkraumes erschienen war. Glänzend silbrige Wölkchen hatten glühend durch den Raum geistert. Die große Halle der Manufaktur war vom metallischen Geruch der dampfbetriebenen Maschinen erfüllt gewesen. Die plötzliche Erscheinung des Totengräbers hatte den Werkmeister nur einen flüchtigen Blick gekostet. Es hatte vollkommen außer Frage gestanden, dass es sich um den Amtsboten handeln musste. Beseelt war der Werkmeister in der Erinnerung zurückgewandert. Bis an jenen Tag, an dem die Maschine das erste Mal in Verwendung genommen worden war: „Warum will sie nicht anspringen?"

Die Gedanken ihres Erfinders hatten besessen um die technischen Finessen der seltsamen Konstruktion gekreist. „Eilig, eilig! Wo sind meine Arbeiter?", war dem Werkmeister verschnupft hervorgebrochen, als er bemerken musste, dass sein ungebetener Besuch sich nicht von der Schwelle rührte.

Mit herabhängendem offenem Mund hatte der Totengräber das mechanische Ungetüm angeglotzt:

„Was ist das?"

Dem Werkmeister hatte es ein überlegenes Lachen entfesselt. „Ach, welch Unwissenheit!"

Zugleich hatte ihn die mehr als offensichtliche Überwältigung im Ausdruck seines Gegenübers mit Stolz erfüllt. Man hatte doch von der einfachen Landbevölkerung nicht verlangen können, dass sie einen visionären Entwickler verstehen würde. Ein derart fortschrittlicher Geist wie er schwebte förmlich über allen Dingen.

Mit kleinen hastigen Schritten war der Raum durchmessen worden, bevor der Werkmeister in geradezu fieberhafter Erregbarkeit damit begonnen hatte, dem Totengräber seine Erläuterungen aufzudrängen. Voller Ehrgeiz hatte er das Metallmonster präsentiert: Eine Dreschflegelmaschine sei dies. Seine eigene Erfindung. Ein völlig neuartiges Gerät zur Gewinnung zermahlener Getreidekörner. Ein alles verändernder Wurf im Produktionsablauf der Felderwirtschaft. Verstehe er denn nicht, hatte der Erfinder dem ungläubig gaffenden Germar zu verdeutlichen versucht. Der Dreschflegel. Das

Wahrzeichen des dritten Standes. Alles überholt. Dieses vorzeitliche bäuerliche Hilfsgerät sei mit seiner technischen Entwicklung endgültig obsolet geworden. Gar nicht vorstellbar, dass die Menschheit so lange auf zwei durch Lederriemen verbundene Holzprügel vertraut habe.

„Alles vorüber!", hatte der Werkmeister konstatiert. „Keinen Dreschflegel mehr. Ihr wisst doch, wozu man so einen Schwengel verwendet?"

„Na, selbstverständlich!", hatte Germar gelacht und sich dabei in den Schritt gegriffen.

„Eben!", war als Bestätigung zurückgekommen. Genau dies sei jetzt vorbei. Aus! Schluss! Mit dieser Apparatur werde das alles nicht mehr nötig sein. Das Getreide könne an der obersten Stelle eingeführt werden. Und würde sodann durch eine Schleuse in eine Hauptkammer mit rotierenden Walzen geleitet; wo das Korn hin und her bewegt, aneinandergepresst und dadurch zermahlen werden würde. Der gesamte Arbeitsvorgang könne durch reine Dampfkraft angetrieben werden. Nur mehr fünf gut eingeschulte Männer seien für die Maschinenwartung notwendig. Außerdem würde sich dadurch, laut seinen Berechnungen, die Zeit der Ernte auf lachhafte zehn bis zwölf Wochen reduzieren.

Euphorisch hatte der Werkmeister seine Erklärungen dargeboten, doch die erhofften Akklamationen waren ausgeblieben.

„Aber was erzähl ich Euch das eigentlich?" Mit diesen Worten der Einsicht hatte er sich enttäuscht von Germar abgewandt, um in einer auffallend geübten Bewegung die Werkslade hinter sich zu öffnen. Allerlei skurrile Gerätschaften, Hämmer, Schrauben und Schlüssel hatten das Interieur der Lade dargestellt. Germars Aufmerksamkeit hatte dennoch auf einem glänzenden Guldenstück festgehangen, welches der Werkmeister herausgepickt hatte. Unter beständigem Zureden hatte er es dem vermeintlichen Amtsboten in die Kragenöffnung gestopft, sodass das Geldstück zwischen Brust und Hemdinnenseite nach unten gerutscht und an dessen Hosenbund hängen geblieben war. Der Gulden wäre als eine kleine Entschädigung für dessen Mühen zu verstehen gewesen. So war der Totengräber hinauskomplimentiert worden. Er hätte dafür bloß die versoffene Gesellenbande von ihrem seit Stunden ausufernden Prälatenschmaus losreißen und wieder an den Arbeitsplatz befördern sollen.

 Mitnichten hatte Germar die Intention verfolgt, sich um derlei Anliegen zu kümmern, als er das Gelände der Manufaktur im Eilschritt verließ. Stattdessen war er seinen Kumpanen hinterhergehetzt, welche er auf einem erhellten Waldplätzchen auf ihn wartend vorgefunden hatte. Man solle ihm sofort zur Manufaktur folgen, hatte er sie zum Aufbruch gedrängt. Der Zufall des neu eingeschlagenen Weges habe eine lohnende Begegnung arrangiert. Die Werkslade sei voller Guldenstücke und am Hof würden sich unbeaufsichtigt herumliegende Wertgegenstände wie etwa kostbare Kleidung, Garn, Wolle und bestickte Leintücher auftürmen. Weitere

Überredungskünste hatte es daraufhin nicht mehr gebraucht, um mit der illustren Gesellschaft augenblicklich kehrtzumachen. Mit einem robusten Kantholz war man dem verdutzten Werkmeister beigekommen, hatte ihn gefesselt und mit vereinten Kräften in die maulartige Öffnung des metallenen Monsters gestopft. Die endlose Zeit, welche der derart Geschundene gebraucht hatte, um sich aus seiner widrigen Lage zu befreien, hatte man darauf verwendet, die Guldenkasse zu räumen und sich am Hausrat, bestehend aus Zinntellern und edlem Besteck, zu bereichern. Die vom Hof der Manufaktur entwendeten Textilien, Überwürfe, Röcke und eine Weste, hatten das restliche Diebesgut dargestellt und waren beim nächstgelegenen Hehler sofort verramscht worden. „Und was lernen wir daraus?", fragte Germar den Jungen, als er sich endlich aus seinem im Galopptempo geführten Geschwafel wieder in die Gegenwart zurückbrachte. Die ganze Kopfarbeit sei sinnlose Zeitvergeudung und würde quälenden Unmut ob der verpassten Festgelage erzeugen. Vielmehr solle man sich dem Glück des Zufalls überantworten und die Dinge nehmen, wie sie seien. Ein ungezwungenes Leben als gefeierter Cicisbeo würde sich so wie von selbst zutragen.

    Wie eine imposante Orgel, deren matte Klangfarben vom Blasgebälk über die Pfeifenreihen auf die Häupter der Gottesfürchtigen hinweg das ganze Kirchenschiff beschallen, intonierte Germars Gerede über dem Jungen.

Dieser hielt die Karte hoch und zeigte müde in eine Richtung. Germar hetzte los. Seinen jungen Begleiter nahm er huckepack. Endlich musste sich der Totengräber nicht mehr aus der peinlichen Situation seiner tränenverklebten Augen herausreden. Im Eilschritt sprang er durch den Wald. Sie überwanden Flüsse; überquerten Lichtungen und Pässe. Immer wieder wurde angehalten. Germar versorgte den Jungen mit Wasser und den wenigen essbaren Nüssen und Beeren, die sie unterwegs fanden. Die ganze Nacht hindurch marschierten sie und der Kleine orientierte sich immer wieder an der Karte, welche ihm sein Freund marschierend hinhielt.

Es war im frühen Morgengrauen, als sie durchgeschwitzt an dem Fuß eines Berghangs ankamen. Die Sonne war soeben dabei, dahinter hervorzutreten. Der Junge hatte eine Siedlung angepeilt, welche auf der Karte eingezeichnet gewesen war. In einem letzten Akt der Anstrengung hievte ihn der Totengräber den Bergsattel hinauf. Wiederholt rutschte er aus. Nichts als Steine und Geröll. Die Glut des überhitzten Herzmuskels brannte in der Brust. Behäbig und schwer waren Germars Tritte, als sie die Höhe erreichten. Selbst für seine gewohnten Flüche war keine Kraft mehr. Jeder Luftzug wurde gierig eingesogen, um nicht in sich zusammenzufallen. Der Wind fuhr pfeifend über den Bergrücken, als endlich die warmen Sonnenstrahlen spürbar wurden. Vor ihnen lag ein friedliches Tal. Und unten, in weiter Ferne und doch deutlich erkennbar, erschienen die Rauchschwaden einer Hüttensiedlung. Die auf dem Schiff erlernten Manövrierregeln der Matrosen hatten die beiden Gefährten gelotst.

„Gut, mein Sohn", nuschelte der Totengräber und setzte wackelig weiter. Stolpernd ging es an der anderen Bergflanke wieder hinab. Der Totengräber verlangsamte seine Schritte, als sie in Sichtweite der Ansiedlung kamen. Aus den Hütten am Rand der Siedlung bewegten sich Gestalten hervor. Erst erkannte man nur die Umrisse, dann kamen sie näher. Es waren Indianer. Eine Gruppe von Männern und Frauen nahm sie in die Umzingelung. Germar war am Ende. Er brachte keine Verwünschungen mehr hervor, so gern er über die Eingeborenen gelästert hätte. Nach dieser harten Parforcejagd waren seine Kräfte erloschen. Die Erinnerung an das Gemetzel am Fluss ließ die schlimmsten Befürchtungen in ihm hochkommen. Von einer Sekunde auf die andere erwartete er den ersten Schlag. Doch nichts dergleichen geschah. Man nahm ihm den Jungen ab. Ein paar kräftige Männer stützten Germar. Erst jetzt bemerkte er, dass es eine gemischte Gruppe war. Einige Gesichter kamen ihm vertraut vor. Und er verstand ihre Worte. Als er sah, wie sie den Jungen zur Seite nahmen, um ihn in eine Hütte zu bringen, dämmerte es ihm. Dann erkannte er sie.

„Elende Betrügerin!", brüllte er los.

Katherina war in der Tür erschienen, als man den Jungen hineintrug.

Trotz seiner Entkräftung ließ Germar das Adrenalin erneut hochfahren. Die Männer hatten alle Mühe, ihn im Zaum zu halten. Man zerrte ihn in einen Schuppen und verschloss den Eingang hinter ihm. Das verriegelte Tor ruckelte heftig, als er es von innen aufzubrechen versuchte. Das halbe Dorf wurde von des Totengräbers Verwünschungen heimgesucht. Doch die Flüche und Schreie verpufften im Leeren. Seine blindwütigen Beschimpfungen dauerten eine ganze Zeit lang fort, bis die Müdigkeit endlich über ihn kam.

21

Großmutter Schildkröte war über hundert Jahre alt. Ihre Haut war so ledrig, dass sie morgens die Hilfe ihrer Enkelin Lenny brauchte, um die schweren Lidfalten über ihren Augen zu heben. Den Tag verbrachte sie am Eingang ihres Zeltes und beobachtete das Einreiten der jungen Krieger. Ihr endloses weißes Haar wehte behaglich im Wind, welcher sich allabendlich von den entfernten Prärien über die duftenden Wälder hinweg bis zu ihrem Dorf trug. Sie schien fast starr zu sitzen. Die Holzpfeife ihres verstorbenen Mannes puffte gemächlich kleine Wölkchen hervor. Nur hier und da nickte sie dem einen oder anderen Dorfbewohner zu. Den jungen Kriegern gab sie hingegen wenig Aufmerksamkeit. Die Prahlereien ihrer Jagdabenteuer langweilten sie. Junge Männer wären nicht im Stande über tiefere Dinge nachzudenken. Sie sollten jagen und reiten. Die Familien versorgen und sich fernhalten von den Fragen des Lebens. Zudem hätten sie nicht jene Geschicklichkeit und jenes Schöpfertum inne, welche die Mädchen in ihren Handarbeiten zum Ergebnis brachten. Diese konnten genau dieselben Dinge tun wie ihre männlichen Altersgenossen. Hatten sie doch mit dem Erlernen der ersten Schritte ihre Väter auf der Jagd begleitet. Sie waren stark erzogen worden. Als Säuglinge hatte man sie schreiend in den Busch gelegt und so lange gewartet, bis sie von selbst aufhörten. Sie hätten durch ihr Geschrei nur die Tiere verscheucht und ihre Feinde angezogen. Das brauchte niemand. Schon früh hatten sie deshalb erfahren, dass heulen nichts nützt, sondern nur der eigene Einsatz im Zusammenspiel der Gruppe. Und als Gruppe traten sie geschlossen auf. So waren es vor allem die Mädchen, welche sich allabendlich bei Großmutter Schildkröte versammelten. Am Anfang waren sie für ihr Beisammensein an der Feuerstelle von den Dorfburschen gehänselt worden. Doch spätestens seit sie darin geübt worden waren, die Steinschleuder zu führen, hatte das aufgehört.

Die Zeit bei Großmutter Schildkröte war eine beschützende Welt, in die jedes Mädchen eintauchen durfte. Ganz nach ihrem Belieben. Egal wie sehr sie sich danebenbenahmen, Großmutter war nie böse auf sie. Wenn sie all die Dinge taten, welche vor ihren Eltern nicht erlaubt waren, kam von der Großmutter höchstens ein wissendes Schmunzeln. Doch das geschah ohnehin nicht oft. Denn alles an ihrer Seite war in Frieden gehüllt. Es erfüllte die Mädchen mit Freude, der alten Frau beim Arbeiten zuzusehen. Großmutter Schildkröte war das lebende Gedächtnis ihres Volkes. Ein Mitglied des Rates; deren krächzende Stimme nichts an Schärfe eingebüßt hatte. Ihre Worte hatten Wirkung. Wenn sie wieder mal einen der jungen Krieger vor den Augen des versammelten Dorfes seine Ungeschicktheit vorhielt, hielten sich die Mädchen die Bäuche vor Lachen. Sie sprach stets in einer bedachten Art, erzählte von längst vergangenen Tagen und geheimnisvollen Fabelwesen. Sie verriet die Geheimnisse heilwirkender Pflanzen, wenn die Mädchen sie zum Wildspinatsammeln begleiteten.

Großmutter Schildkröte trug so viel Liebe in sich für die Kleinen, dass es für die jungen Mädchen nichts Schöneres gab, als sich in einem unbeobachteten Moment die Kleider der Großmutter überzustülpen und davon zu träumen, wie es sein würde als erwachsene Frau.

Am frühen Abend, wenn die Männer des Dorfes angefressen und faul in ihren Zelten lagen, kamen die Mädchen bei der Großmutter zusammen und lauschten ihren Erzählungen. Diese Stunden im verhaltenen Abendlicht waren die schönste Zeit des Tages geworden. Die Älteren entzündeten ein Feuer und nahmen die Kleineren auf den Schoß. Manch eine hatte etwas von ihrem Abendessen mitgebracht. Es wurde ein aromatischer Kräutersud gereicht. Die kleinen Indianermädchen bekamen Perlen und Federn in ihre Haare geflochten. Mit Spannung warteten sie auf Großmutter Schildkrötes Erzählungen. Sie alle waren angetrieben von einer großen Frage. Wie werde ich glücklich? Und Großmutter Schildkröte erzählte gern und lang die eine wahre Geschichte: „Als es noch keine Erde und keinen Mond gab, war alles nur aus Wasser. Die Menschen hatten keine Familien. Und kein Zuhause. Eine große Schildkröte war die Herrscherin des Meeres. Sie hatte derart Mitleid mit den armen Menschen, die verzweifelt in den Wellen trieben, dass sie nach unten zum Grund des Meeres tauchte. Sie holte Schlamm und Hölzer hervor. Immer wieder begab sie sich unter Wasser, um unsere Erde zu bauen. Sie baute so lange, bis die Menschen, welche sich klammernd an ihrem Panzer festhielten, endlich festen Boden unter den Füßen bekamen. Es wurde die Erde, auf der wir heute wandern. Die Wiesen, über die wir reiten. Die Wälder, in denen wir jagen. Das alles wurde von der großen Mutter Schildkröte erbaut. Von ihr können wir lernen."

„Was können wir lernen?", fragte der Mädchenchor aufgeregt.

„Eine Schildkröte schützt mit ihrem Panzer. Sie ist geduldig und arbeitsam", belehrte sie die Großmutter.

„Auch unsere Familien arbeiten sehr viel", fiel ihr ein kleines Mädchen ins Wort.

„Ich spreche doch nicht von der herkömmlichen Arbeit", warf die Alte ein und blies dabei eine lange graue Rauchwolke aus ihrer Pfeife hervor. „Es geht um die Arbeit zwischen zwei Menschen."

Die Mädchen blickten erstaunt drein.

„Findet jemand, der bereit ist, mit euch an etwas zu arbeiten. Dann werdet ihr glücklich sein." Fragend klang das kindliche Stimmengewirr durcheinander. „Sollen wir an einem Haus bauen?", warf von hinten eine ein. „Oder soll es ein Stall sein? Was? Sag schon?" Ganz zappelig wurden sie vor lauter Neugierde.

„Ich bin müde", ergab sich die Alte. „Ich gehe jetzt schlafen. Wenn ihr älter seid, dann werdet ihr es schon verstehen."

Es dauerte eine kleine Weile, bis die verdutzten Mädchen, welche die Alte zurückgelassen hatte, sich wieder aufrappelten. Einige tauschten Anmerkungen zur Geschichte aus. Dann warfen sie ihre Essensreste den Hunden zu. Den Boden vor

Großmutters Zelt wischten sie mit einem frisch abgebrochenen Nadelast sauber. Bevor sie sich in der Dunkelheit zu den Zelten ihrer Familien aufmachten. Die Glöckchen an ihren Kleidern klingelten eifrig in die tiefe Nacht hinaus. Aufgeregt hoppelten sie davon, um im undurchsichtigen Schleier der Finsternis zu verschwinden.

Großmutter Schildkröte kicherte in sich hinein. Der Vorhang des heimeligen Zeltes fiel schwer hinter ihr zu.

„Wenn du in Rätseln sprichst, dann ist es schwer für die Kleinen", bemerkte Lenny, während sie die Großmutter beim Zu-Bett-Gehen stützte.

„Ach was. Wenn ich gleich alles fertig erzähle, dann ist es nicht so spannend", wischte die Alte den Einwand beiseite.

„Aber sie sind verwirrt und dann durchlöchern sie mich wieder tagelang mit Fragen."

„Sie müssen schon selbst drauf kommen. Sonst funktioniert es nicht", krächzte die Alte, während sie sich auf ihre Liegefläche plumpsen ließ.

„Verstehst du es denn?", stichelte sie.

„Ich denke schon", meinte Lenny etwas unsicher. „Ich frage mich nur, wie ich meinen Menschen erkenne?"

Das Feuer flackerte nur mehr leicht. Lenny saß im Halbdunkeln auf ihren Knien und schob ein dickes Tierfell über dem Körper ihrer Großmutter zurecht. Der Glaube an die Worte der Älteren war allumfassend. Sie hatte blindes Vertrauen zu ihrer Großmutter. Ihr ganzes Leben hindurch war Lenny von ihr geführt worden. Wie damals, als sie sich als kleines Kind von oben herab in die ausgebreiteten Arme der Alten hatte fallen lassen, hielt das Vertrauen in ihr Bestand, dass die Richtungsweisung der Großmutter ihr Leben in Glück und Sicherheit dirigierte.

„Was ist das Tierzeichen unserer Familie?", gähnte die Alte mit bereits geschlossenen Augen.

„Die Schildkröte."

„Dann mache es wie die Schildkröte. Übe dich in Geduld", murmelte sie.

Lenny war dabei nachzufragen, da hatte die gleichmäßige Atmung der schlafenden alten Frau schon eingesetzt.

Ihre Großmutter wusste ja so viel vom Leben. Und sie war geduldig. Diese Eigenschaft war Lenny anerzogen worden. Leider mit nur mäßigem Erfolg. Lenny hasste es, warten zu müssen. Ihr ganzes Leben lang hatte sie schon gewartet. Auf die Rückkehr ihres Vaters von der Jagd. In der ständigen Sorge, dass es womöglich das letzte Mal sein würde. Sie hatte gewartet auf die Erklärungen ihrer Mutter. In den unterschiedlichen Lebensphasen ihres Erwachsenwerdens hatte Lenny immer nur einen kleinen Teil an weiblichen Erfahrungen erklärt bekommen. Wie gebannt hatte sie auf all das gewartet! Auf die Erlaubnis, die gleichen Dinge tun zu dürfen wie die Jungen. Auf die mystischen Geschichten, welche ihr mit der Veränderung ihres Körpers verlautbart worden waren. Auf den Übergang vom Mädchen zur Frau. Andauernd hatte sie gewartet. Nun sollte sie es erneut tun. Auf ein Zeichen? Eine Eingebung? Worauf denn?

Dieses ewige Ausharren in Hoffnung und Angst. Diese erbärmliche Abhängigkeit von den anderen. Lenny wollte das nicht mehr. Umso mehr erschienen ihr Großmutters Worte wie ein Auftrag. Das ständige Warten hatte ihr ein Stück weit die Entscheidungsfreiheit genommen. Damit sollte Schluss sein. Es war in jener Nacht, als sie ihre geistige Handschrift unter den Schwur setzte, den Ablauf ihres Lebens selbst zu bestimmen.

Die Kraft ihrer Großmutter stählte Lennys Glauben an die Überwindbarkeit aller Hindernisse. Es war die pure Entschlossenheit, die ihren Willen prägte, als sie auf den Zehenspitzen aus dem Zelt der Großmutter schlich. Vom kalten Wind wurde sie in Empfang genommen. Das ganze Dorf war in Schlaf gehüllt. Nur die Tierwelt gab mitunter müde Laute von sich. Die Hunde knurrten untereinander, als sie die letzten Knochen des Abendessens abnagten. Ein Nachtvogel gurrte vom Hügel herab. Langsam schritt Lenny zu den Pferden hinüber. Mit offenen Augen standen sie an die Bäume gebunden und schliefen. Das Mädchen lehnte ihren Kopf an den Hals ihres Mustangs und strich ihm dabei über die Mähne.

Die Geschichte der Großmutter ging ihr nicht mehr aus dem Kopf. Wer käme denn als Schildkröte in Frage? In ihrem Dorf gab es überhaupt niemand. Sie arbeitete die Namen der jungen Krieger durch. Schwarzer Bär, Tapferer Hirsch und Kleiner Wolf. Aber eine Schildkröte? Wer wollte denn schon eine Schildkröte sein? Der Gedanke verunsicherte sie. Und wenn es niemand für sie geben würde? Dann würde sie für immer alleine bleiben. Bei Großmutter konnte sie nicht ewig bleiben. Und außerdem gingen deren Tage zu Ende. Aber daran wollte sie gar nicht erst denken. Sie würde nicht warten. Lieber würde sie ins Ungewisse stürzen. Lenny würde sich aufmachen müssen. Warum nicht gleich in selber Nacht?

    Ein Windstoß fuhr an. Rauschend zog die Luftströmung durch das Geäst der Bäume. Lennys Haar floss in die Mähne des Pferdes. Wie ein unzertrennliches Banner wallten die dunklen Strähnen im Mondschein. Der Blick des Mädchens drang in die Wildnis. An irgendeinem Ort dort draußen musste ihre Schildkröte sein. Völlig ungeachtet der Frage, wie lange ihre Kundschaft dauern würde. Die Schildkröte war ihrerseits auf der Suche; nach Lenny.

22

Die Strapazen des langen Marsches hatten Germar geschwächt. Er hockte am Boden des Schuppens und kaute, den Blick ins Leere gerichtet, über einer Schüssel Eintopf. Allmählich kam er wieder zu sich. Doch es war nicht der Nährstoff der warmen Mahlzeit, welcher ihn zunehmend stärkte. Es war der Hass. Er quoll ungebremst aus ihm hervor und nahm von seinem Geiste Besitz. So knapp vor dem Ziel hatte man ihn ausgebremst. Der Gedanke daran, dass es Katharina sein würde, die den Jungen aufziehen, ihn wachsen und gedeihen sehen und womöglich sein erstes Wort sprechen hören würde; dieser Gedanke machte ihn verrückt vor Hass.

Seine Karten standen schlecht. Hier war Katharina im Vorteil. Inmitten der Gemeinschaft der Gläubigen hätte Germar sich nur unterordnen oder geschlagen von dannen ziehen können. Es war beides völlig indiskutabel. Lieber hätte er das ganze Dorf dem Erdboden gleichgemacht, als sein Kind diesen Leuten zu überlassen. Sein Entschluss stand fest. Bei der ersten sich bietenden Gelegenheit hätte er zugeschlagen. Und er hätte kein Pardon gekannt. Es wäre rechtens gewesen, denn das Glück des Kleinen bestand für ihn über allem. In der Tatsache, dass in der Gemeinschaft dieser Heuchler das Glück des Jungen beschädigt worden wäre, stand für ihn kein Zweifel.

Starr ging er die Möglichkeiten durch, welche er absichtsvoll umgesetzt hätte. Schreie, Blitze und

Blut schossen ihm durch den Kopf. Es waren die Auspizien seiner Macht. Der Nährboden der Niederträchtigkeiten. Auf dem er uneingeschränkt zu gebieten bereit war. Die Erfüllung seiner Wandlung zum Seelenglück dieses Kindes erlaubte jede Schandtat.

Er hatte soeben den letzten Bissen zum Munde geführt, als sich die Türe öffnete und Pater Zeisbergs Gestalt den Raum einnahm. Sofort warf sich Germar ihm vor die Füße.

„Im Namen des Allmächtigen: Meine Gebete wurden erhört", stammelte er los. „Wie groß und herrlich ist doch die Pracht unseres Herrn. Er hat mich zu Euch geschickt, um meine tiefe Gottesfrömmigkeit auf die Probe zu stellen."

„Hört auf! Blasphemie ist falsch!", belehrte ihn der Pastor streng.

„Aber manchmal nützlich."

„Ich bin nicht hier, um mit Euch zu streiten", gab sich Zeisberg konzilianter.

„Ach nein?"

„Nein. Ich möchte etwas mehr über Euch erfahren."

„Ich kann mir schon denken, wer Euch dazu beauftragt hat." Mit verschränkten Armen setzte sich der Totengräber trotzig vor seinen Teller.

Nach einer kurzen Nachdenkpause, welche er dazu nutzte, den stämmigen Kerl auszuspionieren, ging Zeisberg auf ein Knie. Er wollte ihn zum Blickkontakt zwingen.

„Was ist mit Euch geschehen? Hattet Ihr denn niemals eine Ehehälfte zur Seite?", begann er in bewusst freundlichem Tonfall.

Germar fixierte den Priester mit gesenktem Kopf. Seine Augen bahnten sich den Weg zwischen die struppigen Borsten seines Hauptes hindurch. Wie ein Raubtier im Unterholz bereitete er sich auf den entscheidenden Sprung vor.

„Die ist tot", murmelte er fast lautlos.

Pater Zeisberg bekreuzigte sich geschwind. „Wann ist das geschehen?"

„Vor vielen Jahren."

„Woran ist sie gestorben?"

„An zu viel dummer Fragerei", fauchte der Totengräber. „Was wollt Ihr?"

„Ich will verstehen lernen, wie wir Euch helfen können."

„Am besten, indem Ihr uns in Ruhe lasst! Lasst mich und meinen Sohn weiterziehen."

„Euren Sohn?"

„Ja! Er ist mein Sohn."

„Ha!", rutschte es dem Pastor hervor.

„Er ist mein Sohn!", grölte Germar, als müsse er das Stimmengewirr Tausender übertönen. „Ich weiß, dass es so ist. Und glaubt mir: Er ist mir sehr ähnlich. Mehr als Ihr vermutet. Er ist zu alledem fähig, wozu ich fähig bin."

Zeisberg verspannte sich. „Was habt Ihr getan?"

„Nichts weiter", meinte Germar, als er sich zusehends beruhigt zurücklehnte, um den Anblick seines geschockten Konversationspartners zu genießen. „Ich habe ihm gezeigt, wie man lebt. Und wie man stirbt. Wie man Leben gibt. Und wie man Leben nimmt."

Des Pastors Blicke nahmen eine traurige Miene ein. Ein Augenblick der Stille kam über die Hütte.

„Ich weiß genau, was für eine dunkle Gestalt Ihr seid", sprach Zeisberg. „Vor unserer Abreise habe ich meine Vertrauenspersonen an den zuständigen Gerichten um Nachfrage zu Euch gebeten."

„Warum wundert mich das nicht?", warf Germar ein.

„Ich darf kurz rekapitulieren", forderte der Pastor.

Er kramte ein amtliches Schreiben aus seiner Brusttasche hervor und entfaltete es betont förmlich. Ein strenger Blick nach Germar, bevor sich seine Augen in dem Papier vergruben.

„Die angelasteten Delikte auf die Person des Germar Mann, Totengräbergehilfe, nach unbekannt zuständig, schildern: Diebstahl, Einbruch, Hehlerei, Unzucht, Majestätsbeleidigung, fahrlässige Behinderung eines Schinderkarrens, Münzfälschung, unbefugte Ausreise, Landstreicherei, illizite Spirituosenherstellung, nicht genehmigter Verkauf von Galgenwürsten, Verweigerung des Kranzgeldes, öffentliche Gewalttätigkeiten, Vergehen wider die Sittlichkeit, Verleitung eines Landesdieners zum Missbrauch der Amtsgewalt, betrügerische Täuschung, rebellischer Umtrieb, Körperverletzung, verstecktes Tragen verbotener Waffen, Falschmeldung, Mundraub, Unterschlagung eines Schandpfahls, Verleitung zum Verstoß gegen das Beherbergungsverbot für

Unterschichten, Meineid, Brandlegung, Stehenlassen des Zugviehs auf offener Straße, Trunkenheit, unflätiges Benehmen gegenüber der Dienstherrenschaft, Aufwiegelei, Schleichhandel, Untreue, Bigamie."

Langsam hob der Pastor seinen Kopf wieder aus den Schultern empor. Das Papier schob er zurück in die Tasche. „Diese Liste ließe sich endlos weiterführen."

„In der Tat", lästerte der Totengräber. Er hatte beim Aufzählen der Begriffe aufmerksam genickt oder den Kopf geschüttelt. Je nachdem, ob ihm der Vorwurf angemessen oder grundlos erschienen war.

„Wie könnt Ihr nur mit dieser Last leben?", fragte der Geistliche, als er sich aus seiner knienden Position wieder aufrichtete. „Wie viele Sünden habt Ihr noch begangen?"

„Ich habe sie nicht gezählt", schnauzte Germar zurück. „Über die Jahre hinweg dürfte sich einiges angehäuft haben."

„Der Herr möge Euch vergeben."

„Ich rechne nicht damit." Ein gemeines Grinsen zeichnete die Umrisse des Totengräbers. Am liebsten wäre er aufgesprungen und hätte den Pastor mit bloßen Händen erwürgt. Aber er musste warten. Noch war die Gelegenheit nicht günstig.

„Ihr werdet hier genug Zeit bekommen, um über Eure Vergehen nachzudenken", beschloss Pastor Zeisberg. „Bis es so weit ist, werdet Ihr arbeiten. Um im Schweiße Eures Angesichts die Größe unseres Herrn zu erkennen. Ihr werdet aktiven

Anteil nehmen an der irdischen Darstellung seiner göttlichen Herrlichkeit."

Mit diesen Worten begab er sich wieder Richtung Ausgang. Und als er dabei war, den Einlass zum Schuppen erneut zu schließen, setzte er nach: „Ihr sollt das Gotteshaus unserer kleinen Gemeinde erbauen. Ihr werdet arbeiten, bis Euch das Kreuz bricht. Und wenn Ihr dann vor Erschöpfung tot umfallt, wird jener Augenblick gekommen sein, an dem Ihr Gerechtigkeit erfahren sollt, durch Christus, unseren Herrn."

Das Tor schlug zu und wehte Germar dabei den muffigen Staub der Pisten ins Gesicht. Wie ein nebliges Gefühl der Verwirrung, wenn man verschwitzt aus einem tiefen Schlaf erwacht, war es ihm, als würde damit sein Lied abrupt enden. Er hatte es so oft gesungen. Nicht schlafend, sondern hellwach. Er hatte sich in seiner Illusion verloren. Seit seinem Zusammentreffen mit dem Jungen waren Germars Gedanken zunehmend entwirrt worden. Innerlich hatte er sich dagegen gesträubt. Er hatte sich gewehrt und immer wieder ablenken lassen. Bewusst war er seinen Gaunergeschäften nachgegangen. Doch immer weniger als Trieb, als immer mehr aus Angst davor, dem Gefühl der Vertrautheit zu erliegen. Schon einmal hatte er seine Familie verloren. Sollte es erneut geschehen? Es trieb ihm die Angst in die Venen.

Ein säuriges Stechen durchfuhr seinen Unterleib. Verkrampft ging er auf dem Boden nieder. Es war ihm, als würde sich seine innere Abstoßung vor ihm selbst in einem körperlichen

Zustand der Krankheit entladen. Wimmernd lag er im Dreck. Ein innerer Kampf entfachte sich in seiner Vorstellung. Seine nächsten Schritte wären vom Ausgang dieses inneren Kampfes bestimmt worden. Mit durch Rachedurst erhöhtem Eifer hätte er sich ans Werk gemacht. Er kannte seine Fähigkeiten. Es waren die Auswürfe der unmenschlichsten Niederungen. Er hätte sie genutzt, wäre er nicht eher auf eine alternierende Lösung gekommen. Sie lag so weit entrückt in ihrer Erahnung. Germars seelisches Gefecht war voll im Gange, als er die Augen schloss. Den Jungen würde er holen.

23

Mit dem Nachlassen des Fiebers fand der Junge wieder die Kraft aufzustehen. Die langen Tage in dem müden Zustand waren ihm ein Graus geworden. Hatte er bei seiner Ankunft die wärmende Hütte verehrt, so konnte er nun den Augenblick des Verlassens nicht mehr erwarten. Taumelig schlängelte er ins Freie.

Bescheidene Blockhütten standen am Knie des Flusses. Die Dachsparren waren mit übereinandergelappten Birkenrinden bedeckt, welche eine Schicht Lehm und Gras abdichteten. Aus den kleinen Türöffnungen kamen wiederholt Menschen hervor. Eine Palisade aus angespitzten Baumstämmen umgab die Siedlung, welche als Dreieck angelegt war und an dessen unbesetzten Wachposten schmale Schießscharten vorstanden. An der Rückseite der Siedlung war ein Ackerfeld gezogen, es diente als Handelsplatz für den Austausch von Waren. Das größte Gebäude war das Lagerhaus, eine befestigte Konstruktion aus Lehm und Pfählen. Es grenzte an das Eingangstor, welches zu einem Landeplatz am Gewässer führte. Mit kleinen Schaluppen transportierte man dort Waren und ging fischen. An den glimmernden Feuerstellen standen Wände aus Holzknüppeln erbaut. Diese sollten als Reflektoren dienen, um in der kalten Nacht die dem Feuer abgewandten Teile des Körpers zu wärmen. Über diesen Feuerstellen wurden auf einem Rost aus grünen Ästen ausgenommene und gespreizte Fische geräuchert.

Nass tropfend wurde der Fang in trichterförmigen Körben vom Fluss herangetragen.

Alles wirkte sauber und organisiert. Es war eine jungfräuliche Erscheinung. Die Holzbefestigung der Palisaden duftete süßlich harzig in der Wärme des beginnenden Tages. Die Furchen der Äcker waren soeben gezogen worden und bestätigten das Auge des Betrachters darin, dass die gesamte Siedlung sich gerade erst in die Landschaft eingefügt hatte. Bienenemsige Geschäftigkeit hatte ihre Bewohner dazu angetrieben. In der Hoffnung, sich dadurch als zukünftiger Außenposten einer Handelskompanie zu empfehlen.

Zu Beginn hatte es an allem gefehlt. Werkzeug, Gerätschaften und dem in dieser Wildnis überlebensnotwendigen Wissen zur Kultivation der Böden. Deshalb und aufgrund der vollkommen unzureichenden medizinischen Versorgung stand trotz der vordergründig harmonischen Erscheinung das Überleben permanent auf des Messers Schneide. Einige Verzweifelte hatten es gewagt und sich auf unbekannten Pfaden in die Wälder begeben. Sie waren nie mehr zurückgekehrt. In ihrer Not hatten sich die Siedler an einen friedlichen Indianerstamm um Beistand gewandt und diesen als Dankbarkeit für den überlebten Winter mit der Offenbarung des wahren Glaubens großzügig entlohnt.

Dieses Einvernehmen ermöglichte den Handel. Für Decken erhielt man Felle. Perlen wurden gegen Getreide getauscht. Nur das Konzept des Landbesitzes war den Indianern fremd. Dieser grundsätzliche Gegensatz zwischen Eigentum und gemeinschaftlichem Nutzungsrecht hatte deshalb vermehrt zu Konflikten geführt. Nicht alle Stämme waren den weißen Neuankömmlingen wohlgesonnen. Und die Angst vor einem Überfall bekam durch die tröpfchenweise ankommenden Berichte der vergangenen Schlacht erneut Nahrung.

    Doch selbst die schrecklichsten Berichte verstanden es nicht, den zähen Überlebenswillen der Siedler zu schmälern. Eingedenk ihrer Aufgabe, eine neue Welt zu erschaffen, hatten sie sich aus eigener Kraft in den vergangenen Wintern durchgeschlagen. Es hatte gar keine andere Wahl gegeben. Die Nachlässigkeit der Versorgungswege war hoch. Dies war den europäischen Mutterländern geschuldet; in deren Augen wurden die Überseekolonien nur als möglichst aufwandslos auszubeutende Gebiete betrachtet. Ein relevantes ökonomisches Wachstum war mit den geringen Ausbeuten an Tierfellen nicht absehbar und durch die ständigen kriegerischen Scharmützel in andauernder Bedrohung. Diese militärischen Auseinandersetzungen hatten die Vertreter der englischen Krone argumentativ ins Feld geführt, wenn es darum gegangen war, den Siedlern den Schutz ihrer Dörfer zu verweigern. Steuern sollten dennoch erhoben werden. Es war diese Behandlung, dieses Herabblicken auf einen ganzen Kontinent wie auf den imaginierten Müllhaufen des britischen Imperiums, welches protestantische Abweichler, christianisierte Indianer und aufständische Bauern zu einer geschlossenen Masse formte. Ihre Wut über diese offen zu Tage tretende Ungleichbehandlung und die Notwendigkeit, sich gegen die Härten der Natur zu bewähren, schlugen unsichtbare Kerben in ihr Bewusstsein. Eine störrische Volksmasse hatte sich in eigensinniger Widerspenstigkeit zu Individualisten definiert.

In der Aussicht auf persönliches Glück lag das neue Wir-Gefühl, welches allabendlich um die Lagerfeuer gebot. Gegenseitig machte man sich Mut. Mit ganzer Seele wurde dabei gesprochen und die Worte tiefster Überzeugungen ließen den Raum der Zuhörerschaft vor lauter Beifall erdröhnen. Die ständige Unsicherheit und das Wissen, nur auf sich alleine vertrauen zu können, hatten einen bis dahin unbekannten Unternehmergeist entfacht. Aus der Not waren Tugenden geworden. Und die wütende Verteidigung dieser durch Vernachlässigung erlangten Erkenntnis hatte die Siedler zusammengeschweißt. Es war zu ihrem größten Kapital geworden. Zum alleinwirkenden Herzen ihres geistigen Neubeginns. Nur die Leistung durfte zählen. Nicht die Abstammung. Ein beständiges Wachstum, als Kitt des Zusammenhalts. Niemand hätte jemals wieder in ihre Belange hineinregiert.

Diese Atmosphäre unbedingter Entschlossenheit, der beharrliche Zug nach vorne waren das Außergewöhnliche an dem durchgehenden Treiben, welches sich auf eine Baustelle inmitten der Siedlung konzentrierte. Das Rohgerüst für einen Kirchturm war unverwechselbar zu erkennen. Dorthin zog es den Jungen, der unterdessen immer wieder von den Bewohnern freundlich angelächelt wurde. Ein paar

Indianerjungen huschten mit Spielzeugstöcken an ihm vorbei. Während aus dem umliegenden Wald Männer mit frisch abgeschlagenen Baumstämmen erschienen.

    Der Himmel strahlte in vollem Glanz und das Rauschen des Flusses wirkte ermunternd. Alles schien in sich selbst zu ruhen. Die Augen des Jungen wanderten langsam über das Panorama, als sie plötzlich Katherinas Bewegungen erkannten. Sie winkte ihm von der Baustelle aus zu. Dort war man mit dem Ausladen eines kleinen Karrens beschäftigt. Die Gerüste des Kirchturms standen fest im Boden. An der Spitze hantierten die Arbeiter mit einem Seil. Die mächtige Glocke musste hochgehievt werden. Ganz oben an der Spitze des Gerüsts erkannte der Junge eine vertraute Gestalt. Germar. Achtsam und präzise verfolgte der Junge die Bewegungen des Totengräbers, als er in Richtung Kirchturm schlenderte. Er wollte Germars Gesicht sehen. Wollte seinen Ausdruck ergründen. Der große Kerl hielt sich etwas unbeholfen am spitzen Baustellengerüst fest und war gerade dabei, die Glocke, welche mittlerweile nach oben gezogen worden war, in der Verankerung einzuhängen. In seinen Bewegungen schien er konzentriert zu sein. Doch die Aufmerksamkeit des Totengräbers galt etwas anderem. Unter dem Gerüst waren Katherina und die Arbeiter nach wie vor mit dem Abladen beschäftigt. Rundherum waren das Klimpern der Hämmer und das Schnarchen der Sägen zu hören. Da stoppte der Totengräber jäh seine Arbeit. Wie angefroren verharrte er in seiner letzten Position.

Auch der Junge hielt inne. Angespannt spähte er ihn aus. Er suchte seinen Ausdruck inmitten der lärmenden Baustelle. Ihre Blicke kreuzten sich wie an jenem Abend in der Schenke, als sie ihren unausgesprochenen Pakt eingegangen waren. Zu weit entfernt waren sie, um die Worte des anderen zu verstehen. Doch der Junge las die Lippenbewegungen des Totengräbers: „Hüte dich, schönes Blümlein!"

Ein gezielter Schlag mit dem Hammer und der Sicherungsbolzen flog scheppernd aus der Halterung. Mit voller Geschwindigkeit sauste die schwere gusseiserne Glocke nach unten. Katherina hob ihren Kopf. Das schwere Ungetüm krachte zu Boden. Von einem Stoß getroffen, fiel Katherina in den Staub. Neben ihr surrte das Echo der aufgeprallten Glocke nach. Sofort kamen helfende Hände, welche die Frau beim Aufstehen stützten.

„Wie konnte das passieren?", kreischte Katherina geschockt in Richtung der Arbeiter auf dem Gerüst. „Ihr wart es!"

Dabei denunzierte sie Germar mit dem ausgestreckten Zeigefinger. Nur unwillig kletterte der Totengräber vom Gerüst herunter. Katherina hatte sich auf die Knie geworfen, um nach dem Jungen zu sehen, welcher herbeigeeilt und hingefallen war. Schwindelnd wackelte er hoch. Das Echo der aufgeprallten Metallglocke hallte in seinen Ohren wider. Wie ein Betrunkener flog er von einem Bein aufs andere und hielt sich an Katherinas Kleid fest, um den Halt nicht vollends zu verlieren. Diese schnaubte Germar an, als er neben ihnen erschien.

Ein paar kräftige Männer schoben sich vor Katherina. Kurz standen sich die Fronten abwartend gegenüber.

„Na schön", lenkte Germar schließlich ein, „aber vorher sollt Ihr etwas wissen: Ich war es!"

Katherina hielt den Atem an.

„Ich habe Eurem Sohn Carl das Bündel untergeschoben", sagte er triumphierend. Eine beklemmende Stille umschlang die Anwesenden.

„Ganz recht", wiederholte Germar, „ich habe es getan, um Euch zu beweisen, dass niemand mir mein Ein und Alles wegnehmen kann, ohne eine noch viel größere Strafe zu erhalten."

Die Versammelten waren regungslos. Als würden sie auf den Ausgang des Vortrags warten, um loszuschlagen.

„Ihr wollt den Jungen haben?", bellte Germar, der sich in schiere Selbstüberschätzung steigerte. „Behaltet ihn! Doch Euren eigenen werdet Ihr dadurch nicht mehr sehen."

Ein panischer Schrei brach Katherina hervor. Heulend zog sie den Jungen heran, der sich schwindelig an ihrem Kleid festhielt. Sie klammerten sich aneinander, um dem Sturm an Verwünschungen zu widerstehen, welche der Totengräber über sie hereinbrechen ließ. Des Totengräbers Hand streckte sich nach ihm aus. Durch die Reihen hindurch versuchte Germar, ihn zum Fassen zu bekommen. Ein wüstes Gemenge brach daraufhin aus. Blindwütig wie ein angeschossenes Tier schlug der Totengräber gegen

alle Richtungen aus. Man schleppte ihn zum Fluss.
Germar, welcher auf ein Zeichen des Pastors von
den Männern überwältigt worden war, grölte wie
verrückt. Mit vereinten Kräften bugsierten sie den
Tobenden auf ein dünnes Floß. Immer wieder riss er
sich los. Doch jeder Fluchtversuch wurde von der
Übermacht der vielen Arme niedergerungen. Sie
wickelten ihn in ein dickes Seil und befestigten es
zusätzlich am Boden des Floßes. Der Junge war
herangetreten. Die Geschehnisse nahmen
ungebremst ihren Lauf. Schon schoben die Männer
das wackelige Boot auf die Flussmitte hinaus. Die
unsanfte Abschiebung in das Gewässer kam einem
Todesurteil gleich. Weiter unten waren
Stromschnellen. Germar würde die Fahrt nicht
überleben.

„Du hast mich verraten!", schrie Germar den
Jungen an. „Wir wollten uns doch immer
beistehen!"

Die Strömung zog ihn in den Fluss hinaus.

„Wenn du hierbleibst, wird es dir schlecht
ergehen", drohte er Richtung Ufer. „Ihr sollt alle
brennen! Ihr und eure gottverdammten
Gnadenhütten!"

Die Menge zerstreute sich. Erleichtert, den
Störenfried endlich losgeworden zu sein, wandten
sich die Leute vom Geschrei ab. Katherina beruhigte
sich zögerlich, als sie von Pastor Zeisberg in ihre
Hütte gebracht wurde.

Der Junge hingegen blieb zurück. Im hüfthohen
Schilf hockend, war er gelähmt vom plötzlichen
Abschied. Unzählige Gedanken durchwanderten

seinen Geist. Jetzt, wo sich die Trennung unangekündigt zutrug, sah er sein bisheriges Erleben durch einen feinen Schleier gefiltert. Ausgeprägte Trauer, Wut und Aggression wechselten in Sekundenschnelle mit seiner inneren Teilnahmslosigkeit. Die Übelkeit, welche ihn unvermittelt überkam, war der Ausdruck seiner aufkommenden Ängste. Sein Vertrauter und Beschützer, Gefährder und Verführer zugleich; er hatte einen Platz in seinem Herzen gefunden. Zweifelsohne war aus der Freundschaft zu Germar eine eigenartige Symbiose unterschiedlicher Erfahrungen entstanden. Ebenso waren aber auch Verhaltensweisen übernommen worden, für die sich der Junge schämte. Freiwillig hatte er sich eingelassen auf alle Extremsituationen, in welche ihn der Totengräber geführt hatte. War er damit mitverantwortlich für Carls qualvollen Tod? War die lange Zeit an der Seite eines skrupellosen Bösewichts vergeudet gewesen?

Sturzbäche erhitzten Schweißes brachen hervor. Ein Schwindelgefühl begleitete sein panisches Herzrasen. Keine Empfindung war bezeichnend genug, um sein Verhältnis zu Germar darzustellen. Verbissen wollte der Junge daran glauben, dass es möglich sein würde, Germars gute Eigenschaften zu erhalten und die schlechten zu verbannen.

Zügig trieb das Boot über die Wasseroberfläche hinweg. Bald war nur noch ein schwarzer Punkt über dem glitzernden Nass zu erkennen. Am Ende des Blickfelds schien der Strom steil abzufallen, um den Punkt in einem tiefen Loch zu verschlucken.

Der Kleine wusch sich zittrig den salzigen Schweiß von den Lippen. Die Traurigkeit des endgültigen Abschieds wurde von einer ersprießlichen Leichtigkeit abgelöst. Von einem Neubeginn. Sein Gemüt zeigte sich dankbar über die anerzogene Todesverachtung und über jenes rebellische Verhalten, welches er sich vom Totengräber mit auf den Weg nehmen sollte. Den Rest würde er vergessen. Entschlossen führte er die bösen Eigenschaften des Totengräbers hinab in das Verlies seiner Gedanken. Er warf sie in das dunkelste Loch. Und verriegelte den Zugang mit einem Berg an Hoffnungen. Trotz des schaumig anmutenden Geräusches der Gischt, des zischenden Pfeifens des Windes und des heiteren Spiels der Singvögel schien das Gebrüll des Totengräbers weiter nachzuhallen. Jede zusätzliche Meile, die sie voneinander trennte, ließ den Jungen die Kontrolle über seine Gefühle zurückerlangen. Lange sah er dem dunklen schreienden Punkt hinterher. So schimpfend und fluchend wie Germar in sein Leben getreten war, so schied er nun auch wieder aus diesem aus.

24

Dort lag sie. Die Stadt. Ein pochendes Herz, dessen Bestimmung zur Beherrschung des Umlandes sich keinem Makel unterwarf.

„Heran!", schien die innere Melodie des Lebens all jenen zuzurufen, welche in den Radius ihres Einflussbereiches traten. Wie viele schon hatten sich unter dieser verführerischen Darbietung von ihrem Vorsatz einer glänzenden Karriere zur Untätigkeit eines Taugenichts zerfranst? Die Versprechen strahlten gülden. Der Alltag war roh. Im lärmenden Zinnober der Polis präsentierte sich die Architektur der Gebäude, welche sich scharf vom erdfarbenen Ton des Landes abhob. Mehrstöckige Schindelhäuser spiegelten den Charakter ihrer Bewohner wider. Eine Oberfläche so eckig wie ein Haufen zerschlagener Tonscherben.

In den dreckverseuchten Gassen regierte ein abstoßendes Fratzenspiel verkrüppelter Bettler und Gauner. Leichenblässe lag auf ihren Wangen. Das Mienenspiel erzählte von Schwindsucht. Eine unaussprechliche Leere stand den Menschen ins Gesicht geschrieben. Ihre Hautbeschaffenheit war rau und borstig; frische Luft ein Fremdbegriff. Selbst deren Augen erschienen schwarz und leblos wie jene des Rotwildes. Ihre barackenähnlichen Behausungen waren mit Lehmfußboden versehen.

Als Schlafkojen dienten aufgetürmte Tannennadelbetten. Hinzu kamen ein paar Kisten als Sitzgelegenheiten und ein Brett als Tisch. Reinste Stankgemächer waren diese Kammern. Den wichtigsten Platz nahm darin die Feuerstelle ein, auf deren dreibeinigem Kochgestell, nur selten ein wohlriechender Schmortopf pendelte. Doch den Luxus eigener vier Wände hatten ohnehin wenige. Die meisten schlummerten im Schatten der Gebäude. Noch mit geschlossenen Augen setzten sie erneut den Schluck zur Flasche an oder krakeelten Flüche und Schimpfreden über die Boshaftigkeit des Lebens, welche derart gemein auf ihnen herumtrampelte, in den kalten Morgen hinaus.

Der einzige helle Farbfleck in diesem als Stadt titulierten Drecksloch waren die Segel der im Hafen vertäuten Schiffe. Fieber, Durchfall und Ruhr waren die häufigsten Seelenfresser an Bord. Dazwischen Müll, herrenlose Habschaften und verendende Tiere. Vor den Läden lungerten halbverhungerte Köter herum. Ein buntes Band an Hunderücken erstreckte sich entlang der Ablaufrinnen, in deren schmutzigen Schlamm die verlausten Viecher ihre Zungen hielten. Entlassene Soldaten stiegen über sie hinweg, um den Heerscharen an Tagelöhnern vor den Rekrutierungsstellen der Handelsgesellschaften Konkurrenz zu bereiten. Mit lustig flackernden Tüchern geschmückt, lockten Dirnenhäuser und Lasterhöhlen, welche sich zur Verführung der Jugend und Auslöschung häuslicher Bindungen beauftragt sahen. Droschkenfahrer lagerten in Scharen vor den Wirtshäusern, in der Hoffnung, die müden Gäste heimzuführen. Auf dem Weg zu den Kaschemmen und Spielhallen stand der Schlamm kniehoch; eine Brühe aus Tierkot und Erbrochenem. Holzplanken dienten als Fußgängerüberwege.

Zwischen Zeltplanen und Bretterverschlägen stachen die wenigen Balkonfronten der Bürgerhäuser hervor. Es waren die Einzigen, welche sich ein gezimmertes Holztrottoir leisteten, auf dem der Pöbel vor dem Morast der Straßen Schutz fand, bevor der oberste Hausdiener unter Zuhilfenahme eines frischen Eichenknüppels die Meute wieder vertrieb.

Seit Wochen lagen zwei Kriegsschiffe im Port, deren gelangweilte Besatzung sich Prügelorgien in den Hafenschenken lieferte oder geifernd den Bürgertöchtern zudringlich wurde. Die Trinkgelage versammelten sich nicht selten um ein Brett, welches der Besitzer an ein Fass genagelt hatte. Ein paar dreckige Bierhumpen bildeten das dazugehörige Inventar. Überall waren Betrunkene. Die ansässige Bevölkerung reagierte auf ihre Weise. Mit latenter Gewalt. Wiederholte Ausschreitungen gegen Uniformierte begleiteten die regelmäßigen Zeitungsberichte über aufgeschlitzte, abgestochene oder mit bloßen Händen erschlagen vorgefundene Soldaten. Die Gestalt des Todes war zu vertraut, um irgendjemandes Furcht zu erzeugen. Und in seiner Abartigkeit überbot nur ein übereinstimmendes Gefühl des Hasses den beißenden Gestank der ungewaschenen Leichen.

„Herrlich!", strahlte Jim und pustete sich dabei seine rötlichen Strähnen frech aus dem Gesicht.

„Wie kannst du so etwas sagen?", rügte ihn Marie-Allen. „Es sind Menschen zu Tode gekommen."

Sie legte ihre Arme an seine Brust, als wollte sie sich von dessen Umarmung wegstemmen.

„Aber begreif doch", setzte er euphorisch nach und zog sie dabei wieder an sich heran. „Das ist unsere große Gelegenheit. Endlich frei sein. Nur du und ich."

„Du bist ein Träumer."

Die beiden legten ihre Köpfe aneinander und hielten sich umklammert. Im Hinterhof des Gesindehauses war es kalt und feucht. Doch das kümmerte sie nicht. Sie waren beisammen und es konnte nichts Schöneres geben als das. Die letzten müden Tropfen des abklingenden Regens tänzelten auf sie herab, als sich ihre Gemüter darin verloren, dem Herzklopfen des anderen zu lauschen.

„Sie werden sich gegenseitig zerfleischen. Und uns vergessen." Jims Grinsen breitete sich weit über sein Gesicht. Er war sich der Sache derart gewiss. Es gab keine andere Wahl: Marie-Allen sollte ihm allein gehören.

„Ich kann nicht weg", resignierte sie.

„Aber warum denn nicht?"

„Lass mich", riss sie sich los und verschwand durch den Hofeingang im Inneren des Gebäudes.

Es war diese eigensinnige Aufmüpfigkeit, welche sein Verlangen nach ihr ins Unermessliche steigerte. Sie sollte die Frau seines Lebens werden. Es war ihm völlig gleich, ob er damit gegen gesellschaftliche Konventionen verstieß. In diesem einen Fall scherten ihn Regeln und Gesetze einen Dreck. Je weniger davon, umso besser. Er allein war seines eigenen Glückes Schmied; und in dieser

Überzeugung beanspruchte er für sich das uneingeschränkte Recht innewohnender Erfüllung, den jeder noch so kurze Augenblick an der Seite dieser Frau versprach.

„Er wartet auf dich", ermahnte ihn Marie-Allen und ihre Schritte klangen deutlich über die knarrenden Balken der alten Holztreppen.

Jim Adam. Sekretär des königlichen Steuerbeamten. In den Geschäftsräumen des englischen Herrn als Verwaltungsassistent für allerlei Belange und persönlicher Vasall des Lords eingesetzt, hatte Jim den Kopf für das Sklavenmädchen verloren. Sie hatte ihn betört. Verführt. Verzaubert. Die zierliche Marie-Allen war zur Inkorporation eines weiblichen Traumbildes geworden. Wofür Jim die aristokratische Überheblichkeit und Herrschsucht des britischen Weltreiches geduldig ertrug.

„Notwendiger Opportunismus", entlastete er sich.

Obwohl im gleichen Hause beheimatet, waren sie sich doch so weit entfernt. Denn die jungen Dienstmädchen standen unter der strengen Aufsicht des Lords. Welcher durch sein eisernes Regiment die Hausangestellten parieren ließ. So war dieses bezaubernde Mädchen für Jim nichts weiter als ein jahrmillionenweit entrücktes Himmelsbild seiner Phantasie geblieben. In unerreichbarer Schönheit so perfekt symmetrisch wie Marie-Allens Gesichtsformen. Um nichts in der Welt wollte er sie aufgeben. Eher hätte er den Verstand verloren, in der Betrachtung der Ideallinie ihrer Taille. Er war sich selbst zum fanatischen Antreiber geworden. Im brennenden Wunsch, ihre Hüften zu umfassen und jene Stelle an ihrem Wangenansatz mit seinen Lippen zu berühren, welche kurz unterhalb ihres kleinen runden Ohres so verlockend süß durch einen herabrinnenden Schweißtropfen aufleuchtete.

Im letzten Frühjahr hatte es Jim gewagt. Auf Schritt und Tritt war er dem Sklavenmädchen gefolgt. In die Waschküche und zu den Ställen. Auf die Felder hinaus. Oder an den blank gefegten Stufen des Herrenhauses wartend; um endlich in einem der spärlichen Momente der Zweisamkeit ihr seine Liebe zu gestehen. Sie ihrerseits hatte ihm dafür ein Lächeln geschenkt.

Flink bewegte sich Jim Adam zum Herrenhaus hinüber und über die wenigen Vortreppen in die Eingangshalle. Ein livrierter Hausdiener schloss hinter ihm die Pforte, während er mit dem Schwung des Anlaufs den schachbrettartigen Steinboden der Halle betrat. In Marie-Allens Zügen verträumt, ließ er sich über die glatten Steinplatten hinwegrutschen. Die verschnörkelten Muster der Deckenstuckatur wischten über seinem Kopf vorbei und kamen erst zum Stehen, als er sich am letzten Pilaster der Halle festhielt, um nach links einzubiegen und den Schwung abzubremsen.
An der Türe zum Arbeitszimmer der Lordschaft überprüfte er ein letztes Mal seine Garderobe, bevor er ein diskretes Klopfzeichen wagte.

„Ihr dürft eintreten!", gellte eine Männerstimme durch den Türflügel.

Nur ein Teil der weißen Doppeltür ging auf, und Jim schob sich in erhabener Körperhaltung durch den Einlass. Der rautenförmige Holzboden knarrte verräterisch unter seinen Füßen, als er den Flügel möglichst lautlos zufallen ließ. Er getraute sich, keinen Schritt weiter in den Raum vorzudringen. Sondern verharrte dienstbereit in dieser Position. Wie es ihm am Tage seiner Einschulung angetragen worden war. Hier hatte er zu verweilen, und zwar so lange, bis Seine Lordschaft durch einen fordernden Blick, ein beiläufiges Handzeichen, mitunter sogar ein gesprochenes Wort es für notwendig befunden hatte, Jims Alltagstrott gewohnter Erledigungen durch etwaige Sonderaufträge zu ergänzen.

Neben der Türe zum Arbeitszimmer stand ein Sessel, auf dem es ihm der Lord fallweise gestattete, sich zu setzen; bevor er seinem Sekretär an den endlos weit weg gerückten Schreibtisch am anderen Ende des Raumes heranzutreten verfügte. Unzählige Stunden hatte Jim schon in dieser Warteposition damit verbracht, die Blattmotive der Reliefs oberhalb der beiden Säulen zu seiner Linken zu zählen, zwischen deren aufgespannten Vorhängen sich der Zugang zu den Privaträumen Seiner Lordschaft befand. Zweihundertvierundsechzig Motive waren es. Das wusste er mittlerweile genauso, wie er die romantisierenden Jagdszenen der Deckenmalereien und die sich abzeichnenden Narben im saugenden Malgrund der Porträtgemälde an der Wand kannte. Welche er im Übrigen erschreckend unansehnlich fand.

Dem Lord war es hingegen stets ein Entzücken, wie er zu sagen pflegte, seinen allwöchentlichen Abendgästen eine „Kleine Einführung" der Ahnengalerie zu geben. Diese sogenannten „Kleinen Einführungen" hatten den erheblichen Nachteil, sich im heiteren Trab des großzügig nachgeschenkten Cognacs mitunter zu veritablen Dauermonologen auszuwachsen: „Das ist Unser Großonkel, der Vizekönig von Schottland. Und hier seht Ihr den Legaten des Heiligen Stuhles; ein angeheirateter Cousin aus der katholischen Linie Unserer Urgroßmutter. Wurde es Euch bereits zuteil, dass der Bruder Unseres Vaters der einzige Baronet unter Ihrer Herrlichkeit König James war, welcher die Ehre des Ritterschlags erhielt?"

Bei derartigen Gelegenheiten war es Jims Aufgabe, beflissen ein Gesicht zu imitieren, welches ausgiebiges Interesse symbolisierte. Und gleichzeitig die gelangweilten Gäste seines Herrn mit einer Bemerkung über das Wetter, das Weltgeschehen oder besser das für sie angerichtete Diner vom monotonen Redeschwall über eine verblichene Sippe ausgefressener alter Männer zu erlösen.

In diesem Augenblick wurden Jims Gedanken von den sanften Vibrationen des Kerzenleuchters unterbrochen. Wie von unsichtbarer Hand berührt, pendelte der Luster, von der Mitte des Raumes herabhängend, umher. Die in Bewegung gesetzten Glasornamente klimperten diskret aneinander. In der Lichtbrechung der Kristalle wurde ein schimmernder Glanz durch den muffligen Raum geworfen und reflektierte wie ein Haufen aufgeschreckter Mücken über die ernsten Porträts der Wandgemälde. Eine junge Katze schoss aus ihrem Versteck hinter den Pfosten des Fassadenschranks hervor. Fauchend pirschte sie sich an das Lichtspiel heran.

„Mister Adam! Wollt Ihr wohl!" Ein Kopfnicken des Lords in Richtung des halbgeöffneten Fensters befahl ihm, sich zu rühren. „Und schafft dieses wildgewordene Vieh hinaus!"

Der Schwanz des Tieres verschwand durch den geöffneten Türflügel nach draußen. Mit dem Nachlassen der Zugluft klang das Klimpern des Kerzenleuchters allmählich aus. In Begleitung der zur Ruhe kommenden Lichtreflexionen ebbte es friedlich ab.

„Was haben wir heute?", fragte der Lord und warf die Feder in den Tintentopf.

Das war das Zeichen! Und Jim setzte sich in Bewegung. Mitten durch den Raum hatte er zu schreiten, frontal auf den in erhöhter Position befindlichen Schreibtisch zu. Er wusste nicht, was in ihm mehr Unbehagen erweckte. Die stets aufs Neue ausspähenden Blicke des Lords, welcher seinen Sekretär wie einen nichtsahnenden Kontrahenten auf dem Schlachtfeld herankommen ließ, um ihm hinterrücks in die Flanke zu fallen. Oder die bedrückend stoische Wirkung dessen porträtierter Urahnen, welche den Herannahenden zu beiden Seiten in die Zange nahmen.

Erleichtert hielt Jim vor der Schaltstelle der Macht. Ein kugelrunder Schlemmer war sein adeliger Dienstgeber; wie eine pralle Blutwurst in seinen Herrenrock hineingepresst. Die unteren Knöpfe hatte er abnehmen lassen; diese reichten ihm nur zu einer Knöpfung über der Brust. Es sei der letzte Modeschrei aus England.

„Sir", begann Jim etwas nervös, „die Kalkulationen für das vergangene Quartal sind abgeschlossen."

„Dass Wir das noch erleben dürfen!", lästerte es zurück.

„Und Wir haben Uns erlaubt, den Versäumniszuschlag für die Handwerker im siebzehnten Rayon um zwei Schillinge zu erhöhen. Wie es Eurer Magnifizenz Wunsch war."

„Das ist ja das Mindeste, dass Unsere Wünsche erfüllt werden." Das einsetzende Fingerspitzenklopfen des Edelmanns auf dem dicken Holzpult signalisierte Jim nichts Gutes. Betretene Ruhe.

„Was treibt Ihr eigentlich?", fragte der Lord schrill und schlug dabei die Handflächen aneinander. „Ihr seid mit Euren Gedanken nicht bei der Arbeit. Das können Wir nicht dulden!"

Empört hielt der Lord den Kopf Richtung Plafond gestreckt. Ein dickes Engelchen glubschte von seiner Wolke an der Geschossdeckenmalerei genudelt auf sie herab.

Jim schwante Übles. Seine Zuneigung zu Marie-Allen hatte er in den letzten Wochen immer weniger unter Kontrolle gehalten. Vermehrt war er ihr nachgestiegen. Vor allem dann, als er bemerken durfte, dass sie es bewusst zuließ. Seine dienstlichen

Verpflichtungen hatte er zunehmend vernachlässigt. Denn sein sich um die Lust nach ihr drehendes Kreiselspiel hatte ihn schwindelig gemacht vor Sehnsucht. Er hatte sich stundenlang in der Küche aufgehalten. Selbst beim trivialen Abschälen der Kartoffeln hatte er sie angehimmelt und dabei in seiner amourösen Dussligkeit die Rechnungsbücher des Lords, welche er zwischen Kochtöpfen und Küchenrauchschwaden zu berichtigen versuchte, mit unübersehbaren Schmierern und Fettflecken bekleckst.

Auf ihren zahlreichen Botengängen zum Markt war er Marie-Allen hinterhergehechelt, um sich beim Tragen der Einkaufskörbe aufzuzwingen. Umgarnt und behütet hatte er sie. Als seien sie ein frisch vermähltes Ehepaar.

Hinterrücks war über diese unstandesgemäße Liaison getuschelt worden. Die schwarze Hexe habe den Sekretär des Lords eingelullt. Sie hätte durch ihn Unheil und Krankheiten über das Haus seiner englischen Lordschaft gebracht. Je öfter man sie gemeinsam sah, desto lauter wurden die abergläubischen Stimmen. Ihre Liebe zueinander war längst ein offenes Geheimnis geworden.

„Euer Altesse können versichert sein", begann Jim seinen Befreiungsversuch, „dass Wir all Unsere bescheidenen Kräfte zu Ehren Ihrer königlichen …"

„Unsinn!", kreischte es herauf. „Ihr habt den Kopf für dieses schwarze Püppchen verloren!" Wie von einem Bienenschwarm in den Hintern gestochen, riss es den Lord auf die Beine.

Der staubige Muff des schlecht gelüfteten Zimmers drang ungefiltert in Jims Nasenwege vor. Wie gerne hätte er sich zum Fenster abgewandt.

„Alle Welt weiß, wie sehr Wir darum bemüht sind, Unsere engsten Untergebenen wie die allernächsten Familienmitglieder zu umsorgen", konstatierte der Lord selbstgefällig.

„So manch ein Säugling ist bereits an der strammen Umarmung der liebenden Mutter erstickt", nuschelte Jim.

„Wir verbieten Uns derartige Unterstellungen!" Das hysterische Glockengeläute überschlug sich. Ein peinlicher Moment setzte ein, als der feiste Lord seinen Sekretär zu dominieren versuchte. Schweigend standen sich die beiden Männer gegenüber.

Eine seltsame Relation. Aufgewachsen im gemeinsamen Haushalt. Als Kinder am Boden desselben Arbeitszimmers verspielt herumgetollt. Und nun in einem hierarchischen Dienstverhältnis für immer entfremdet. In einer aufgezwungenen Trennung der Stände.

Sie waren Freunde gewesen. Sie hatten ihre Jugendjahre miteinander verbracht. Die Geheimnisse des anderen geteilt. Und sich in ihrer Sehnsucht für adrett bezopfte Mädchen gegenseitig getröstet. Mit einem Sommer war alles anders geworden. Der junge Lord war an Bord eines Schiffes nach England auf eine Internatsschule gesegelt. Während für Jim das Leben am Land weitergegangen war; mit Katechismus, Fliegenfischen und den ersten Schwärmereien am

Rande der Dorffeste. Die Nachricht von der anstehenden Rückkehr seines Freundes hatte er in der Spannung auf dessen viele Berichte aus England freudig erwartet. Doch bei ihrem ersten Aufeinandertreffen an den ausgeklappten Treppen der fürstlichen Karosse hatte Jim einen Fremden wiedergefunden.

„Guten Tag, Mister Adam", hatte der junge Lord damals herausgebracht. Nicht mehr.

In den von gigantischen Eichen beschatteten Vorgärten der Villa war der heimgekehrte junge Lord die Reihen der angetretenen Dienerschaft ohne ein Zeichen jeglicher Gefühlsregung abmarschiert. Kein nettes Wort der freudigen Wiederkehr. Keine Anmerkung an die schönen Jahre und die einhellig verbrachte Zeit. Jims Freund war verschwunden. Die frühe Jugend aus der Erinnerung getilgt. Die gemeinsame Zeit aus den Erzählungen gelöscht.

Von jenem Tage an hatte es alleinig „Ihre Lordschaft" gegeben. Eine unsichtbare Wand der Ablehnung hatte sich vor Jim aufgetan. „Ihre Lordschaft" in unerreichbare Höhen getragen. Der Zugang für immer verschlossen. Eine aus hauchdünnem Glas geformte Wendeltreppe, unzählige Male geschwungen, bis in die Unendlichkeit des Weltalls hinauf, die zu erklimmen selbst dem kleinsten Insekt verunmöglicht sein würde. Genau das war aus Jim Adam gemacht worden. Ein mickriges Insekt. Dazu verdammt, auf der verzweifelten Suche nach der leuchtenden Herrlichkeit des Lichts gegen die Scheibe zu Tode zu prallen.

Von Geburt an war seinem Freund eine unerreichbar höhere Position zugedacht worden. Jim hatte sich mit der seinigen zu begnügen. Ein untertäniger Diener sollte er sein; dem die frühen Jahre an der Seite seines ehemaligen Freundes als ein Wunschdenken, eine traumhafte Vorstellung der Vergangenheit, für immer Illusion bleiben würden. Es gab nur eines, was Jim an dieser lächerlichen Verwandlung und an dem ihm zugedachten untergeordneten Rang festhalten ließ. Der Wunsch nach Marie-Allen.

„Der Vater Eures Vaters stand bereits in Diensten dieses Hauses", fuhr der Lord, welchen das beständige Schweigen seines Sekretärs in seiner Überlegenheit ruhen ließ, betont freundschaftlicher fort. „Deshalb fühlen Wir Uns verpflichtet, Euch eingehend zu warnen. Eure Annäherungsversuche sind ungut aufgefallen. Für einen jungen Gentleman gehört es sich nicht, sich mit einem schwarzen Frauenzimmer einzulassen."

Jim müsse diese Zusammenkünfte augenblicklich beenden. Die Niedergeschlagenheit dessen Gemüts darüber sei dem Lord durchaus vergegenwärtigt, doch könne er nicht länger, aus Rücksicht auf irgendjemandes Zartgefühl, der drohenden Gefahr seine Aufmerksamkeit verweigern. Selbst die delikatesten Naturen müssten im Angesicht dieser unhaltbaren Verhältnisse zu erkennen bereit sein, dass die Gärung zur Revolte augenscheinlich in Zunahme befindlich sei. Es bedürfe nur eines leichten Stiches, um die giftige Mischung aufplatzen zu lassen. Ob ihm denn nicht klar sei, was sich unter der Hand schon alles abspielen würde, ermahnte der Lord seinen Sekretär. Der Geruch von Aufstand liege in der Luft. Da müsse Jim doch verstehen, dass der Lord auf das makellose Verhalten seiner getreuen Mitarbeiter ausdrücklichen Wert lege. Den Wunsch nach Rebellion habe die Bevölkerung innerlich schon längst bejaht. Sie suche nur nach einem Vorwand, ihrem grobsinnlichen Bluthunger freien Lauf zu verschaffen. Ob Jim denn nicht bemerkt habe, wie respektlos sich das Volk verhalte. Schon seit Wochen würden die Menschen auf der Straße die vorbeitänzelnde Karosse des Lords nicht mehr grüßen. Bei derart offen zur Schau gestellten Despektierlichkeiten dürfe es kein Wunder sein, wenn bald sogar die Zöglinge der angesehensten Häuser die Professoren an den Akademien beflegeln und geräuschvolle Versammlungen gegen selbige abhalten würden. Dem Ruf des Hasses all der tausend Kehlen sei nur mit Stock und Knutenhieben beizukommen. Andernfalls würden diese sittlichkeitswidrigen Ideen, welche auf dem Mangel an Gesetzlichkeitsgefühl im Volk beruhen, die völlige Ohnmacht der britischen Adelshäuser gegenüber ihren Untertanen zur Folge haben. Er müsse sich jetzt in felsenfester Unerschütterlichkeit auf den vollsten Einsatz seines Sekretärs verlassen können, tönte der Lord. Mühselig stampfte er sich an Jims Seite heran und machte dabei eine geübte Handbewegung, um sich die Frontklappe an seinem Hosenschlitz zu richten.

„Es ist Uns durchaus bewusst", flüsterte er nahezu,

als er sich an Jims Ohr beugte, „dass ein Mann Eures Alters gewisse Nöte in sich trägt. Doch es ist in jedem Fall das Beste, sich an seinesgleichen zu orientieren."

Er musterte seinen Sekretär und senkte dabei den Kopf zur Seite, bevor er fast unhörbar nachsetzte: „Ihr vermögt diese frische Maid zu Eurem Vergnügen zu benutzen. Dazu sind Wir gerne bereit Unseren Segen zu geben", und lauter, „Doch nichts darüber hinaus. Das müsst Ihr versprechen!"

Jim konnte ihm nicht folgen. Die Nausea des unverdauten Mittagsmahls kämpfte sich durch die Darmgänge in seinen Hals hoch. Schon war der Geschmack einer bitteren Flüssigkeit auszumachen.

„Schön, dass Ihr mir zustimmt", freute sich der Lord sichtlich entlastet und hoppelte zufrieden zurück an seinen Platz. „Das wäre dann alles für heute."

Eilig versuchte Jim, sich abzuwenden, als ihm sein Dienstgeber nachrief: „Ach, Mister Adam! Wenn Ihr schon hinausgeht, so sagt doch in der Küche Bescheid, dass Wir heute zum Tee keine Zitronentörtchen wünschen. Lieber etwas Handfesteres." Wie angeschraubt hielt Jim inne. Der giftige Saft des Brechreizes war im Begriff seinen gesamten Mundbereich auszufüllen.

„Vielleicht noch ein, zwei Scheiben von der gestrigen Entenbrust?", bemerkte der Lord. „Und außerdem …", die Nachdenkpause weitete sich zu einer gefühlten Ewigkeit, „Ein pochiertes Ei."

Ein bräunlicher Giftstrahl strömte aus Jims Mund, als er endlich den Raum verließ. Den Kopf aus dem Fenster der Eingangshalle haltend, ergoss sich die scharfe Magenflüssigkeit über die helle Außenwand in den Vorgarten. Halbverdaute Essensreste klebten zwischen seinen Zähnen und wiederholt spuckte er tief schnaufend aus.

„Dieser protzige Länderfürst", schimpfte Jim bei sich. Eine Lehnschaft der alten Schule. Ein eingebildeter, überheblicher Maulheld. Welcher, von seiner palladianischen Villa aus über die Geschicke des geknechteten Volkes verfügte. Das war aus seinem Freund geworden.

Welch eine widerwärtige und primitive Anspielung? Wie konnte er ihm das nach all den Jahren nur antun? Seine Marie-Allen! Zu einem Objekt körperlicher Befriedigung reduziert. Verschachert wie ein Stück Vieh.

War Jim nicht selbst nach Wollust zu ihr trunken? War es nicht sein tiefster Wunsch gewesen, sie beim Vornüberbeugen am Waschkessel zu überfallen, ihr die Kleider vom Leibe zu reißen und hemmungslos zu verzehren? Sich an den Kuppeln ihrer Kathedrale abzuarbeiten und dieses junge Ding auf seinem blutgeschwollenen Ast durch alle Räume der herrschaftlichen Villa zu tragen. Über alle Sitzmöbel, Himmelbetten, Nachtkästchen und geschwungenen Kanapees, zur Not auf einem Berg eilig hingeworfener Polster, und hinaus auf die Ruhebänke am Parkteich; um den krönenden Abschluss des Lustspiels im Gewächshaus der schlosseigenen Orangerie zu begehen? Natürlich war das sein Wunsch gewesen! An nichts anderes dachte er. Doch hätte er sich offen dazu bekannt?

Niemals! Die ungeschriebenen Vorschriften sittlicher Ideale und die Hochachtung seiner selbst verbaten es ihm. Wegen der unangenehmen Berührung, die ihn in der Einsicht übermannte, der Lord könne über seine tiefsten Wünsche Bescheid wissen, erschien er sich in einem unversöhnlichen Gegenüber. Die lapidare Anspielung des Dienstherrn hatte seine romantische Vorstellung einer sich hingebenden Rosenknospe zum triebhaften Primatenverhalten eines Urmenschen degradiert.

Der Stolz quoll ihm unter der engen Schärpe hervor. Wer weiß, ob nicht diese feiste Üppigkeit von einem Lord ihre verzückte Fleischeslust an den schmucken Dienstmädchen befriedigte? Widerlich!

Da war sie wieder! Die Arroganz der Hochwohlgeborenen. Welche im heuchlerischen Glauben, von der Vorsehung bestimmt zu sein, über andere zu verfügen gedachten. Es war in jenem Augenblick, wie sich ihm das Menschenbild des adeligen Lehnsherrn offenbarte, als sich Jim in unerbittlicher Feindschaft zur englischen Tyrannei wiederfand. Mit Grausen kam ihm die Erinnerung über die sonntäglichen Abende im Salon seines Herrn in den Kopf, als dieser angefressene Truthahn, im Chorus sklaventreibender Folterknechte, „Rule Britannia" angestimmt hatte. Zum Speien!

Alles hatte Jim ertragen. Das Ende einer Freundschaft. Seine zurechtgestutzte Position als Hausdiener. Das ständige Verbeugen und Speichellecken. „Ihre Lordschaft" hier. „Ihre

Lordschaft" da. All die vielen aufgezwungenen Verhaltensweisen schmieriger Ergebenheit. Und jetzt auch noch der Verzicht auf seine tiefsten Sehnsüchte? Nein! Das würde er nicht hinnehmen. Nicht Jim Adam. Er hatte eine vernichtende Waffe in petto; und er würde sie einsetzen. Die Macht des geschriebenen Wortes.

25

Die morgendliche Sonne hatte noch nicht über dem Bergkamm hervorgelugt, als sich der Junge von seinem Nachtlager erhob. Den vorangegangenen Abend hatte er im Beisein seiner neu gefundenen Gemeinschaft verbracht. Eine Mahlzeit aus Maisbrei und Stutenmilch hatte den Rahmen dieses Zusammenseins gebildet. Viel war nicht mehr gesprochen worden nach dem ereignisreichen Tag. Dem Gebet des Pastors nachfolgend hatten Siedler wie Indianer ihr Abendbrot vertilgt und sich den einschläfernden Bewegungen des flackernden Lagerfeuers hingegeben.

Der Himmel war im Übergang zum Erhellen begriffen. Unterschiedlichste Pflanzenarten ragten zwischen der sanften Verbuschung hervor, als sich der Junge vom Dorf auf eine angrenzende Wiese entfernte. Ein sattes Grün fügte sich als Untergrund in die Farbenpracht der Blüten ein. Leichte Windstöße trieben die Sprossen umher, welche als Landeplätze für Bienen und andere Insekten dienten. Alles schien neu und ungetrübt. Tief atmete er die frische Morgenluft ein. Germar war verschwunden. Ein eigener Lebensweg schien erstmals ohne jegliches Hindernis zu sein. Doch worin bestand nun sein eigener freier Weg? Konnte es sein, dass gerade in jenem Augenblick, als ein neuer Lebensabschnitt offen vor ihm lag, der Junge auf den alten zurückzublicken begann? Der angelernte Bildungsstoff wollte aufgearbeitet, interpretiert und wiedergegeben werden. Sollten die zweifelhaften Erläuterungen seines Tutors, gerade erst versunken, nun nachgeahmt werden? Es war doch logisch, die historischen Schilderungen serienmäßig zu wiederholen. Die Dichtungen seines Schulmeisters in anderer Form wiederzugeben und für sich selbst neu zu konzipieren. Ebenso folgerichtig erschien es dem Jungen jedoch auch, die Verlängerungslinie zu kappen, seine unaufgeräumte Erfahrungswelt mit einer alle Gedanken durchschneidenden Raumdiagonale zu kreuzen und nochmals von vorne zu beginnen.

Diese, seine neue eigene Welt zu begreifen, wurde plötzlich bildhaft, als am anderen Ende der Wiese eine Gestalt erschien. Ein Mädchen. Ihr langes dunkles Haar fiel zu einem Zopf gebunden an der Seite weg. Mit einer Holzspange hielt sie es sauber zusammen. Um den Hals trug sie einen schlichten Korallenschmuck. Eine Kette aus kleinen Perlen, welche bei jeder Bewegung verräterisch klimperten.

Der Junge kannte die Indianer. An der vergangenen Expedition hatten sie als Kundschafter teilgenommen. Ehrlich und aufrichtig waren sie dabei erschienen. Ebenso die Indianer im Dorf. Allesamt freundliche Leute. Das Mädchen stand am Rande des Waldes, als er sich auf sie zu begab. Mit einem Male hatte ihn ein wärmendes Gefühl mitgerissen. Die Deutung dessen blieb eine Erahnung. Seine Gedanken ergriffen von ihm Besitz, als er sich dem Mädchen näherte. Es waren alleinig die Erzählungen des Totengräbers, welche ihm als grobe Orientierungshilfe in den Sinn kamen.

Denn als der Junge in Begleitung Germars eines Tages am Flusslauf eines Baches spazieren gegangen war, hatte er eine erstaunliche Beobachtung gemacht. Seinen Auftrag, Holz sammeln zu gehen, hatte er schon völlig außer Acht gelassen, als er ein junges Entenweibchen am Flussufer anschwimmen sah. Sie war wiederholt unter Wasser getaucht, hatte dabei nach Nahrung gesucht und mal mehr, mal weniger Definierbares herausgefischt. Zwischendurch war sie sich immer wieder in schnellen zackigen Bewegungen durch ihr Federkleid gefahren, um es zu reinigen. Es hatte nicht lange gedauert, als plötzlich drei Erpel erschienen waren. Ohne jegliche Vorwarnung waren sie über das Weibchen hergefallen. Sie hatten sich abwechselnd draufgesetzt und sie dabei gewaltsam unter Wasser gedrückt. Das arme Ding, welches verzweifelt mit den Flügeln gestrampelt hatte, um sich an der Luft zu halten, war dem Ansturm völlig ausgeliefert gewesen. Von dieser plötzlichen Attacke erschrocken, hatte der Junge sogleich zurückgesetzt und seinem großen Freund aufgeregt berichtet, indem er ihn am Hosenbund führend an das Flussbett gebracht hatte. Der Totengräber hatte beim Anblick des tierischen Treibens keinerlei Anstalten gemacht, selbiges zu beenden, sondern lautstark jubiliert und war dem Jungen überschwänglich um den Hals gefallen. Germar sei stolz auf ihn. Denn genauso habe er es in seiner frühen Jugend auch gemacht, um sich im eigenen Fortpflanzungswunsch zu befleißigen. Die Natur beobachtet. Seine bevorzugten Tiere seien in diesem

Zusammenhang die Hasen. Denn diese hätten sowohl ein männliches als auch weibliches Geschlecht. Sie würden es nur wenige Augenblicke lang treiben, dafür könnten sie es aber unzählige Male am Tag. Stundenlange Begattungen hätte er bei den Ochsenkröten verfolgen können. Wohingegen sich die Mäuse so lange verausgaben würden, bis sie erschöpft umfallen. Sämtliche Nager seien ohnehin nichts anderes als herumwuselnde Pinsel auf vier Beinen. Sturmvögel könnten schließlich gar nicht voneinander ablassen.

    Im Anschluss an dieses Gespräch hatten sich Germar und der Junge wiederholt in der Nähe von Tieren aufgehalten, um die unterschiedlichen Liebesspiele der natürlichen Umgebung eingehender zu studieren. Nicht ohne eine gewisse Neugierde hatte der Junge diese anschaulichen Vorträge verfolgt. Wobei Germar bei seinen Erklärungen über den zwischengeschlechtlichen Säfteaustausch einen seiner Person bisher völlig fremden Bildungseifer entfesselt hatte. Um zum Zuge zu kommen, gehe es einerseits um die richtige Präsentation der eigenen Gestalt, hatte Germar erklärt, wobei er die mächtigen Geweihe der Hirsche nicht unerwähnt lassen wolle. Aber auch Schläue und das skrupellose Ausnutzen einer günstigen Gelegenheit könnten ein Techtelmechtel versprechen. Und falls der Junge „da unten" jemals Probleme bekäme, hatte Germar väterlich weitergeführt, so empfehle er ihm zu jedem Vollmond, eine Mischung aus Branntwein und gemahlenem Hasenhoden auf sein Wunderhorn zu reiben. Dies sei das Geheimrezept einer alten

Zigeunerin, worauf er schwören könne. Bei der Gelegenheit müsse er jedoch gleichzeitig darauf aufmerksam machen, dass dem Weibsvolk, und hierbei jungen Frauen im Besonderen, nicht blind zu trauen sei. Vor jeder Zusammenkunft seien das Stroh, das Schlafgemach, oder wie sich der Ort des Geschehens auch immer präsentieren würde, einer genauesten Prüfung zu unterziehen. Würde sich nämlich eine Spinne in der Nähe befinden, ja vielleicht sogar bedrohlich über der Liegefläche schweben, solle man sich schleunigst drücken. Spinnen seien verzauberte Hexen. Welche nur darauf warten würden, im gegebenen Augenblick, wenn man selbst von den Kräften des eigenen Stachels übermannt sei, den Tod herbeizuführen. Nicht selten sogar den Geliebten zu fressen. Womit er wieder beim männlichen Hasen angelangt wäre. Dessen Strategie eines eiligen, kurzen, dafür aber öfter wiederholten Aktes die besten Aussichten für eine vorschnelle Flucht bieten würde. Darüber hinaus bestünde das Balzspiel der Hasen oftmals aus heftigen Raufereien untereinander, was die Manneskraft zusätzlich steigern könne. Zu guter Letzt hatte Germar in Aussicht gestellt, bei ihrem nächsten Aufenthalt in der Stadt mit dem Jungen ein gewisses Etablissement aufzusuchen, in dem es außerordentlich geübte Damen geben würde, die ihm bei seiner jugendlichen Entdeckungsreise zwischengeschlechtlicher Freudenbekundungen zur Hand gehen würden. Doch dazu war es niemals gekommen.

Mit dem Abklang dieser Geschichte im Kopf kam der Junge wieder zu sich. Das Mädchen war verschwunden. Die hohen Grashalme, welche an ihrer statt vor ihm emporwuchsen, schlenkerten umher, als wäre jemand eilig hindurchgerannt. Als er sich suchend nach dem Mädchen umblickte, wurde seine Aufmerksamkeit von einer fremden Erscheinung angesogen. Von einem leuchtenden Strahl in hohen Lüften. Ein brennendes Geschoss flog über ihn hinweg. Kurz dahinter glühten weitere Blitze auf. Als würde der Himmel Hunderte Leuchtkörper abwerfen, strömten sie über den Dächern der Hütten darnieder. Faszinierend erschien ihm dieses Schauspiel; bis er sich besann.

Schon fing das erste Dach Feuer. Die trockenen Birkenrinden entflammten wie Zunder. Ein brennender Pfeilregen brach nieder. Wie er sich zu den Pferden umsah, bemerkte er die ersten Angreifer. Ihre Gesichter waren schwarz bemalt. Auf den Köpfen trugen sie Schlangenhäute. Um die Hüften Biberfelle. Sie machten sich an den Reittieren zu schaffen. Da entdeckten sie ihn. Sofort gingen Pfeile auf den Jungen ein. Mit kreischendem Gebrüll hetzten aus allen Teilen des Waldes wilde Gestalten hervor. Das Dorf war eingekesselt. Einer der Angreifer warf sich auf den Jungen. Ein Schuss krachte aus unbekannter Richtung hervor. Von einem Moment auf den anderen ließ der Krieger ab und fiel zusammen. Schweren Atems kam der Junge zu sich. Der fremde Körpergeruch des Angreifers fuhr ihm durch die Nase. Voller Abscheu schob er ihn von sich fort. Sein Kontrahent lag leblos im

Gras. Die Augen geschlossen, schien er fast zu schlafen. Geschockt raffte sich der Junge auf. Das Adrenalin in seinen Venen schob ihn zurück Richtung Dorf. Ein Inferno war ausgebrochen. Die Hütten standen in Flammen. Um Katherinas Haus tobte eine tiefschwarze Wolke. Ein alles erstickender Rauch. Noch waren nicht alle Bewohner aufgeweckt worden. Im Sprint eilte der Junge Richtung Kirchturm, um die Glocke zu läuten. Derweil stürmten die restlichen Angreifer heran. Erste Schreie machten sich unter den Siedlern breit. Zunächst die panischen Hilferufe der Kinder und Frauen. Die Männer brüllten unverständliche Befehle durcheinander. Abwechselnd auf der Suche nach Wasserkübeln, dann wieder der Griff zu den Waffen. Der Junge hielt sich zwischen den Brettern der Kirchenbaustelle versteckt. Entgeistert verfolgte er die Abläufe. Die Krieger waren kräftiger als die blassen Siedler und tödlich akkurat. Im Siegesrausch stiegen sie über Reihen toter Körper hinweg. Die erbärmliche Plage der Verwundeten wurde mit trockenen Hieben beendet. In diesem Augenblick sprang Lenny hinter einer der Hütten hervor, warf eine abgefeuerte Muskete ins Gebüsch. Mit einem Bündel um die Schultern rannte sie Richtung Wald. Lenny erschrak kurz, als sie den bleichen Jungen zwischen den Brettern entdeckte. Er erkannte das Mädchen. Und rannte hinterher. Das Wutgebrüll ihrer Schlächter drang an ihr Ohr. Sie getrauten sich nicht, sich umzublicken. Lenny gab die Richtung vor. Steil ging es einen Hügel hinauf. Immer weiter mit schwerem Atem. Bis sie im schützend dichten Laub des Unterholzes verschwanden.

Lenny fiel das Vorankommen leicht. Von klein auf hatte sie die Wälder längs des Flusses durchstreift. In ein paar Stunden wären sie außer Reichweite des Feindes. Spätestens bei Anbruch der Nacht. Ihr Volk hatte schon seit langem friedlich mit den Neuankömmlingen gelebt. Es wurde Handel getrieben. Gemeinsam gejagt und sogar untereinander geheiratet. Sie hatten sich alternierend in deren Sprache unterrichtet. Manche den christlichen Glauben angenommen. Eine übereinstimmende Partnerschaft auf Gegenseitigkeit. Ihre Feinde hatten sie dafür stets verachtet.

    Lenny war nach Verlassen ihres Dorfes auf eigene Faust zu den Hütten der Siedler gelangt. Neue Eindrücke hatte sie erlernen wollen. Ihr Wissen erweitern und sich Erfahrungen aneignen, welche ihr auf ihrer Suche geholfen hätten. Großmutter Schildkrötes Worte hatten sich an ihr Ohr gelegt. Wer wie Lenny aufgewachsen war in einer Wildnis voller Gefahren wusste, dass der Tod nicht das Ende, sondern nur der Übergang zu einem neuen Kreisverlauf sein würde. Ein vollkommen urwüchsiger Werdegang. Ihre Familie stammte aus dem Tiersymbol der Schildkröte. Und so sicher, wie die weiche Haut der Schildkröte ummantelt war, wusste Lenny, dass der schützende Geist ihrer Ahnen, einem unsichtbaren Schuppenpanzer gleich, über ihre Tage wachte.

Erst jetzt ging sie auf den Jungen ein, welcher sie durch beständiges Keuchen aus den Gedanken riss. Das Gelände war mittlerweile unentwegt im Ansteigen. Nach wenigen hundert Metern erschienen Klippen. Zielstrebig rannte Lenny auf eine ihr bekannte Stelle zu. Der Junge überwand die Baumgrenze und schloss zu ihr auf.

„Lenny", sagte sie und hielt sich dabei die offene Hand auf die Brust.

Verkrampft nahm sich der Junge zusammen, öffnete den Mund und grub aus seinem Kehlbereich die unterschiedlichsten Töne aus. Seine Lippen verbog er wellenhaft in alle Richtungen. Er schnalzte mit der Zunge oder gurgelte hohe Laute dermaßen angestrengt hervor, dass sich kleine Speichelbläschen in der Luft zerschlugen. Dann endlich in einem letzten Akt der Kraftüberwindung kam etwas Vertrautes zum Vorschein. Ein helllautes Rufen. Ein seltsam tierischer Ton. Ähnlich dem fauchenden Brummen junger Bären. Ein breites Grinsen zog sich über Lennys Gesicht. In einer Hundertstelsekunde fetzten die Kindheitserinnerungen durch ihren Kopf. Wie unzählige aufblitzende Sternschnuppen schossen sie durcheinander. Ein heimeliges Gefühl der Wärme überkam sie, als das Gesicht ihrer Großmutter vor ihr erschien. Sie sah sie bildlich vor sich sitzen, in gemächlicher Ruhe vor ihrem Zelt; um sie versammelt die gespannt lauschende Mädchenrunde mit in den Haaren gewebten bunten Ketten luftiger Blümchen.

Geraschel im Unterholz. Unter Verwendung aller ihrer Sinne versuchte Lenny, die Umgebung zu erspähen, bevor sie den Jungen unsanft zum Felsen hinüberschob. Sofort ging es hoch. Immer weiter hinauf. Lenny hangelte sich am Jungen vorbei. Ging auf einem Vorsprung in den festen Stand und lupfte ihn in einem Zug hinter dem massigen Steinbrocken in Sicherheit. Schon kamen ihre Verfolger aus dem Wald. Die Krieger waren aus vollem Lauf herangestürmt, als sie unvermittelt an den Felsen standen. Durch tierähnliche Pfeiftöne kommunizierten sie rasch, um sich dann entlang der Wand zu verteilen. Eilig schritten sie die Gesteinsmauer ab, kamen erneut zurück und inspizierten die Felsbrocken über ihnen. Ihre Bogen hielten sie im Anschlag. Es wurde still.

Lenny getraute sich nicht, einen Blick nach unten zu werfen. Den Jungen hielt sie an sich gepresst, während sie sich so niedrig wie nur möglich wegduckten. Selbst der kleinste Lufthauch schien in der völligen Ruhe, die plötzlich eingetreten war, wie ein Orkansturm zu wüten. Es war, als würden ihre Gegner ihre Gedankengänge vernehmen. Ein aufkommender Höhenwind trieb durch die Baumwipfel und ließ sie raunend hin und her pendeln. Ihre Kronen schaukelten träge im Kreis, bevor das Geräusch der unsichtbaren Kräfte im Nichts verhallte. Derweil sandten die Berge den Duft frischen Schnees über ihre Rücken herab. Der vertraute Geruch des nahenden Winters trug sich in die Täler. Ein glitzernder Staub gefrorenen Wassers rollte einem silbernen Lindwurm gleich über die

herbstlich roten Hänge. Die prachtvolle Schönheit der Umgebung konnte Lenny ihre Sorge, entdeckt zu werden, nicht nehmen. Seit ihrer Kindheit hatte sie sich im bunten Flammenmeer der Wälder verloren. Die Dorfjungen hatten sich über sie gewundert. Lenny sei eine Baumflüsterin. Man hatte es ihr förmlich ansehen können, wie ihre Phantasie in der Natur Purzelbäume schlug. Doch davon war nun nichts zu bemerken. Inmitten des eiskalten Gesteins war ihre Stimmung dem Wetter gleich; im Wandel befindlich. Es war nichts Zauberhaftes an der Vorstellung, mit einer fauligen Schussverletzung in einer Felsenwand zu erfrieren.
Spähend hielten die kundigen Waldläufer am Fuß der Felsen die Stellung und lauerten auf ihre Gelegenheit. Geduldig liefen deren Augen über die Steinwand. Mit einem Mal hätten die Pfeile in den Leibern ihrer Opfer eingeschlagen. Die Sehnen entlockten den verleimten Hirschbögen ein leises Knirschen, als sie sie erwartungsvoll spannten. Ein paar kleine Steine kullerten den Abhang herunter. Sofort schossen Pfeile in diese Richtung und prallten an den grauen Wänden ab. Die Krieger hielten wie gefesselt auf die Stelle zu. Plötzlich rissen sie ihre Köpfe herum. Eine kurze Unsicherheit. Der Flügelschlag eines Raubvogels fächerte geräuschvoll durch die Luft, als dieser von seinem Horst im oberen Teil der Wand abhob. Die voll durchgespannten Bögen wurden nachgelassen. Wortlos wandten sich ihre Träger einander zu. Ein paar Handzeichen der Erfahrensten, und die Gruppe der Verfolger floss zurück ins Dickicht.

26

Die Schatten des Feindes waren schon eine ganze Weile verschwunden, als sich Lenny endlich hinter dem Felsen hervorzulugen getraute. Einer Spinne gleich schmiegte sie sich gegen die Felsen. Die Umgebung schien erneut in Stille gehüllt zu sein. Erst der sich ankündigende Nachteinbruch trieb Lenny und den Jungen den Bergrücken hoch. Als der letzte Griff getan war, spürten sie kein kaltes Gestein mehr zwischen den Fingern, sondern die weiche Decke der Grasbüschel. In einem breiten Band erstreckte sich ein Plateau Richtung Norden. An der rechten Flanke führten Steilhänge zu einem Fluss. Gegenüberliegend türmten sich bergige Felswände auf. Die Eichenwälder standen dicht und gaben vereinzelte Kiefern zum Vorschein. Kniehoch war das Gras über den Sommer gewachsen. Nicht einmal die Spur eines Tieres hatte sich einen Weg hindurch gebahnt.

Lenny setzte zu einer Baumgruppe hinüber. Das Wetter war dabei umzuschlagen. Unter dem tief hängenden Geäst eines alten Baumes schlugen sie ihr Nachtlager auf. Sie mussten mit dem wenigen zurechtkommen, was Lenny an Ausrüstung in ihrem Bündel hatte. Sofort machten sie sich daran, einen Schutz gegen den Wind zu errichten. Einen umgefallenen Stamm mit vielen Astansätzen hängten sie schräg in eine Baumgabelung ein. Tannenzweige und belaubte Äste ordneten sie konisch am Baumstamm entlang. Links und rechts markierten sie die Außenwände mit dicken

Holzscheiten, unter dessen gleichschenkligem Dach Unterschlupf zu finden war. Am Boden dienten weiche Zweige als Matratze. Anschließend wurden die trockenen Rinden der Bäume abgeschält und zu Dachziegeln umgewandelt. Übereinandergelappt wurden sie auf den Ästen platziert.

    Obwohl die Ausläufer der Berge die Sicht zum Teil versperrten, erahnte man die unerschlossenen Weiten im Hintergrund. Doch die Naturschätze wurden durch das raue Klima getrübt. Es war ihnen so, als würde die Tierwelt verschwunden und die Pflanzen erstarrt sein. Es rührte sich nichts mehr. Nur das Pfeifen des Windes war zu vernehmen. Welcher bedrohlich die Härte des Winters ankündigte. Die widerstandsfähigsten Grashalme verbogen sich. Ein gefrorener Wasserfilm heftete sich an die ausgetrockneten Triebe. Kleine Wirbelwinde trugen die herabgefallenen Blätter in die Lüfte. Sie tänzelten in stromartigen Bewegungen und legten sich kurz am Boden ab, bevor sie wieder aufgeworfen wurden.

    Die beiden saßen still in ihrem Bau. Erst jetzt begannen sie die Erlebnisse zu realisieren. Gemeinsam und doch jeder für sich, gingen sie die letzten Stunden in Gedanken durch. Nur langsam kamen ihre Körper aus der Anspannung heraus. Mit dem Nachlassen des Adrenalins setzte die Müdigkeit ein. Umgeben von der Pracht der Natur verband sich ihre Ermattung mit dem überwältigenden Gefühl der allumfassenden Landschaftserfahrung. Die ganze Nacht über lagen sie beieinander.

Das unfreundliche Ächzen des Windes holte sie frühmorgens aus dem Schlaf zurück. Der Ausblick am Himmel war immer düsterer geworden. Die Intensität der Luftströme hatte zugenommen. Durchgefroren wagten sich Lenny und der Junge aus ihrem Unterschlupf hervor. Sämtliche Glieder schmerzten. An den Extremitäten zeichneten sich blaue Stellen ab. Ein Feuer musste schleunigst entfacht werden. Im angrenzenden Gebirgsfluss würde sich womöglich Nahrung finden. Wortlos setzten sie sich in Bewegung, sammelten herabgefallenes Holz und gruben ein kleines Loch. In der Wärme des entfachten Lagerfeuers schnitzten sie sich aus einem mehrgliedrigen Geäst eine Art Lanze. Den Gabelspeer zum Fischfang einzusetzen war ihre Absicht, als sie am rauschenden Wasser des Gebirgsflusses ankamen. Tosend brach es den Berg herab. Sie mussten eine ganze Weile an dessen Ufern entlang laufen, bis sie eine seichtere Stelle fanden. Langsamen Schrittes drang Lenny in das tiefere Nass vor. Still kamen die edlen Lachse aus ihren Unterschlüpfen an die Oberfläche. Geschmeidig bewegten sie sich voran. Im ständigen Wechsel der Schwimmverläufe orientierten sie sich an den Größten in ihrer Gruppe. Ohne den Blick von ihrer Jagdbeute zu lösen, verfolgten Lennys Gedanken das vergangene Aufeinandertreffen mit dem Jungen. Eine Schildkröte würde geduldig abwarten, bis die Antwort von selbst zu Tage käme. Ein fröhliches Glucksen des Jungen begleitete Lennys erfolgreichen Fischfang. Ein kurzes Auflachen, bevor sich die Gedanken an Germars

Worte erneut wie ein unabänderlicher Widerspruch auf seine Seele legten. Ein Missbehagen verschlang ihn erneut.

Wie sei mit Frauen umzugehen? Der Beantwortung dieser Frage, welche seit ihrer Begegnung mit den Schankmädchen in der Taverne in des Jungen Gesicht geschrieben stand, hatte sich der Totengräber verpflichtet gefühlt. Dafür hatte Germar seinen gesamten Erfahrungsreichtum ausgegraben. Insbesondere von einer überaus famosen Bekanntschaft. Zwar hätte diese Frau die Haare seltsam kurz geschoren gehabt und permanent scharfe Klingen unter ihren Röcken getragen, doch sei sie in ihrer eifrigen Geschäftstüchtigkeit eine vortreffliche Nummer gewesen. So hatte Germar eine ausgesprochen gewiefte Gaunerei hochgehalten, der seine damalige Herzensdame beigewohnt habe.

Als lebenshungriges Mädchen sei sie mit den Exzessen der Adelszöglinge, welche in der Stadt die Akademien besuchten, bestens vertraut gewesen. Die Unterkünfte der jungen Edelleute hätte sie gekannt sowie die Verstecke ihrer Geldschatullen. Eine dieser Wohnungen habe dem Sohn eines angesehenen Ministerialrates gehört, welcher wegen seines unzüchtigen Lotterlebens verrufen war. Dieser feierwütige Bursche sei in der studienfreien Zeit traditionsgemäß auf Besuch zum elterlichen Anwesen zurückgekehrt; wodurch die Wohnung mehrere Tage unbewohnt verblieb. So war am Morgen nach der Abreise des jungen Adeligen Germar in Begleitung der zierlichen Dame, welcher er von seinen zahlreichen Eskapaden her vertraute und die ihm in Sachen Schauspielerei um nichts nachstand, beim Hausbesitzer erschienen. Mit einer eigens dafür präparierten Tonmasse war zuvor ein Abdruck des Wohnungstürschlosses genommen worden. Das junge Fräulein hatte erklärt die Schwester des Wohnungsmieters zu sein und Germar ihr für die Reise zur Seite gestellter Vormund. Den Bruder habe sie unterwegs getroffen und dabei die Erlaubnis erteilt bekommen, auf ihrer Fahrt nach einem fremden Landkreis, wo das vornehme Mädchen eine Klosterschule zu besuchen beabsichtige, in der Wohnung zu logieren. Als Wahrheitsbeleg für ihre Darstellungen hatte sie den Türschlüssel gezeigt. Der Hausbesitzer, entzückt von dem frischen Mädchen, hatte daraufhin keinerlei Veranlassung gesehen, Verdacht zu schöpfen, und das freundliche Gespann für einige Tage in der Wohnung seines Mieters Quartier nehmen lassen. Nun war die Zeit genutzt worden, um in Allerseelenruhe die besagte Geldschatulle aufzubrechen, einen vergoldeten Spiegel sowie weitere kostbare Stücke zu entwenden und sich anschließend beim Hausbesitzer mit einem stolzen Trinkgeld für dessen spontane Gastfreundschaft zu bedanken. Der kurz darauf heimkehrende Wohnungsmieter hatte sein Heim leergeräumt wiedergefunden. Auf Nachfrage beim Hausbesitzer hatte dieser von der eigenartigen Geschichte erfahren, was der junge Adelige für eine glatte Lüge hielt, woraufhin die alarmierte Stadtwache vor Antritt irgendwelcher Untersuchungen erstmal damit beschäftigt worden war, die beiden ineinandergehakten Streithähne zu trennen.

„Doch damit nicht genug", hatte Germar weiter ausgeführt. Er selbst sei unmittelbar nach dem gelungenen Streich abseits der Hauptstraßen gen Süden verduftet, während das übermütige Mädchen weiterhin in der Stadt verblieben war. Durch einen dummen Zufall war sie alsdann vom Hausbesitzer auf offener Straße wiedererkannt und festgehalten worden. Später habe man Germar erzählt, dass dieses kecke Ding es doch tatsächlich noch einmal davongeschafft habe, indem sie sich mitten auf dem Hauptplatz, der auf dem Weg zum Wachposten passiert werden musste, mit den Worten „Haltet den Dieb!" vom Griff des verdutzten Hausbesitzers weggerissen hatte. Das störrische Marktvolk hatte dem Mädchen hinterhergesetzt, im Glauben, ihr bei der Verfolgung eines Verbrechers zu helfen, woraufhin die junge Frau in der Menschenmenge verschwunden war.

„Was für ein Teufelsweib", hatte Germar schwermütig geseufzt. Wenn ihm doch bloß der Name des Mädchens wieder eingefallen wäre. Doch schon hatte er sich in einer anderen Geschichte verloren. Dankbar für das gewohnte Schweigen seines Zuhörers hatte er ein weiteres Liebesabenteuer besungen. Es sei ja nämlich so, hatte er den Jungen glauben zu machen versucht, dass die beste Liaison, welcher man sich versichern könne, jene sei, welche nicht nur körperliche, sondern auch pekuniäre Freuden brächte. Dafür müsse er die Geschichte eines Saufkumpans darbringen. Eines gewissen Niederländers. Seines Zeichens Kammerdiener des fürstlichen Gesandten. Dieser in die Jahre gekommene Lakai habe, neben seiner Tätigkeit als besserer Türlaufhalter der „Durchlaucht", unter der ewigen Pantoffel seiner Frau zu leiden gehabt. Und eben diese Ehefrau hatte sich in den Kopf gesetzt, ihren Mann zu einem Hofbeamten machen zu wollen. Doch nach mehrmaligen erfolglosen Protektionsansuchen beim Gesandten war ihre Stimmungslage in offene Gegnerschaft umgeschlagen. In Kenntnis der geringen Aussichten ihres Gesuches hatte die Frau damit begonnen, ihren Mann zur Unterschlagung wertvoller Korrespondenzen zu drängen. Der alte Kammerdiener, in Erwartung seines Ruhestandes und entnervt vom lebenslangen Buckeln, hatte mehr schlecht als recht dieses Ansinnen mitgemacht und sich allabendlich in der Schenke bei Germar über seine missliche Lage ausgeweint. Als vermeintlicher Freund hatte Germar daraufhin seine Hilfe angeboten und die Frau des Kammerdieners aufgesucht. In langen Reden habe er sie zu überzeugen versucht, dass die pikanten Schriftstücke bei ihm am sichersten seien, denn schließlich habe er sich niemals zu derart hoher Bildung wie dem fehlerfreien Lesen geschriebener Worte verstiegen. Um seine besten Absichten zu unterstreichen, hatte er der alten Jungfer schöne Augen gemacht und war anschließend mit den Korrespondenzen unter dem Arm verschwunden. Anstatt diese jedoch, wie versprochen, als Faustpfand für die geforderte Anstellung des

Kammerdieners zu verbergen, hatte er sich schnurstracks zum Gesandten begeben, um ihm vom Fehlen der Unterlagen zu berichten. Germar hatte zugesagt die Übergabe der Schriftstücke auf diskretem Wege zustande bringen zu können, sofern sich der Edelmann zu einer Geldzahlung bereit sehe. Der Gesandte, zunächst empört über derlei Dreistigkeit, dann doch eingeschüchtert wegen seiner eigenen Unvorsicht, hatte sich schlussendlich auf den Handel eingelassen und Germar mit einigen Silbermünzen für seine offenbare Ergebenheit belohnt. Noch mit dem Geld in der Tasche hatte sich der Totengräber zuletzt an die Stadtwache gewandt. Er hatte die Entdeckung eines ganzen Spionagenetzwerks vorgetragen und die eingeheimsten Schreiben als Beweismittel vorgelegt. Nicht ohne vorher eine stattliche Summe für seine erbotene Treue einzufordern, hatte er den Gesandten, den Kammerdiener und dessen Frau auffliegen lassen und sich dann schleunigst aus dem Staub gemacht. Das darauf erfolgte Schicksal der drei Angezeigten war unterschiedlich ausgefallen. Dem Gesandten war eine Standpauke beim Fürsten erspart geblieben, nicht jedoch seine Versetzung in die unsicheren Grenzgebiete der Grafschaft. Der Frau des Kammerdieners war mit dem Verlust ihres gesamten Eigentums, dem Abscheren der Kopfhaare und dem öffentlichen Ausstellen an einem Schandpfahl zu Leibe gerückt worden. Wobei die Unglückliche bereits nach einem Tag von einem wohlhabenden Pferdehändler freigekauft wurde. Der Kammerdiener selbst hingegen, als vermeintlich

Hauptschuldiger ausgemacht, hatte sich zur Prügelstrafe mit anschließendem lebenslangem schwerem Kerker, bei hartem Lager und verschärft durch einen wöchentlichen Fasttag, verurteilt gesehen. „Ja, ja", hatte Germar verträumt festgehalten. Es sei schon verrückt, was man mit diesen durchtriebenen Frauenpersonen so alles erfahren müsse.

Endlich riss sich der Junge wieder heraus. Die Worte des Totengräbers ebbten nur langsam in seinem Gedächtnis ab. Der Fischfang war großzügig ausgefallen. Lenny hatte sich allein ans Werk begeben. Der Junge war von seinen vielen Gaukelbildern abgelenkt.

In den folgenden Tagen wurde das wackelige Geäst ihrer Behausung sukzessive zu einer veritablen Hütte ausgebaut. Mit Feuerstelle, Schlafnischen und einem festen Dach. Lenny nahm den Jungen mit zur Jagd. Das Aufstellen von Fallen war seine erste Lektion. Er erlernte, wie man einen schweren Stamm auf drei Holzstöcken so auszubalancieren hatte, dass er beim Berühren des Köders herabschlug und zur Baumfalle wurde. Ebenso übte er sich darin, Schlingfallen zwischen Geäst und Sträuchern derart zu befestigen, dass sie bis zur Erbeutung von Kleinwild versteckt offengehalten wurden. An tief verschneiten Tagen beobachteten sie das Treiben der Lachsforellen unter der Eisdecke. Nachdem sie ihre Gewohnheiten ausspioniert hatten, begannen sie damit, an einer flachen Stelle im Fluss das Eis aufzubrechen und eine Palisade aus Ästen zu errichten. Diese wurden so angeordnet, dass sie ein V bildeten. Dort, wo der spitze Winkel lag, klaffte eine schmale Lücke, die aber nicht in die Freiheit führte, sondern in ein dahinter gelegenes Gehege. Dessen Zwischenräume waren durch ein Weidengeflecht geschlossen, sodass es kein Entrinnen gab. Die nervenzehrende Fischerei entspannte sich somit zu einem gemütlichen Spaziergang zum Fluss.

    Der Junge versuchte sich in Germars Kochkünsten. Aus Nussöl und Kräutern stellte er Marinaden her. Mit den ausgegrabenen Wurzeln kochte er gehaltvolle Brühen. Das Wildfleisch, welches sie nach Hause brachten, verarbeitete er auf verschiedenste Weisen. Mal gebraten oder geschmort, experimentierte er mit den unerschöpflichen Geschmäckern der Natur. Von den jungen Birken entfernte er die äußere Rinde des Stammes und schälte danach die zarte hellgelbe Innenrinde ab. Er schnitt sie in lange, schmale Streifen und kochte sie in einem großen Stein mit Vertiefung, den er als Kochtopf umfunktioniert hatte. Ein nudelartiges Gericht mit süßlichem Geschmack erhielt er dadurch. Zudem pulverisierte er die Innenrinde von Weiden, Fichten und Tannen zu Mehl. Schließlich machte er auch keinen Halt vor gegrillten Larven und Termiten, welche er in einer Version aus Beerenpfeffer und geriebenen Nüssen ummantelte. Als schnelle Leckerei für zwischendurch boten sich außerdem Raupen, Käfer und Asseln an, welche allesamt der Bestimmung des leiblichen Wohls zugeführt wurden.

Gemeinsam imitierten sie abends die Geräusche der Tiere. Das Pfeifen der Murmeltiere. Das Röhren der Hirsche. Sie kicherten halblaut, wenn der Junge einen besonders tiefen Kehlton in die Wälder hinauswarf. Das Nachahmen der Tierlaute war Lenny vertraut. Und der Junge konnte seine Stimme üben. Einzelne kurze Worte wiederholen. Die richtige Betonung der Silben einschulen. Was ihm dabei am meisten half, mehr als das ewige Üben und die ständige Wiederholung, war die erhoffte Belohnung. Er fühlte sich frei. So viel hatte man über Freiheit gesprochen. Auf dem Schiff. In Gefangenschaft. Alle Menschen suchten sie. Ihre Freiheit. Was war sie?

Seit dem Altertum hatte man sich dieser Frage gewidmet. Doch die Interpretationen der reinen Willensermittlung freier Individuen waren in antiker Zeit zu sehr von Mysterien durchsetzt gewesen, als dass die Freiheit des Menschen als vollkommen hätte erscheinen können. Und auch gegenwärtig schien immer die Ehrfurcht vor der göttlichen Übermacht zu gebieten. Zu Beginn der Reise waren dem Jungen die Menschen um ihn herum unterwürfig vorgekommen. Eingeschüchtert verharrend in einer gedrückten Haltung. Doch immer öfter, erst nur im Geheimen, dann offener mit wachsendem Wertgefühl, hatten sie sich aufgerichtet und den Blick nach vorne gewandt. Über die Wellen der See und hinaus in die Ferne hatten sie geblickt. Vor allem aber im befestigten Glauben an sich selbst. Nichts Geringeres hatte sich einen Weg in ihr Bewusstsein gebahnt als der Wille zum selbsterdachten Handeln. Ein nie zuvor da gewesener Klarblick war über ihre Sinne gekommen. Subjektive Erfahrungswerte an die Seite weltlicher und religiöser Vorschriften getreten. Die beiden großen Kardinalpunkte der gesellschaftlichen Ordnung, Adelsstand und Geistlichkeit, die unangefochtenen Dominanten des vergangenen Millenniums, hatten erstmals Gegenrede erhalten.

Diese neuen Erkenntnisse waren mit Hilfe der Schwarzkunst immer schneller und immer breiter unter das Volk gedrungen. An Bord des Schiffes waren stapelweise Schriften ausgetauscht und besprochen worden. Die Kulturerrungenschaften, welche in den dunklen Jahrhunderten zuvor dumpf auf ihre Erweckung gewartet hatten, waren ersprießlich ans Tageslicht gequollen. Zu jedem erwachenden Morgen hatte sich der Augenschlag der Menschen in der Erkenntnis erhoben, sich die Erde untertan machen zu wollen. Und sie selbst zu weltlicher Macht aufzusteigen. Der Drang in die Ferne. Die Euphorie der Entdeckung. Der Durst des Forschergeistes. Eine hastige Selbstüberrumpelung des frisch erlangten Denkvermögens.

Wie aus einem aufgestauten Becken hatten sich die Selbstherrlichkeiten der neuen Kanzelredner einem Sturzbach gleich darniedergebracht. Im Innenleben dieses sich als allmächtig sinnenden jungen Weltbürgertums war das irdische Dasein von einem Amalgam zu bekennender Sünden befreit und zur einzig wahren Realität erhoben worden. Das Übernatürliche war zunehmend unter Druck gesetzt und Gottes Gebot aus dem Leben der Menschen zwar noch nicht verbannt, aber in Konkurrenz gestellt worden; zu ihnen selbst. Doch dieser Übergang, dieser Bruch mit dem Altvertrauten, war nicht für jede Seele verträglich gewesen.

So leicht zerbrechlich wie Abertausende Grashalme, welche sich vor seinem Auge unter dem Druck der herabfallenden Schneemassen vergruben, waren dem Jungen seine Mitreisenden vorgekommen. Wer waren diese Menschen gewesen? Was hatte sie dazu angetrieben, ein gewohntes Leben aufzugeben und nur mit einem Sack um die Schultern ins Ungewisse aufzubrechen? Vielleicht sogar in den sicheren Tod? Diejenigen Persönlichkeiten, welche über ein Mindestmaß an Bildung verfügt hatten und daher die meisten anderen an Organisationstalent und Tatkraft überragten, hatten sich recht bald zu Integrationsfiguren aufgeschwungen. Menschen wie Carl hatten den Jungen in einer wilden Hetzjagd sich überschlagender Ereignisse mit sich fortgerissen. Sie waren meist kräftig von Statur und stürmisch in ihrem Tatendrang erschienen. Junge Studenten, Söhne von Lehrern und kleinen Beamten. Ihr Antrieb zur Ausreise war von Naivität bis Selbstsucht, von Abenteuerlust bis Widerständigkeit geprägt und nicht selten der völligen Zerrüttung der familiären Vermögensverhältnisse geschuldet gewesen. Sie waren schnelle, leidenschaftliche Naturen. Welche bei allen Dingen, die sie trieben, mit ganzer Seele dabei waren. Feste und Feierlichkeiten hatten keiner Veranlassung bedurft. Denn Scherze, Anekdoten

und fröhliche Lieder waren ihnen stets zu Gebote
gestanden. Wenngleich sie sich mit Ziegenmilch und
Haferbrei zufriedengeben konnten, so hatten sie in
ihren intellektuellen Träumereien selbst ein mit
Stroh gepolstertes Kissen als das Himmelbett der
Tapferen idealisiert. Ihre Unbeirrbarkeit und ihre
Eigensucht hatten sie beständig vorwärtsgetrieben.
Und wenn auch ihre starken Temperamente auf
andere mitunter unerträglich wirkten, so waren diese
Eigenschaften mehr als dazu geeignet gewesen, dem
bunten Haufen der Auswanderungswilligen in
ehrgeiziger Führerschaft voranzuschreiten. Ihre
belebenden Reden hatten um die Lagerfeuer und die
warmen Kochecken an Bord der Schiffe getönt. Und
wenn sich die Gruppe der Wankenden nach einem
weiteren entbehrungsreichen Tag auf der Reise ins
Ungewisse um ihre führenden Köpfe geschart hatte,
so hatten diese unermüdlich aus voller Brust zu
ihnen gesprochen. Ihre Gedanken waren logisch
gewesen. Sie waren immer weniger vorgefertigten
Passformen gefolgt als vielmehr ihrem eigenen
Denken. Aufgeweckte Konversationen hatten sie
sichtlich aufgebaut. Schlagfertigkeit zur
Überrumpelung der Gegenargumente war ihnen
teuer gewesen. Manchmal hatten sie heftige
Angriffe geäußert und dabei ihre Traumbilder
Funken schlagen lassen. Dies hatte stets aufs Neue
die entzündliche Zuhörerschaft spontan begeistert,
welche ihnen dann umso mehr anhing. Wenngleich
die Positionen dieser jungen Denker vordergründig
keine machtvollen gewesen waren, so war ihnen
dennoch der Nimbus der prachtvollen Anführer

zuteilgeworden, welcher vom Gefallen der Frauen zusätzlich gewürzt war. Wie gern hätte der Junge mehr von ihnen gehört?

Doch trotz dieser Fülle an Fähigkeiten, Talenten und glücklichen Fügungen hatte diese Personengruppe herausragenden Typus ein nicht negierbares Dilemma geplagt. Denn wer war ihr Publikum gewesen? Ein Haufen Dummköpfe.

Die Oberhand in des Jungen Umfeld hatten die Mittellosen gehabt. Als Ruderer oder Zwangsverpflichtete nach Übersee gelangt. Verlorene Schiffbrüchige. Menschliche Packesel. Unterstes Volk. Sie hatten wenig und langsam gesprochen, die Silben falsch betont und dabei sehr unvorteilhaft gewirkt. Jeder für sich und doch im Chor hatten sie die zu erleidenden Schicksale besungen. Ihr ganzes Dasein hindurch waren sie herumgeschubst worden. Als Tagelöhner übervorteilt, als Bedienstete misshandelt, waren die Eindrücke ihrer Kindheitsjahre oftmals die Züchtigung der Väter und die Schändung der Mütter durch die Dienstherrenschaft gewesen. Jene, die rebelliert hatten, waren schon in jungen Tagen unter die Beaufsichtigungstätigkeiten der Obrigkeitsorgane geraten und hatten demzufolge nicht mal ein Bett oder wenigstens ein Lager gehabt, welches sie das ihrige nennen konnten. Ferner auch keinen bestimmten Aufenthaltsort. In feuchten und schmutzigen Quartieren dahinvegetiert, waren sie morgens aufgestanden, hatten pausenlos gehungert oder ziellos umhergeirrt, ohne zu wissen, wo sie nachts unterkommen würden. Eine feste Anstellung mit regelmäßigem Auskommen war Wunschdenken geblieben. Von geistiger Beschäftigung konnte keine Rede sein. Auf der Stufenleiter menschlicher Bestrebungen war diesen armen Figuren die unterste angedacht worden. Und die gerade vorsichtig im Entstehen befindliche Veränderung innerhalb der aufklärerischen Gesellschaftselemente hatte ihren Ansprüchen bei weitem nicht gerecht werden können. Eine melancholische Raunze schwerer Trinker hatte diesen Teil der Auswanderer umgeben. Deren einziges Argument ein larmoyanter Psalm über ihr alltägliches Jammertal darstellte. Ins ewig selbe Horn stieß ihr trauriges Lied des Lebens; vereinigt wiedertönend in den seit Generationen einsingenden Klängen von Tränen und Leid. Ein blasses Leben voller Entbehrungen und Schmerzen. Vom obersten Stand gedemütigt. Vom Hunger ausgezehrt. In Unwissenheit gehalten. Wie der Vorwurf einer Anklage schwebte die elende Wahrheit über ihren Häuptern. Hineingeboren in eine Gesellschaft der Rechtlosen. Zum Buckeln verdammt. Arbeiten. Immer nur arbeiten. Ohne Hoffnung auf Errettung. Es war eine bleierne Schwere, welche über ihre Existenzen gebot. Eines jeden Menschen Ohren waren gefesselt; eines jeden Menschen Blick zur Geiselhaft verdammt. Ein unumgängliches Hinstarren in diese verfaulten, zahnlosen, von Kröpfen aufgeblähten Grimassen, hässlich und blöde, auf einem bedrohlichen Balanceakt, an der in sich zerrinnenden Grenze zur Idiotie. Das persönliche Glück hatte ihnen nicht nur gefehlt, sie hätten selbiges gar nicht erst zu artikulieren gewusst. In diesem Marionettentheater voller unvorhersehbarer Konsequenzen galt es als größter Vorzug, von den nachkommenden Generationen nicht vollends vergessen zu werden. Was deshalb am meisten verlangt wurde, mehr als alle Reichtümer, war, jemand zu sein.

Die Vergangenheit der Auswanderer war düster. Die Zukunft beängstigend. Dennoch hatten sich sämtliche Gedanken auf den Weg der Ungewissheit gerichtet. Auf der Suche nach diesem Weg, voller Hürden und Gefahren, war es das Einleuchtendste gewesen, sich einem Anführer zu unterwerfen. Ganz gleich wie abartig, dessen Hintergedanken und Beweggründe zur Führerschaft sein mochten, nichts war so grässlich wie der verzweifelte Ruf der bereits gefallenen Leidensgenossen. Gezeugt von Furcht, in Angst erzogen, ließen sie sich vom Enthusiasmus der Voranschreitenden begeistern. Was die Phantasie nur immer Herrliches ersann, und klang es auch noch so abstrus, sie hielten sich daran geklammert. Schließlich würde andernfalls niemand je ihrer gedenken. Die Poeten würden ihnen keine Verse widmen. Historiker keine Namen. Denn ein Platz in der Ewigkeit war für sie nicht vorgesehen. Aus den staubigen Ecken, welche ihnen das Leben zugedacht, hätten sie nur durch fremde Hand geführt werden können, um sich im Schatten eines herausragenden Menschen von den Wogen der Geschichte forttragen zu lassen.

Geradezu erquickend waren Germars Flunkereien darin eingebrochen. Eine exzessive Lust zu Verführung und Schwindel. Betrügerisch und gemein. Und dennoch so lebendig. Mit inspirierender Rede hatte er allen Ohren geschmeichelt, wie die prunkvollen Noten eines Streichorchesters. Und die Menschen hatten daran glauben wollen. An diese neuen glänzenden Worte! Gestern noch völlig unbekannt, hätte auch ihr Name in aller Munde gewesen sein können. Sich in die Herzen beider Welten spielen und zur Bewunderung aller führen können. Es war so leicht gewesen, sich in Anbetracht der vielen Verzweifelten in die Arme eines Verführers zu stürzen. Es war so befreiend gewesen, sich in den Gedanken zu wiegen, das näherliegende Glück des Zufalls ins Feld zu führen und damit das schwere Schicksal vergessen zu können. So selbstverständlich hatte man den Nacken vor einem Schelm wie Germar gebeugt. Sogar dann, wenn das Versprechen auf eine heitere Aussicht den Verlust des unbeschränkten Eigensinns bedeutet hätte.

Dieser Prozess hatte nicht lange zu seiner Reifung gebraucht. Derart verloren waren die Geister der bettelarmen Auswanderer gewesen. Derart unsicher ihre Charaktere. Dass, obwohl die meisten Menschen in einer solchen Lage lau zwischen den Stühlen gestanden hätten, ihnen selbst die Idee eines Hoffnungsschimmers ausreichend erschienen war, um sich dem Beelzebub in die Arme zu werfen. Die Verlockung der Geister hatte erwartungsgemäß zu weitreichenden Auseinandersetzungen innerhalb der Auswanderer geführt. Deren Mitglieder, einer fanatischen Sekte gleich, ihrem strahlenden Anführer in gegenseitiger

Missgunst und Rivalität anzudienen gedacht hatten. Die Mittel des Meineids, des Diebstahls und allgemein des verlotternden Lebens, welche von Germar liederlich vorgetragen und gefördert wurden, waren recht und billig gewesen, um einen persönlichen Vorteil zu erlangen.

„Wie viel davon habe ich in mir?", fragte sich der Junge, als er sich in der vom warmen Feuer erhellten Hütte Lenny gegenübersitzen sah.

War er im Stande sich zu erklären? Germars schamlose Verhöhnung aller Liebenswürdigkeit und Kultur hatten so ziemlich jede Unverfrorenheit tückischer Infamien überboten. Waren die Vorschriften der Galanterie am Ende nichts weiter als künstliche Trübungen, in deren Schutz ein jedermann herumzuhuren gedachte? Konnte es sein, dass auch der Junge in seiner Heranreife nichts weiter werden würde als einer der vielen von Gelüsten bestimmten Geiferer, welche in Germars Erzählungen als Erdenbewohner beschrieben worden waren? Einer dieser gewöhnlichen Durchschnittsmenschen? Immer und ausschließlich darauf versessen, dem Mädchenhaschen zu huldigen. Um beim Anblick eines jeden Frauenkörpers darauf verabredet zu sein, den eigenen darüberzubeugen.

Des Jungen gestriges Denken wirkte in Germars imposanter Gestalt nach. Sein morgiges Denken war im Anheben befindlich. Dieser graue Übergang der Zerrissenheit, welcher das Bewusstsein des Jungen infiltriert hatte; würde es endlich in der Einsicht entschwinden? Die Tatsache, von fremder Hand konzipiert zu werden, trug die Gefahr einer auf ewig dauernden Unfertigkeit in sich. Wenn Hilfestellungen durch Mitmenschen oder schulische Erziehung erlangt und mit kindlichem Nachahmen erlernt werden konnten, so waren es dennoch der eigene Antrieb und der Durst nach Erfahrungsreichtum, welche der Vollkommenheit eines Verstandesmenschen entsprachen. Und so erschien es dem Jungen mit einem Male selbstverständlich, jene zerfressende Skepsis zu überwinden, welche seine Gedanken bis dahin gefangen gehalten hatten. Wenn auch die Gestaltungsgaben von der fehlenden Beherrschung seiner eigenen Person getrübt gewesen, die bisher erlangten Fähigkeiten keiner Analyse unterzogen und damit unmelodisch in ihrem Fortlauf geblieben waren, so war es ihm dennoch ein Leichtes geworden, diese Antipoden zu verwerfen. Nun endlich, in der Zweisamkeit der verlorenen Wildnis, begann seine fordernde Jugend Einspruch gegen alles bis dorthin Erlernte zu erheben. Und so ereignete es sich wie von selbst, dass eine alle Grenzen überrollende Maßlosigkeit an die Stelle der Unsicherheit trat. Eine fiebererregende Siedekraft; von widersprüchlichsten Gefühlsregungen getragen.

    Ein inneres Kribbeln machte den Anfang. Es trieb ihn dazu an, etwas zu tun, wovon er immer schon geträumt hatte. Die lähmende Unsicherheit war im Schwinden befindlich. Aus den tiefsten Räumen der Seele grub er all seine Kräfte hervor. Die Hände begannen von den Innenseiten her zu schwitzen. Ein Strom an Empfindungen durchfuhr seinen Körper. Wie ein mechanischer Antrieb schien es ihn auf Lenny katapultieren zu wollen. Noch einmal nahm er sich zusammen. Er verwarf all die Bedenken, die ihn bisher gefangen gehalten hatten, und machte sich bereit, aus dem starren Korsett seiner Ängste zu entfliehen. Der pulsierende Rhythmus des Herzschlags reduzierte sich. Die Atmung stieg auf ein gefasstes Intervall zurück; und endlich, einem Funken emotionaler Fassung gleich, wich seine Angst der Hingebung: „Lenny." Sein Klang war zittrig. Der Name fast gestottert ausgesprochen.

„Lenny", wiederholte er mit festerer Stimme. Sie war wie versteinert. Im ersten Moment hatte sie sich nicht aufzublicken getraut. Diese plötzlichen Töne. Der ausgesprochene Name. Ihr Name.

„Ich habe es geschafft", sprach er, und versuchte dabei die sichtbar durchsickernden Tränen zu unterdrücken.

Mit einem Mal brach die lange zurückgehaltene Stimme durch. Wie ein Staudamm bei der Öffnung seiner Schleusen tröpfelten zunächst die Worte heraus und wurden zunehmend zu einem tobenden Wasserbruch. Mit jedem Satz, der die nächste Stufe der Wörterkaskade überwand, löste sich seine innere Anspannung. Das Erzählte quoll hervor und jeder Schmerz, jede Träne und all die Sehnsüchte, die er beschrieb, befreiten ihn von der Unsicherheit seiner Existenz. Mit dem Aussprechen der Worte und der Beschreibung seiner Gefühle erstarkte er. Die gleichzeitige Erfahrung der Energie und die

Ideenfülle, welche versteckt in seinem Innersten so lange verborgen geblieben waren, erfreuten ihn.

Er erzählte alles. Sein Zusammentreffen mit Germar. Er beschrieb die Ängste, als er in der Dunkelheit des feuchten Verlieses der Erahnung der eigenen Zukunft nachgeforscht hatte. Er beschrieb den Tod des Feldwebels und die Erleichterung bei seinem Treffen mit Katherina. Seine Freundschaft mit Carl. Die große Überfahrt über das weite Meer. Die Hoffnung auf Freiheit.

Immer wieder legte er kleine Pausen ein, um die eilig gesprochenen Sätze zu verlangsamen und tief durchzuatmen. Das Sprechen wurde zunehmend deutlicher. Vom ersten Stammeln löste er sich. Er versuchte neue Varianten. Er nuschelte oder lispelte, um seinen Zungenschlag bewusst zu lockern, bevor er fortfuhr.

Bei seiner Ankunft in diesem Land, so sprach er Lenny zu, hatte er zum ersten Mal Menschen erkannt, die ihm zeigten, dass das Leben wesentlich mehr bereithielt als Verlust und Entbehrung. Doch selbst unter ihnen war kein Anschluss zu finden gewesen. Auch dort waren ihm jene Menschen, welche er ins Herz geschlossen hatte, wieder entrissen worden. Obgleich er auf der Leiter des Lebens, die ihm die Ereignisse zugetragen hatte, höher zu steigen vermochte, so war jede seiner Begegnungen, je näher sie ihm gekommen waren, der Grund für seinen tiefsten Schmerz im Abschied gewesen. Seine Beteiligung an den Schlachten. Das Leben der blassen Gesichter. Die Natur war sein Trost gewesen in all den dunklen Tagen. Nun, so sagte er, wolle er all die Leiden der Vergangenheit als den Preis für ihre Bekanntschaft verstehen.

Das Einatmen fiel ihm schwer. Als wäre er von einer Hetzjagd zum Stehen gekommen, schnaufte er tief aus. Geradewegs blickten sie sich in die Augen. Ein Seitenstechen fuhr ihm durch den Leib. Es war der Sprint durch seine Lebensgeschichte. All die Stabilität, welche ihm sein Schweigen garantiert hatte, verschwand in dem Versprechen, einen Austausch mit einem Menschen zu finden. Seine tiefsten Phantasien schienen sich zu verwirklichen. Es war kein fremdes Angebot nötig. Seine ureigene Zuversicht reichte aus, um diesen neuen Schritt zu gehen. Es gab kein Zurück mehr. Er hatte seine angelernten Abwehrmechanismen enthüllt und lag ungeschützt auf offenem Felde.

Lenny hatte dieses unerwartete Zeitfenster genutzt, um sich in seiner Geschichte zu verlieren. Sie wartete ab, ob er fortsetzen würde. Dann verzogen sich ihre Mundwinkel nach oben und völlig unvermittelt begann sie zu kichern.

„Mojak", sagte sie und deutete dabei mit dem Finger auf ihn, „Mojak, Mojak!" Sie wiederholte es immer lauter.

Aus seiner wartend verträumten Haltung gerissen begriff er gar nichts. „Mojak?", stammelte er.

„Ja!", strahlte sie. „Mojak. Das ist dein Name."

Ihr herzhaftes Lachen schwand langsam ab. Schmunzelnd strich sie sich die Haare aus dem Gesicht. Sie ließ ihn abwarten, musterte ihn eingehend und genoss bewusst den Augenblick,

bevor sie die Bedeutung des Namens verkündete:
„Mojak. Der, der niemals still ist."

    Wie angeschossen glotzte der Junge ins Leere. Tränen drangen hervor, als es ihm ein Schmunzeln ins Gesicht trieb. Er fühlte, wie im Raum der Hütte eine entspannte Atmosphäre hervorquoll. Langsam bewegten sich die beiden aufeinander zu. Dem Licht der brennenden Holzscheite blieb die Aufgabe überlassen, ihre Zuneigung zu bescheinen.

27

Aus den spitzen Kaminen pufften müde Rauchwolken hervor. Im Austreten befindlich, wurden sie sofort von den luftigen Seewinden zerschlagen. Die lärmenden Vibrationen der schweren Kisten, welche bei der Löschung der Schiffsfracht auf die Bootsstege niederkrachten, waren der Taktangeber des einsetzenden Präludiums. Gekrümmte Gestalten krochen aus ihren Hütten hervor; den Rücken versteift vom Schlafen auf dem Boden, gepiesackt von Wanzen und Flöhen. Aus den geöffneten Eingängen schlenderte allerlei Kleinvieh mampfend ins Freie. Der Rauch der Feuerstellen und des Tabaks drang nach draußen und verband sich mit Schweiß, Ausdünstungen und feuchter Wärme. Die tägliche Schlacht um Nahrung war im Begriff erneut zu entflammen, während die trunksüchtigen Faustkämpfer der letzten Nacht als schmackhaftes Aas für Pocken und Bakterien im Dreck der Gassen vor sich hin gammelten. Am Südtor der Stadt, durch das die Wagen der Warenhändler auf den Markt drängten, lag die Leiche eines Pferdediebes kastriert und mit Sicheln zerhackt, in einer dicken Blutkruste versteift. Alle Kaufleute, Landwirte und Trödler der Umgebung eilten seit dem Morgengrauen geschäftig an ihre gewohnten Handelsplätze. Wogegen durch die geöffneten Durchlässe der Schenken eine angenehm abstoßende Mischung süßlicher Essensgerüche und der Mief der gefüllten Ablaufrinnen über die Häuserfronten emporstieg.

„Wollt Ihr wohl bezahlen?", brüllte der Perückenmacherlehrling durch die Gassen.

„Das habe ich!", kam als eilige Bestätigung zurück. Die Kundschaft an den Ständen der Straßenhändler folgte erstaunt der Szene.

„Zwei Schillinge habt Ihr gegeben. Es waren drei vereinbart", korrigierte ätzend der Lehrling und hielt dabei den Zettel mit der Friseurrechnung fordernd in die Höhe.

Der rote Rock des englischen Offiziers war durch die Menschenmenge deutlich zu erkennen, als sich die Verfolgung durch die lebhaft bevölkerten Gassen zu einem wahren Hindernislauf an dicht gedrängten Warenständen und schreienden Händlern vorbei auswuchs. Es war Markttag, wie fast jeden Tag. In den Durchgängen, welche die Standplätze der Händler verbanden, herrschte betriebsames Werken. In Kisten und Seemannssäcken wurde das Gut vom Hafen herübergebracht. Auf müden Pferdewagen schaukelten die Bauern mit Ladungen an Futterpflanzen, aufgetürmten Maishalmen und Tabakstauden durch die großen Einfallstraßen der Stadt herein.

Der Offizier und sein Verfolger eilten an den Schenken vorbei, vor denen die Bürgerschaft den Abschluss eines erfreulichen Geschäfts mit billigem Fusel besiegelte; öfter jedoch ihren Frust über die aufoktroyierte Steuerlast der Krone in grollender Verbitterung ertränkte. Als sie den englischen Offizier vorbeihuschen sahen, spuckten sie ihm demonstrativ vor die Füße. Einer versuchte, ihm ein Bein zu stellen, traf daneben und verunstaltete das

Hosenbein des Militärs mit dem bräunlichen Matsch des Straßendrecks. Dem war das gleich. Er fühlte die Anspannung in der Luft, welche vom tobenden Friseurburschen hinter ihm weiter angestachelt wurde und verlangte so schnell wie möglich in Sicherheit zu gelangen. Im Schnellschritt hastete er an einem Ecklokal vorbei und rannte ungeschickt in eine Gruppe trinkender Hafenarbeiter, deren Bierhumpen beim Zusammenstoß den vergorenen Nektar verschütteten. Nur seine äußere Erscheinung als höherer Militär rettete ihn vor einer ausstehenden Tracht Prügel. Die Welle an Beleidigungen, die an deren statt über ihn und seinesgleichen entfacht wurde, vermittelte ihm dennoch ungeschminkt den Ernst der Lage. Während in seinem Rücken der Friseurgehilfe weiterhin die Begleichung der Rechnung lautstark einforderte, staubte das weiße Puder der Perücke unter der Kopfbedeckung des Offiziers auf, und von zudringlicher Peinlichkeit berührt, verlängerte er den Schritt in Richtung der in Sichtweite erscheinenden Garnisonstore.

 Es war eine wahre Erleichterung, als sich endlich die beschlagenen Flügel der schützenden Pforten hinter ihm schlossen. Über die Mauern hinweg waren die kehltonartigen Äußerungen seines vom Schreien überhitzten Gläubigers deutlich zu vernehmen. Eine Flut an Verhöhnungen brachte dieser hervor. Rastlos verfluchte er den Geizhals von einem Kunden, welchen er mit allerlei Seitenhieben bedachte, und lästerte über die britischen Soldaten in den Diensten eines tyrannischen Monarchen aus London obendrein.

Eine Zeit lang hatten die Wachen an den Toren ihren Spaß mit dem Schreihals. Gemächlich pafften sie an ihren Pfeifen. Lümmelten dabei auf den Vorsprüngen der Zinnen und spuckten über die Brustwehr auf die lächerliche Erscheinung hinab, welche vor lauter Ärger mit hochrotem Kopf am Fuße der gemauerten Abgrenzung wild herumgestikulierte. Als er sich nach über einer Stunde immer noch nicht beruhigte und nach alldem Geschimpfe nun dazu überging, die Soldaten persönlich zu beleidigen, sie als feige Schlappschwänze zu verunglimpfen, welche nicht mal im Stande wären, ihre eigenen Frauen zu beglücken, riefen sie ihn schließlich zu sich herein, um sein Gesicht mit ein paar kräftigen Backenstreichen zu malträtieren und ihn alsbald erneut vor die Tür zu setzen.

Vor dem dampfigen Gestank seines eigenen Darmwindes nach draußen geflohen, vermochte der Befehlshaber der Garnison seinen Augen nicht zu trauen. Vor wenigen Stunden hatte er sich zu Tische begeben. Da war alles friedlich gewesen. Doch nun sah sich der Befehlshaber der Soldaten unvermittelt einer aufgebrachten Menschenmenge gegenüber. Einem entfesselten Mob, der sich gegenseitig zur Aufwiegelei antrieb.

Die Bürgerschaft hatte sich versammelt. Zuvorderst nur in kleinen Gruppen. Bald in Massen. Ziellos waren sie in ihrer Wut am Vorplatz hin und her gewogt. Aber im Laufe der Streitigkeiten mit der Torwache hatten sie begonnen, wild um sich brüllend, vor die Garnisonstore zu ziehen. Dort formierte sich allmählich eine regelrechte Schlachtreihe. Die Menge brüllte, rank und schrie. Erzürnte Bürgersleute hatten sich, vom Perückenmacherlehrling aufgeputscht, versammelt. Johlend bewarfen sie die wachehaltenden Soldaten mit verdreckten Lebensmittelresten und allerlei Unrat. Von diesem plötzlichen Gewaltausbruch überfordert, rief der Diensthabende eilig zu den Waffen und ließ seine Männer sofort ausrücken. In den Straßen wimmelte es von Leuten. Gegen die Soldaten, welche sich nur unwillig aus ihrer sicheren Eingrenzung herauswagten, warf die Bevölkerung Steine, Stöcke und schwere Metallteile. Immer weiter schwoll die Menschenmasse an. Aus allen Ecken der Stadt wurde das Volk herbeigerufen. Der friedliche Trubel der Märkte war ungebremst in einem messerschleifenden Lynchmob kulminiert; und die Lage wurde zunehmend unübersichtlich. Die blanken Hiebwaffen, Werkzeuge und beschlagenen Dreschflegel der Meute blitzten im Schein der Sonne deutlich auf. Herbeigeeilte Hafenarbeiter drängten nach vorne und wirkten bedrohlich mit ihren breiten Schultern. Sie hatten große Holzscheite dabei, welche sie als Knüppel sachgerecht einzusetzen wussten. Die eingeschüchterten Soldaten wurden bei ihrem Ausbruchsversuch sofort zu einem Handgemenge gezwungen, aus dem in kürzester Zeit eine wilde Massenschlägerei erwuchs. Der Pöbel schlug wie verrückt auf die Uniformierten ein. Diese piksten ihrerseits mit den Bajonetten in die Unterleiber der allerärmsten Schlucker, welche von ihren Landsleuten in die vorderste Reihe geschoben worden waren. Ein junger Soldat wurde von einem Treffer niedergeschlagen. Im selben Augenblick löste sich ein Schuss. Sofort danach ein zweiter. In den Reihen der erzürnten Menge fielen die Getroffenen leblos zu Boden. Panisches Geschrei brach aus. Die Menschenmasse floh durcheinander. Dabei trampelte sie ungeachtet über die Alten, Schwachen und Verkrüppelten hinweg. Der Platz leerte sich im Handumdrehen.

Nach Abklingen des Tumults, als sich das Getümmel fluchtartig in den schützenden Winkeln der Gassen aufgelöst hatte, lagen mehrere tote Körper über dem Vorplatz der Stadtgarnison verteilt. Niemand hatte später sagen können, woher der erste Schuss gekommen war. Doch zweifelsohne war dies von den Soldaten als Zeichen zum Feuerbefehl gegen das Volk verstanden worden. Eine nicht getilgte Friseurrechnung hatte ausgereicht, um ein Blutzeugnis zu fordern. Verräterische Ruhe kam über den Kampfplatz. Der sich abzeichnende Ausbruch einer Revolution war nur eine Frage der Zeit.

Im Anschluss an dieses Ereignis hatte sich die Lage in der Stadt vollkommen auf den Kopf gestellt. Die Zeitungsburschen plärrten sich bei ihrem beherzten Versuch der Kundenanwerbung die Seele aus dem Leib. Die Schlagzeilen der Journale und Handelsblätter übertrumpften sich mit ihren

Berichten über die Vorfälle am Garnisonsplatz. In der ganzen Stadt gab es kein anderes Thema mehr. Egal, an welchem Ort sich Jim Adam aufhielt. Ob in den willkürlich aneinandergereihten Häuserschluchten, den engen winkeligen Gassen am Hafen, im Umfeld seiner Lieblingsschenke und am Marktplatz ohnehin. Selbst nächtens, wenn man sich zum Ausgießen der Bettgeschirre traf, wurde am Rande der Kloaken und Abtrittgruben darüber debattiert, gestritten und oft genug blutige Vergeltung geschworen. Das Wort, welches dabei immer öfter gebraucht wurde, nach dem alle zürnten, egal ob angesehene Bürgersleute, Handwerker oder primitiver Pöbel, war das eine: Freiheit.

    Am sonst so fröhlich leuchtenden Sternengewölbe verdunkelte sich das Stimmungsbild. Es war früher Abend. Nachdenklich schritt Jim an den mit Stroh bedeckten Häusern vorbei. Nach den Offenbarungen seines Dienstherrn, welcher ihm sein geliebtes Herz verweigert hatte, war ihm nur der Weg der Aufkündigung seines Dienstverhältnisses geblieben. Und um der Wahrheit die Ehre zu geben, war es erforderlich, sich einzugestehen, dass Jim dabei durchaus überempfindlich reagiert hatte. Ein Schreiduell mitten in der Eingangshalle der herrschaftlichen Villa war es geworden. Jim hatte in seinem Wutanfall ein mit Intarsien verziertes Holzmöbel beschädigt, die versammelte Dienerschaft aufgewiegelt und in Anmaßung seines männlichen Stolzes „Ihre Lordschaft" sogar geduzt.

Nur wenige Wochen waren seit dieser beleidigenden Szene vergangen, als Jim bei einer der vielen patriotischen Gazetten angeheuert hatte. Bald war er eine kleine Berühmtheit geworden. Mittlerweile unterfertigte er als Kolumnist für den Chronical. Und seine schreiberischen Fähigkeiten boten ihm neue ungeahnte Möglichkeiten. Sein Salär war um einiges aufgefettet worden. Noch wenige Monate in diesem Tempo und er hätte ausreichend Geld zusammengehabt, um Marie-Allen freizukaufen.

    Seit seiner Kündigung hatten sie sich nur einmal gesehen. Flüchtig; am Ende einer Gasse zum Marktplatz. Er hatte gerade noch Zeit gefunden, ihr seine Liebe zu versichern, und, zur Schadenfreude einer Gruppe hämisch lachender Säufer, das Gelübde abzulegen, sie in jedem Fall zu holen. Aber das Schlimmste an dieser herzlosen Situation, an dem Gefühl der Machtlosigkeit, welches ihn in diesem Augenblick gelähmt hatte, waren nicht die Beleidigungen des gehässigen Pöbels oder die drohende Ausweglosigkeit dieses verzweifelten Schwurs, sondern die unübersehbaren blauen Stellen im Gesicht seiner Liebsten gewesen. Sie hatte sich um eine ungebrochene Körperhaltung bemüht und es sich in diesem Zustand des Ausgeliefertseins nicht nehmen lassen, ihren Kopf aufrecht zu halten. Eine strenge Zofe hatte die zierliche Marie-Allen sofort weitergeschliffen. Das Herz war Jim in tausend Stücke zerfallen, wie er sie in Richtung des herrschaftlichen Anwesens verschwinden gesehen und sich selbst, im Dreck der Gosse schluchzend, wiedergefunden hatte.

Die Wochen, welche seit jenem Tage vergangen waren, hatten sich zu Monaten gedehnt. Die Trauer war dieselbe geblieben. Schlendernden Schrittes bewegte er sich auf den Sitz der Redaktion des Chronical zu. Lustlos hielt er dabei einen Stapel frisch gedruckter Artikel und Zeitungsausschnitte unter dem Arm. Ein stechender Schmerz lag ihm auf der Brust. Er fühlte sich verloren. Ohne Ziel, Ort und Rat. Sosehr er es auch vermochte seine Erdichtungen für andere in Worte zu fassen. Er selbst fand keinen Halt in der Leere seines Herzens, welches ihn in Anbetracht des erlittenen Verlustes ohne jeglichen Lebensplan in seiner Gedankenwelt zerronnen umhervagieren ließ.

„Mister Adam! Da seid Ihr ja endlich!" Mister Hanklin, der Redaktionschef, holte Jim kameradschaftlich an sich heran.

In heller Aufregung war der Zeitungsinhaber. Eine visionäre Utopie schien sich erstmals in ein reales Gefüge einzubetten. Ein Wunschgedanke. Von wenigen erdacht. Von Tausenden erhofft. Und nun endlich bereit, in Wirklichkeit gegossen zu werden. Mister Hanklin war einer der Väter dieses Gedankens. Ein Freigeist und Forscher; Pragmatiker und Stratege. Mit Fleiß und Beständigkeit hatte er an seinem Ziel gearbeitet, der Gründung einer Nation von Freien und Gleichen. Konnte es nun endlich so weit sein? Die Zeichen standen gut und der Redaktionschef wollte gar nicht umher, seinem Mitarbeiter, Jim, die schon etliche Male vorrezitierten Staatstheorien erneut in Erinnerung zu rufen.

In seinem als geistige Erleuchtung gewähnten Verständnis sah Mister Hanklin vor allem sich selbst und seinesgleichen als ebenbürtig. Alle anderen waren verstockte Toren, denen man, mit welchem Mittel auch immer, zu Leibe rücken müsse. Sein Verständnis von Gleichheit war einer beliebigen Elastizität unterworfen. Im Anfangsstadium der Geburt solle man gleichgestellt sein. Doch auf der ganzen Linie des Lebens könne dies nur als widernatürlich und künstlich erzwungen bestehen. Es sei nur logische Folge der Naturgesetze, wenn die stetig Wankenden, die Zaghaften und Lebensunmutigen auf der Strecke bleiben würden. Der stärkste Geist solle gebieten und anordnen. Der Rest könne unterdessen weiterhin an seinem Emporkommen arbeiten; und sich bis dahin in Servilität üben.

Durch sein ungepudertes Haar und seine schlichten Manieren hatte es Mister Hanklin bisher hervorragend verstanden, als bürgernaher und geschickter Verhandler in Erscheinung zu treten; und sich dabei eine burschenhafte Närrischkeit bewahrt. In seiner Sehnsucht, die entschwindende Jugend festzuhalten, gierte es ihn nach allerlei geschickt imitierten Charaktermasken. So wie er es niemals zugelassen hätte, einem dieser Parts die Hauptstimme zu geben, schloss Mister Hanklin, auch in der Wahl seiner Geschäftsverbindungen und Allianzen, ständig neue Bündnisse. In der

Vergangenheit für England. Und nun für etwas völlig Neues. Das hatte er mit Jim gemeinsam.

Entschlossen dirigierte der Zeitungsinhaber seinen Mitarbeiter über den Treppenabsatz in den Vorraum und beständig weiter in einen verrauchten Salon. Unterdessen überrannte er ihn mit einem sprudelnden Redeschwall an „neuen, großartigen" Ideen für „neue, großartige" Artikel, Schlagzeilen und Sonderausgaben zur aktuellen Situation. Der Schlafzimmerblick seines Chefs vermittelte Jim eine träge Erscheinung, übertünchte jedoch dessen darunter verborgene Resolutheit.

„Kommen Sie, Mister Adam! Kommen Sie!", schob ihn Hanklin aufgeregt weiter. „Es sind schon alle gespannt auf Sie." Hektisch drängte er seinen Mitarbeiter voran.

Die tödlichen Schüsse vor den Garnisonstoren hatten die Runde gemacht und in den Redaktionsräumen des Chronical herrschte eine tumultartige Stimmung. Die aufstrebenden Journalisten, glühende Patrioten allesamt, brannten hellauf begeistert ob der sich zugetragenen Gelegenheit zum Widerstand; und waren in allgemeiner Verwirrung gelähmt zugleich. Denn der erste jener Bürger, sofern man ihn überhaupt Bürger nennen konnte, der bei den Schüssen zu Tode gekommen war, war ein schwarzer Junge gewesen.

Gewiss ein entflohener Sklave, hatten manche zu wissen geglaubt. Ein einfacher Hafenarbeiter, korrigierten wiederum andere. In jedem Fall war die Tatsache, dass der erste Märtyrer der Freiheitsbewegung einen derart schwarzen Teint besaß, eine äußerst unangenehme. Recht diffizil erschien die Sache dadurch und die patriotischen Redakteure echauffierten sich wegen der korrekten Auslegung des Vorfalls. Interpretationsfreiheit müsse möglich sein, um das große Ziel nicht aus den Augen zu verlieren. Schließlich verfüge man über zahlreiche alternative Fakten zum Ereignis. Und ohnedem: Wer hatte denn diese schwarzen Sklaven erst überhaupt an die amerikanischen Küsten geschleppt? Die britischen Hasardeure. Da hätte man es wieder!

    Mister Hanklin hielt Jim fest an seiner Seite. Er war sein bester Mitarbeiter. Um dessen Vergangenheit ihm Dienste des britischen Lords vergessen zu machen, hatte sich Jim mit dem patriotischen Geschreibe besonders hervorgetan. Die ärgsten Brandartikel gegen die Ungerechtigkeiten der feudalen Unterdrücker hatten die Auflagenstärke der Zeitung steil nach oben getrieben. Auch die harmlosesten Nebenmeldungen hatte Jim aufgegriffen und der geifernden Leserschaft in sensationslüsterner Formulierung dargeboten. Es musste schlicht ein Brite in die Geschichte involviert sein, schon konnte verhetzendes Kapital daraus geschlagen werden. Wie kein anderer verstand es Jim Adam, die Meinung des Volkes wiederzugeben; respektive das, was das Volk zu meinen hatte. Er war ein journalistisches Genie, welchem die Gegnerschaft zum englischen Mutterland als Erfüllungsmoment seiner Liebe zu Marie-Allen gereichen würde. Er hätte alles getan, um sie zu besitzen. Selbst einen Bürgerkrieg entfacht. Dem fetten Lord hätte er dabei höchstpersönlich einen Arschtritt verpasst.

„Ruhe, meine Herren!", rief Mister Hanklin in die Runde. „Ruhe bitte!" Nur zögerlich ebbte das Stimmengewirr ab.

„Unser bester Mann hier", er klopfte Jim wie einem vertrauten Ziehsohn väterlich auf die Schultern, „Mister Jim Adam ist nicht nur ein hervorragender Kolumnist, sondern überdies ein erfahrener Beobachter der britischen Unterdrücker. Er hat ihr Verhalten zu den Schwarzen studiert und wird uns darüber unterrichten. Bitte, lieber Jim!"

Mister Hanklin stimmte in den Beifall ein. Rasch wurde ein Stuhl herbeigebracht, von dessen Erhöhung der Sprecher die Köpfe des aufgefüllten Redaktionsraumes übersehen konnte. Wackelig brachte sich Jim in Position.

„Wählt Eure Worte mit Bedacht, meine Herren!", mahnte Jim zur Vorsicht, während er auf dem Stuhl stehend etwas unbeholfen die Balance suchte. Im Hause des königlichen Steuereintreibers habe er dessen Umgang mit den Sklaven erlebt. Das Einholen der Steuerlast sei eine höchst gefährliche Aufgabe gewesen, erinnerte er.

Die Zuhörerschaft zwinkerte einander zu. Nicht wenige unter ihnen hatten sich an den Übergriffen auf die britischen Adeligen beteiligt. Prügelorgien am helllichten Tag gegen die offiziellen Vertreter der Krone; das Haus des Vizegouverneurs von einem fackelschwingenden Mob geplündert. Die absurden Steuergesetze, welche durch die Krone erlassen wurden, wetterte Jim weiter, auf Briefe,

Dokumente, ja sogar auf Spielkarten und Würfel, seien eine dreiste Unverschämtheit. Jetzt würden auch noch Zölle auf Handelswaren wie Zucker und Tee erhoben werden. Ein verärgertes Grummeln trieb durch den Raum. Man habe doch noch nie Steuern bezahlt. Wozu auch? Diese Schikanen seien eine reine Machtdemonstration.

„Yes, Sir!", tönte es aus der hinteren Reihe. Bis zur Türe hinaus standen die Leute. Einige erhoben drohend die Fäuste in die Luft.

Allerdings seien diese Briten durchtriebene Schlitzohren, führte Jim weiter aus. Er habe beobachtet, wie die britischen Herrschaften ihre schwarzen Dienstboten wiederholt als lebende Schutzschilde verwendet hätten, wenn der wütende Mob sie vom Marktplatz zu scheuchen versuchte. Einen alten Sklaven hätte man mit einem Fleischerhaken im Kotloch an einem Dachgiebel aufgehängt. Gestorben sei er nicht, hätten seine Leidensgenossen ihn doch in derselben Nacht befreit.

Faul herumgesessen hätte er jedenfalls nicht mehr, beeilte sich Mister Hanklin schmunzelnd einzuwerfen. Lautes Auflachen der Zuhörerschaft applaudierte dieser Bemerkung. Es war stickig heiß im Raum und die aufsteigenden Dämpfe der verschiedensten Hautausdünstungen und männlichen Körpersäfte verliehen den Umständen eine latent aggressive Stimmung, als Jim in seinem Bericht fortfuhr.

Während der abendlichen Salons, in denen er als stummer Assistent an der Türschwelle zu verweilen hatte, hätten die Herrschaften gerne von der Abschaffung der Sklaverei gesprochen. Der Plan der britischen Lords sei es gewesen, die Schwarzen und Mulatten bei Laune zu halten, um sie bei etwaigen Aufständen gegen die amerikanische Bevölkerung einzusetzen. Mit der Aussicht auf Freiheit hätten diese zu Hunderten in der britischen Armee rekrutiert. Deshalb würde er, Jim, davon abraten, sich die Schwarzen zu Feinden zu machen.

 Die jungen Patrioten waren außer sich, als sie diesen Ausführungen zu den britischen Plänen folgten. Ein wüstes Geschrei brach los. In ihren hitzigen Diskussionen setzte sich die Masse der beredten Oratoren in Bewegung und Jim hatte alle Mühe, von seiner erhöhten Position wieder herunterzukommen. Durch heftiges Zureden versuchten sich, die Parteien gegenseitig zu überstimmen. Es müsse unbedingt ein Keil zwischen die Briten und ihre schwarzen Untertanen geschlagen werden, forderten die einen alsbald. Man solle ihnen ebenso die Freiheit versprechen, schallte es wiederholt durch den Raum. Ob sie denn gänzlich verwirrt seien, wetterte die Opposition, dieses Geschmeiß mit den vollen Bürgerrechten auszustatten? Dies sei politischer Selbstmord.

 Der Redaktionschef, Mister Hanklin, als belesener Geistesmensch stets um scharfsinnige Argumente bemüht, versuchte zu beruhigen. Niemand habe bei seiner Rede nach Gleichheit, welche in Gegnerschaft zum royalistischen Herrschaftsmodell in aller Munde war, die Sklaven miteinzubeziehen gedacht. Welch lächerliche

Spinnerei? Ein wahrlich freier Mensch könne sich letztlich nur dadurch auszeichnen, dass er sich über Unfreie erhebe.

Aber falls sie doch aufbegehrten, beeilte sich, die Belegschaft zu mahnen. Was würden sie alles einfordern? Erst einmal von der Leine gelassen, wären die Auswüchse dieses fatalen Fehlers nicht auszudenken. Die Leitung von Firmen und Banken in Händen der Schwarzen? Die Sitze in den Parlamenten? Am Ende sogar die oberste Führung des Staates?

„Was für eine bübische Angstmache!", revidierte Mister Hanklin selbstbewusst. Man solle doch realistisch bleiben. Diese Ideen seien verrückt. Einfach nur verrückt. Als ob so etwas zur Diskussion stünde! Ein schwarzer Mann in einer höheren Position? Alleine die Vorstellung sei aberwitzig. Der Redaktionschef formierte sich innerlich zu einem rhetorischen Ausfall und blähte seine Brust dabei künstlich auf. Abgesehen von der Tatsache, dass eine derartige Idee vollkommen außer Frage stünde, könne man das Hirngespinst zur allgemeinen Erheiterung einmal durchgehen. Also, angenommen man würde dieses absurde und völlig irre Ansinnen, welches, er müsse es noch einmal ausdrücklich betonen, in jedem Fall absolut indiskutabel sei, dass ein Sklave in naher oder ferner Zukunft ernsthaft die oberste Stufe der Macht im Staate erklimmen könne, erdenken. Wer würde dann weiße Männer daran hindern, dem restlichen Pack dieser schwarzen Teufel den Garaus zu machen? Sie zurückzustoßen an ihren vom Allmächtigen angedachten Platz. Sie zu maßregeln mit aller dafür notwendigen Härte. Sie am Tage wie bei Nacht von beflissenen Ordnungshütern ihrer gerechten Exekution zuzuführen. Wer würde sie daran hindern?

    Zustimmendes Raunen breitete sich unter den jungen Patrioten aus. Einige waren dabei, für ihre nächste Kolumne Stichworte auf kleine Zettel zu kritzeln. Wie eine Gruppe aufgeschreckter Lemminge standen sie auf ihren Hinterpfoten in Alarmbereitschaft, um die Worte ihres Meisters zu empfangen.

    Mister Hanklin hatte wieder einmal vollkommen Recht. Den gebührenden Schwerthieb freier weißer Männer hätte ein Schwarzer, selbst wenn er der oberste Befehlshaber gewesen wäre, nicht verhindern gekonnt.

    Bestärkt von der schweigenden Zustimmung seiner Angestellten steigerte sich Mister Hanklin weiter. Als Journalisten seien sie angehalten ihrem Einfallsreichtum freien Lauf zu lassen und die Macht geschriebener Gedanken zu nutzen. Er wischte sich dabei die feuchte Halbglatze mit einem Stofftaschentuch trocken. Auf einen schwarzen Obersten wäre mit Gewissheit einer der vielen erfolgreichen Unternehmersöhne gefolgt, der all die ungerechten Gesetzgebungen, die als Verbesserung für das Volk, in Wahrheit aber als Knechtung des weißen Besiedelungsgedankens konstruiert worden wären, von der Bildfläche getilgt hätte. Wer würde diesen forschen Unternehmer, einen der vielen starken Männer, welche gerade im Begriff waren, eine herrlich neue Nation zu formen, daran hindern, diese stupiden Gesetze per Dekret hinfortzuwischen?

„Niemand!", grölten die aufgeputschten Patrioten wie aus einem Munde zurück.

„Ganz recht!", bestärkte sie Hanklin, „Niemand." Es liege nur an ihnen, den edlen Vertretern des weißen Intellekts, ein ausgeklügeltes Staatssystem zu erdenken, welch dies möglich machen würde. Die Forderung nach gleichen Rechten für alle. Bei gleichzeitiger Wahrung althergebrachter, gesunder und von Gott gesegneter Gesellschaftsregeln. Das sei der Schlüssel des Erfolgs zur Errichtung einer geeinten Nation.

„Großartig! Hurra!" Ein Höllenkrach an Beifallsbekundungen kam über Mister Hanklin und Jim. Johlende Claqueure stürmten nach vorne und umarmten die beiden derart heftig, dass ihnen kurzzeitig die Luft wegblieb. Die Versammelten applaudierten frenetisch und manche Herren warfen übermütig ihre Hüte und Dreispitze durch den Raum. Eine Öllampe wurde dabei getroffen und ging hellauf flackernd zu Boden. Gefährlich nah kam die lodernde Flamme den bestickten Fenstergardinen. Und wäre Mister Hanklins Frau nicht geistesgegenwärtig mit dem Nachttopf ihres Mannes herbeigeeilt, hätte die feierliche Unbeschwertheit der kopflosen Versammlung in der Dramatik eines verkohlten Aschehaufens geendet. Doch so verlief der Abend harmonischer, als es sich kriegssüchtige junge Geister nur vorstellen konnten. Schon wurde der Branntwein eimerweise herangetragen. Die Feier tobte in den Redaktionsräumen und über das Stiegenhaus bis auf die Straße. Von unten tönten vermehrt Pistolensalven herauf. Irgendwoher vernahm man das schrille Gekreische junger Frauen. Die Männer lagen sich sabbernd in den Armen und versuchten sich gegenseitig mit ihren Gewaltphantasien zum bevorstehenden Gemetzel zu übertrumpfen.

Jim wurde vor lauter Gratulationswünschen nicht einmal der Gang zum Lokus erlaubt, als man ihm beständig nachschenkte und dabei unterleibsbezogene Scherze zum Besten gab. Erst spät in der Nacht gelang es ihm, sich loszureißen, und, mit dem Nachklang patriotischer Hymnen im Ohr, zu seiner Behausung am Rande der Stadt zu torkeln. Berauscht wankte er durch die Stadttore hinaus und schmunzelte dabei betrunken in sich hinein. Ein Hauch von Revolution lag in der Luft und Jim war dazu entschlossen, seinen Teil beizutragen. Er musste eine Möglichkeit ausbaldowern, die diese Raufbolde weiterhin mit sich selbst beschäftigte. Seine eigenen Wünsche waren viel bescheidener als das kollektive Verlangen nach Unabhängigkeit. Und doch erschienen sie ihm in ihrer Verwirklichung umso schwerer. In dieser angeheizten Stimmung war die Gelegenheit zur Flucht mehr als günstig und Jim ahnte seine Chance. Trotz der gellenden Rufe nach Aufstand und der prahlerischen Sprüche über die Erschaffung einer neuen Nation, welche unnachgiebig seinen benommenen Geist

umschwirrten, waren in dieser entscheidenden
Stunde, all seine Gedanken nur bei Marie-Allen.

28

Mojak hatte das gemeinsame Nachtlager schon eine ganze Weile lang verlassen, als Lenny nach außen trat. Es war die verschneite Landschaft, die jenen Morgen prägte. Die Berge präsentierten die weißen Massen auf ihren felsigen Hängen wie die weichen Wogen eines frisch aufgeschlagenen Himmelbetts. Durch die geöffnete Wolkendecke kündigte sich die Schneeschmelze an, welche die inspirierende Verwandlung der Natur von Winter zu Frühling in Kürze einläuten würde.

Wie die Pflanzenwelt im Umbruch befindlich war, so erging es Lennys Gemüt. Ihre Hingabe hatte eine grundlegende Veränderung bewirkt und eine Verunsicherung über sie gebreitet. Abweisung und Anziehung. Gefallen und Wirrnisse wechselten einander ab. Ihre Gedanken befehdeten sich. Sie rissen Lennys Emotionen mal nach da, dann wieder nach dort. Im ständigen Kampf, um die Vorherrschaft in ihrer Gefühlswelt. Sie hatte Vertrauen gefunden. Doch diese Vertrautheit ängstigte sie. Unsicherheit und Verwirrung ließen ihr keine Ruhe. Die Zeichen der Schildkröte, welche sie zu erdenken gewagt, waren derart doppelwertig. Voller Freiheit zur Interpretation, wünschte sich Lenny dennoch nichts mehr als Gewissheit. Die schützende Kuppel ihres widerständigen Naturells ruhte verlassen. Es war eine quälende Zögerlichkeit, welche ihr Denken erreichte.

Lenny war dazu erzogen worden, instinktiv zu reagieren. Alles hatte eine Regel. Diese Ordnung war verschwunden. Sie war hinfortgetragen worden von einem Gefühl der Zerrissenheit, welches ungeahnte Chancen versprach und als Gegenleistung eine bedrohliche seelische Öffnung forderte. Nicht der Funken einer Vermutung war auszumachen. Das Vertrauen in diese plötzliche Wandlung lag verborgen und wurde mit jedem ungeklärten Gedanken daran zu einem beklemmenden Zweifel. Ihr Gefühl mahnte zur Vorsicht. Sie würde nicht umhinkommen, bei ihrer Großmutter Rat zu suchen. Sofort würde sie aufbrechen. Zu lange hatte sie gewartet. Zu gierig hatte sie sich in ihre Suche gesteigert. Die nebelige Befürchtung, ihre Großmutter wäre schon nicht mehr am Leben, war real.

„Du gehst?" Mit einem Stapel Brennholz stapfte Mojak durch den Schnee herbei.

„Ich muss", bemerkte sie knapp und zog die Kordel ihres Bündels über der Schulter zusammen. „Ich suche eine Antwort auf ein Zeichen."

„Was für ein Zeichen?" Verunsichert ließ Mojak das Holz in den Schnee gleiten. Erwartungsvoll blickte er Lenny an, um eine Regung in ihrem Innersten zu erhaschen.

„Mein Tierzeichen. Wenn es erscheint, kehre ich wieder", lächelte sie verunsichert, als würde sie es mehr zu sich selbst sprechen.

Ihre Lippen berührten einander. Zielstrebig setzte sich das Mädchen in Bewegung. Mojak blieb wortlos zurück. Diese Kälte. Diese Bestimmtheit, mit der sie ihn unvermittelt zurückließ. Es erschauderte ihn, und dennoch fühlte er sich angezogen. Die eisige Felswand, welche sie gemeinsam erklommen hatten, sie schien sich ihm auf das Herz zu pressen. Wie weich waren die Konturen ihrer zarten Silhouette, die ihren Beobachter einem willenlosen Süchtigen gleich mitfortziehen konnten. Lenny marschierte über die Ebene hinunter zum Fluss und am Becken entlang in Richtung Tal. Der aufsteigende Dampf des schmelzenden Eises filtrierte die Luft in unsichtbare Kristalle. Weich spürten beide die Frische auf ihrer Haut. Der Wind gab ein Pfeifen von sich und versetzte die Bäume, einer Flotte in See stechender Schiffe gleich, in regelmäßig schunkelndes Tempo. Tänzelnd schwangen sie über Lennys Erscheinung hin und her. Als würde eine Gemeinschaft von Singenden im Chor mitpendeln, glich das Bild einer Melodie des Abschieds. Lenny kam der Baumgrenze näher und verschwand gleich darauf hinter einer bewaldeten Mauer. Eine Träne war gerade dabei, auf ihrer Wange einzutrocknen.

Mojak muteten die ersten Tage leicht an. Er versuchte, sich nützlich zu machen, indem er die Hütte beständig ausbaute. Der nahende Frühling kam ihm zugute. Am Dach verstärkte er die Abdeckung mit frischen Baumrinden. An der Südseite legte er ein Beet an. Mit einer primitiven Hacke grub er den Boden auf. Die Steine, die er mühevoll der Erde entriss, benutzte er als Begrenzung. Wiederholt bedurfte es seiner ganzen Kraft, um die langen Furchen zu ziehen, bis die Erde durchgewühlt genug war. So wie er es von den Bauern in seiner alten Heimat abgeschaut hatte, versuchte er sich mit allerlei Anbau. Das über den Winter beschädigte Fischfangbecken im Fluss erneuerte er.

Wenn er sich auf die Pirsch begab, um sich zur Vorbereitung des treffenden Schusses aufzumachen, wähnte er sich an Lennys Seite. In jedem Augenblick, den er zum Spannen des Bogens verbrauchte, fühlte er ihre Nähe. Er spürte förmlich den weichen Druck ihrer Brüste, als sie damals von hinten an ihn herangetreten war, um ihn in der korrekten Haltung des Bogens zu unterrichten. Erschrocken von ihrer Berührung hatte er den Schuss in den nächstgelegenen Baum gebolzt. Spott war über ihn gekommen. Für den beschädigten Pfeil und das verlorene Wild. Doch letzten Endes war ihre beidseitige Geduld siegreich geblieben. Sein Pfeilschuss war geschickt ins Ziel gegangen.

Mehrmals am Tag kletterte Mojak auf die Bäume oder erklomm die umliegenden Hänge; konzentriert Ausschau haltend. Nach Lenny. Oder einem Zeichen von ihr. Wenn er sich am Ende des Tages in die dicken Felle kuschelte, so schnüffelte er gierig an deren Fasern, in welchen er den schwindenden Geruch ihrer Haut ausmachte. Er dachte an ihre letzten Worte und verstand es als Auftrag. Beharrlich beobachtete er den Zug der Vögel oder das Tollen der Eichhörnchen in den Bäumen. Eines dieser Tiere würde ihm das Zeichen geben. Es würde ihn leiten und zu ihr führen.

Zunächst waren es die Hirsche, die er als seine Heilsbringer auserkor. Es erschien ihm nur logisch, dass die röhrenden Geweihträger, welche Lenny und er so oft nachgeahmt hatten, zu ihm sprechen würden. Doch das scheue Wesen des Fluchtwilds verunmöglichte jedwede Kontaktaufnahme. So war es der Sang der Drosseln, welcher es ihm als Nächstes antat. Die melodischen Lieder der Vögel hatten etwas Menschliches an sich. Sie erinnerten ihn an die Gesänge in den Tavernen. Von den Balzrufen vereinnahmt, folgte Mojak den schrillen Lauten, mit welchen das Federvieh die artverwandte Sippe um sich versammelte. Doch das ewige Geträller zermürbte ihn alsbald.

Nachdem Mojak diesen neuen Versuch als gescheitert betrachten musste, begann er sich auf Nagetiere zu verlegen. Er lauschte gespannt den pfeifenden Rufen der Murmeltiere. Oder stöberte Mäusen zu deren Erdlöchern hinterher. Fasziniert begaffte er sie beim raschen Abschälen der Eicheln, die er ihnen in seiner Absicht zukommen ließ. Sie hingegen bedankten sich keineswegs mit dem ersehnten Zeichen, sondern wuselten mit dem Vorrat in ihre unterirdischen Lagerräume und verschwanden durch einen der vielzähligen Ausgänge an einer anderen Stelle.

Jedes Mal, wenn er von seinen tierischen Mitbewohnern enttäuscht wurde, blieb Mojak verwirrt zurück. Um seine Möglichkeiten zur Kontaktaufnahme zu erhöhen, begann er sich deshalb in ihr Bildnis zu verwandeln. Er hob die Arme einem Flügelschlag gleich auf und nieder, suhlte sich im Schlamm oder rieb sich gekünstelt an den Bäumen ab. Fordernd beobachtete er ihr Verhalten in Erwartung des lang ersehnten

Weckrufes. All die Bewegungen der Tiere interpretierte er als eine solche Ankündigung. Das Abheben der Spechte und Häher. Die waghalsigen Sprünge der Baummarder. Manchmal schien es ihm gar, als würde das eine oder andere Getier ihn direkt ansehen. Mojak stockte der Atem. In jedem Augenblick erwartete er das Zeichen zum Start. Doch nichts geschah. Die Tiere gingen weiter ihrer Nahrungssuche nach. Sie fertigten eifrig an ihren Nestern und Bauten. Sie durchstreiften ihre Reviere und beachteten dieses seltsame Menschenkind nicht mehr. Wenn der Mond in voller Herrlichkeit das Dunkel der Nacht enthüllte, trat Mojak vor die Hütte und sang jaulend in das Heulen der Wölfe ein; in der Hoffnung, in ihnen die Erretter seiner Sehnsüchte zu erfahren. Obwohl der Pfeil des Bogens weiterhin ruhig und sicher ins Ziel führte, so war die Gewissheit über Mojaks zukünftiges Zusammensein mit Lenny getrübt. Das Warten zog sich elendslang dahin. Aus Wochen wurden Monate. Die Zeit verstrich.

 Die Pflanzensamen, die Mojak der Natur entnahm, trieben keine Knospen aus. Die Sprösslinge drangen nicht ans Licht. Das Beet trug keinen Ertrag. Im drückenden Strahl der Sonne dörrte der aufgewühlte Boden aus. Stunden verbrachte er damit, ins Erdreich zu starren, in Erwartung des Wachstums. In blinder Sehnsucht steigerte sich Mojak dabei in seine Vorstellungen. Stellte sich Lenny in ihrem Gewand vor. An der wohlig warmen Feuerstelle. Oder im Schlaf mit ihm vereint. Seine phantastischen Welten trugen ihn hoch hinaus, ließen ihn schwelgen in herzerwärmenden Gefühlen, um ihn unvermittelt abstürzen zu lassen, und schroff zurückzuwerfen in das einsame Schweigen der Wildnis. Nur um der Ruhe seiner Seele willen sprach er sich zu, dass seine Sonne sich wieder erheben würde. Doch der ersehnte Lohn blieb aus. Das Beet war unbestellt.

 Je mehr die Zeit verstrich, umso mehr verschwammen Lennys Gesichtszüge vor seinem inneren Auge. Es schien Mojak, als würde mit jedem Tag wieder ein Versatzstück ihrer Merkmale in seiner Imagination verblassen. Schritt für Schritt musste er untätig dabei zusehen, wie die grazil feinen Teilchen seines Edelsteins zerbrachen. Lennys Worte hallten immer leiser in ihm nach. Die Bewegungen, die sie vollführt hatte. All die liebevollen Besonderheiten. Das Rümpfen ihrer Nase beim unbekannten Geruch eines von ihm kreierten Gerichts. Die Neugierde in ihrem Ausdruck, wenn sie nach langen Überredungen doch eine Kostprobe verspeiste. Und dann ihr erhelltes Gesicht im Augenblick der Erkenntnis. Es war weniger die Sorge ihrer Abwesenheit, welche ihn plagte. Als die Furcht vor dem Vergessen. Die Idee, Lenny aus seiner Gedankenwelt entschwinden zu sehen, machte ihn rasend. Schlaf nahm er sich wenig. Das Haus ließ er zunehmend verfallen.

 Als der Herbst im Abklingen befindlich schien und die warmen Sonnenströme endgültig den erneut einsetzenden Kältewinden wichen, begab sich Mojak in Richtung der Berghänge und igelte sich in einer Höhle ein. Von dort aus hielt er den Blick auf die gemeinsame Hütte gerichtet, welche ihm nun, ohne Lenny an seiner Seite, zunehmend fremd geworden war. Ein Ort, der an unbeschwerte Tage erinnerte und ihn zugleich in fiebriger Agonie zu ersticken drohte.

    Mojaks Gestalt veränderte sich. Er bekam Haare an allen Stellen. Spitze Bartstoppeln kratzten an seinem Fellkragen. Zwischen seinen Beinen quoll ein dunkler Wald hervor. Die Beschaffenheit seiner Haut wurde rauer. Das Gesicht ausgezehrter. Immer weniger Rücksicht nahm er auf seine Bedürfnisse. Wusch sich nicht. Aß karg. Ein vorbeieilender Käfer. Ein glitschiger Regenwurm. Wenn der Hunger das Loch in seinem Bauch aufriss und die einsetzende Schwäche seinen Überlebenstrieb erweckte, kroch er über den Steilhang hinunter zum Fischfangbecken, um sich schleunigst wieder in die feuchte Gruft zu verziehen.

    Eine nur zu sehr vertraute Dunkelheit begann erneut über Mojak zu kommen. Um die Zeichen der Tiere kümmerte er sich nicht mehr. Ein schmerzendes Fieber hatte seine Marotten abgelöst und geißelte seinen nächtlichen Schlaf. In schmerzenden Muskelkrämpfen verfangen, nahm Mojaks Erscheinung die animalischen Züge von Höhlenmenschen an. Grimassenhafte Bilder erreichten ihn in seinen Träumen. Die schizophrenen Schreie, welche er voll innerer Wut in die Weite hinausschleuderte, schallten unbeantwortet aus dem Auditorium der Bergmassive zurück in sein Gehör. Der Wahn der schrillen Töne fraß sich in sein Gehirn und ließ ein Blutzeugnis krankhafter Einbildungen zurück. Ewig ging das Spiel. Bis er niedergeschlagen und überspannt in inhaltsleerer Betrachtung seines Geistes versackte.

Des Nachts heulte er den Wölfen hinterher. Er intonierte ihre Gesänge und verfolgte besessen deren Ruf. Im Laufschritt eilend, dann wieder auf allen vieren kriechend, heftete er sich an ihre Fersen, bis er die Gruppe endlich ausmachte. Aufdringlich nahm er Fühlung auf. Er klebte sich triebhaft an ihre Spuren; machte sich anbiedernd an sie heran. Und verfolgte deren Lauf durch die Wälder. Das verstörte Rudel floh in die Berge und ging erst spät, als es unausweichlich schien, dass dieses verwirrte Menschenwesen nicht ablassen würde, zum Angriff über. Die eisige Nacht hindurch musste Mojak sich in den Baumkronen versteckt halten, während das aufgeputschte Wolfsrudel seinen Gegner in Schach hielt. In den grauen Morgenstunden verzogen sich die Tiere.

Immer einsamer wurde Mojaks Leben. Selbst die Erhabenheit der Natur, die ihm so viel gegeben hatte, fand keinen Platz mehr in ihm. Es war eine verzierte Spiegelhalle, in der er wie trunken wankte. Voller Leben und Schönheit war die Umgebung. Doch ohne ein Zeichen von Lenny wähnte sich Mojak dennoch in einer staubigen Wüste der Trostlosigkeit. Die Tiere schienen ihm ihr Zeichen nicht geben zu können. Oder nicht geben zu wollen? Konnte es sein, dass sie ihn absichtlich quälten? Er begann sie zu hassen.

Wie von einer unsichtbaren Macht geritten fing er an, aus reiner Mordlust zu töten. Seine Pfeile gingen auf jedes noch so unschuldige Getier darnieder. Alles schoss er über den Haufen und ließ es verfaulend zurück. Jeden Morgen, von seiner Höhle aufbrechend, zog Mojak eine Schneise der Verwüstung hinter sich her. Was für seine Pfeile zu klein war, zermatschte er mit einem stampfenden Tritt. Selbst kleinste Insekten zerquetschte er grundlos unter seinen Füßen. Einen Termitenhügel setzte er mittels eines Feuersteins in Brand. Die fadendünne Ameisenstraße zu seinem alten Gemüsebeet bekämpfte er mit Wasser. Oder in mechanisch wirkenden Hieben mit Hilfe eines flachen Steins. Er krallte sich an die Stämme der höchsten Bäume und erschlug die Vögel in ihren Nestern; die Eichhörnchen in ihren Bauten.

    Als ihm das reine Abtöten zu langweilig wurde, begann Mojak damit, den Sterbensakt seiner Opfer zu verlängern. Die größeren Tiere verfolgte er in langen Hetzjagden durch die bewaldeten Hügel. Mit lautem Gebrüll und einer brennenden Fackel trieb er so einen massigen Hirsch in ein vorbereitetes Netz aus Seilen. Seelenruhig beobachtete er dessen hoffnungslose Befreiungsversuche, wie sich das breite Geweih mit jeder Kopfbewegung immer enger in den Schlingen verfing. Als der riesige Hufträger endlich zur Erschöpfung kam, machte Mojak sich daran, die Vorderläufe abzutrennen. Den Blick hielt er exakt ins Auge des Tieres gerichtet und verfolgte gespannt dessen tiefes Schnaufen. In einem Quell aus Blut und Schweiß entriss Mojak dem Hirsch die Läufe und legte sie ihm weihevoll vor den Körper. Während der edle Waldbewohner in einem Geschnetzel qualmender Fleischbrocken verendete und sein schwarzes Blut im waldigen Erdreich verschwand.

Angezogen von den vielen Kadavern, die von Fliegen umschwärmt in der Gegend verstreut lagen, kamen allerlei Raubtiere herbei und damit direkt in das Revier des gefährlichsten Jägers von allen. Das ihm bekannte Wolfsrudel dezimierte Mojak in wenigen Tagen. Zuerst den Leitwolf durch einen gezielten Pfeilschuss. Danach den restlichen Anhang. Indem er einen Waldbrand entfachte und sie dadurch zum Rückzug in eine Schlucht zwang. Die Entscheidung zum Sturz in den Abgrund oder zum Treffer seines Speeres war die letzte Freiheit, die ihnen blieb. Für die großen Fleischfresser hob Mojak Fallgruben aus. Welche er mit angespitzten Baumstämmen versah. Am Anblick eines jungen Bären, dessen Todeskampf in der Falle qualvoll andauerte, ergötzte er sich in Lethargie.

Angestachelt von diesen Triumphen, steigerte sich sein Todestrieb immer weiter. Er verspürte die Lust, seelische Schmerzen zu bereiten. Die Gnade des letzten Hiebes. Herrscher über Leben und Tod zu sein. Ein unheimlich vertrautes Gefühl von Macht. Verdunkelt bewohnt machte sich Mojak daran, eine neue Komponente seiner Besessenheit zu erfahren.

Eine satte Wiese am Rande eines Moors erweckte sein Interesse, als er sich in der Dämmerung auf die Lauer legte. Es reichten wenige Stunden und der richtige Gegenwind, um ihm seine Beute zuzuführen. Gemächlich trat eine junge

Rehmutter mit ihrem Kalb ans anbrechende Tageslicht. Die Eleganz ihrer schlanken Bewegungen verlieh ihrem Auftritt einen erhabenen Zug. Mit weichen Tritten wagte sie sich nach vorne; das Jungtier stets an ihrer Seite. Immer wieder hielt sie an, streckte die Nüstern in die Luft und spreizte die Löffel. Schützend bewegte sie sich um ihr Junges herum. Während dieses gierig die saftigen Halme abzupfte, wagte sie, nur wenige Büschel abzugrasen. Das kleinste Geräusch hätte sie sofort zur Umkehr getrieben. Sie musste immer wieder den Kopf heben, sich nach allen Richtungen umhören. Denn Gefahr drohte im Busch. Für eine Sekunde wähnte sie sich in Sicherheit und senkte ihr Haupt zur Nahrungsaufnahme. Ein zischendes Pfeifen. Ein kurzer Aufprall. Vom Bolzen getroffen knickte das Reh um. Schnell richtete sich das Muttertier wieder auf und machte ein paar Sätze in Direktion der schützenden Bäume. Doch weit kam sie nicht. Die zehrende Kraft der Verletzung zwang sie zu Boden. Ein letztes vertrautes Schnuppern an ihrem Kalb, bevor sie geschwächt zusammenbrach. Schlendernd machte sich der Schütze daran, das Werk zu beenden. Den Bogen schulternd zog Mojak sein Messer, als er an die Rehe herantrat. Das Jungtier, welches schlotternd am sterbenden Artgenossen festhielt, streichelte er sanft. Er nahm es in den Arm und begutachtete interessiert dessen Panik. Die Hirschkuh zappelte derweil sinnlos in der Luft. Der Fluchttrieb prägte ihr Verhalten bis zum letzten Atemzug. Gelassen musterte Mojak die ihr verbleibenden Sekunden, in geduldiger Erwartung des Endes. Erst als der letzte Lebenshauch aus ihr entflohen war, nahm er sich des Kalbes an. Zunächst stach er dessen Augen aus. Danach pfählte er das verzweifelt blökende Tier mit einem angespitzten Ast, um es anschließend auf dem Rücken seines Artgenossen zu drapieren. Unbeeindruckt schritt der Mörder davon und überließ sein Kunstwerk dem sicheren Prozess der Verrottung.

In den folgenden Wochen tötete Mojak immer weiter. Völlig abgestumpft war sein Tun. Denn nichts sollte mehr am Leben bleiben. So verwüstete er das grüne Plateau und löschte alles aus. So lange, bis alle Bewohner des Waldes wussten, dass diese Gegend Todesgebiet war. Beherrscht von einem kranken blassen Gesicht. Einem rücksichtslosen Element, welches erst dann einhielt, wenn des Todeshandwerks Schaffen die Ermüdung endlich über ihn kommen ließ.

Erneut hatte Mojak einen Winter überstanden und den lauwarmen Anbruch des Frühlings erlebt. Wie oft, wusste er nicht. Er war längst nicht mehr an deren Kommen und Gehen interessiert. Er war gealtert. Die Sonne stand im Zenit, als sich Mojak instinktgesteuert zum Fluss begab. Lustlos fummelte er im nassen Haufen der kaputten Palisaden nach einem der verirrten Wanderfische im Becken. Vergeblich zappelte die Schwanzflosse des Tieres in der Luft, dessen zackengeprägtes Kiefermaul er sich direkt vors Gesicht hielt. Wie eigenartig waren doch diese Viecher? So leise und ohne jegliche Ausdrucksstärke. Die Erhabenheit der Hirsche oder das knurrende Angriffsgeräusch der Wölfe waren in ihrer Gegnerschaft zu ihm eine Möglichkeit zur Kontaktaufnahme gewesen. Aber diese schalen, glitschigen Schwimmer? Was waren sie doch seltsam? Es verschaffte nicht einmal Genugtuung, sie umzubringen. Man konnte durch ihren Tod nichts erreichen. Außer das geistlose Füllen des Magens. Das Gefühl der eigenen Lebendigkeit, welches er bei jedem vernichtenden Lanzenstoß in seine Opfer gekostet hatte, war hier nicht zu erkunden.

Sosehr sich Mojak auf dem Plateau dem Tod angenähert hatte, war sein Innenleben von jeglichem Empfinden ausgelöscht worden. Er hatte es selbst getan. Seinem Schicksal gegenüber als Trotz. Und ebengleich aus Selbstschutz. Das eigene Überleben zu sichern forderte Entbehrungen. Es war die Armseligkeit an schönen Momenten im Leben, welche auf dem bescheidenen Altar seiner Existenz aufbereitet lag.

Dunkelschwarz und kugelrund war das Auge des Fisches. Die Strahlen der Sonne reflektierten die Umgebung. Mojak betrachtete seine Erscheinung in ihrem grellen Widerspiegeln. Zugewuchert vom ungepflegten Wuchs der Haare, war es ein anderer Mensch, den er dort traf. Ein fremder Erdensohn. Abstoßend in seiner Wildheit. Bemitleidenswert durch die Formenarmut äußerer Gefühlsregungen. Seine klägliche Erscheinung zu sehen, kam dem Eingeständnis einer Niederlage gegenüber dem natürlichen Leben gleich. Selbst die kleinsten Insekten machten einen Bogen um ihn. Er war verloren. Verlassen von der menschlichen

Umgebung. Verschollen in einer Ahnung seiner selbst. In einem dornigen Busch der Verwirrung und Enttäuschungen. Und trotzdem. Irgendetwas war dort. In dieser unendlichen Weite. Auf diesem leergefegten Aufmarschplatz der Glückseligkeiten hielt sich ganz klein und versteckt eine Hoffnung fest. Die Idee innerer Stärke. Der Überlebenstrieb zur Erreichung seiner Vollkommenheit.

Wie vom Wahnsinn geritten, blickte Mojak ins Auge des Fisches. Er versteifte sich regelrecht, in Erwartung eines Zeichens der Erkenntnis. Das endlose Warten darauf verwandelte sich in qualvolle Bangigkeit. Ein Gefühl des Unbehagens nahm von ihm Besitz. Eine kadaveröse Blässe sondergleichen. Als wäre die ganze Atmosphäre von giftigem Rauch geschwängert. Eine schreckliche Ahnung, dessen Aussehen er nicht in gedankliche Gestalten zu formen wagte, durchzuckte seine innere Festigkeit. Bittere Kälte schien sich seines Blutes einverleiben zu wollen. Vor Mojaks Augen erschien ein grässliches Bild. Seine Gesichtszüge veränderten sich. Angestrengt presste er die Augenbrauen zusammen, um den Vorgang zu erahnen. Ob in der Wirklichkeit oder in seiner Vorstellung: Ein anderes Muster begann sich zu zeichnen. Die Züge seines Aussehens setzten sich bildlich in Bewegung und rissen sein Gemüt unvorbereitet mit. Verunsichert starrte Mojak in das Fischauge. Schon war die Fratze zu erkennen. Eine brennende Erinnerung kam hoch. Sie nahm von Mojaks Körper Besitz und sein inneres Feuer entfachte, einem krachenden

Kanonendonner gleich, als die verwandte Gestalt aus ihm hervortrat: „Hüte dich, schönes Blümlein."

Ein tiefer Angstschrei begleitete den Sturz nach hinten. Geschockt taumelte Mojak auf allen vieren zurück. Während der nasse Fisch durch die Luft flog. Wie durch unsichtbare Kräfte fühlte er sich getroffen. Als hätte eine glühende Musketenkugel seinen Körper zerfetzt. Er spürte die eigene Erkenntnis, einen schachtartigen Krater in ihm aufreißen. Verletzt hielt sich Mojak den Körper umklammert. All die Menschenstimmen, welche er in seinem Leben vernommen hatte. Er hörte sie rufen. Wie aus weiter Ferne. All die Zuwendungen, die ihm zuteilgeworden waren. Das Band, welches sie zusammengehalten hatte. Er war dabei, es selbst zu lösen. Das durfte nicht sein! So schrien tausend Kehlen durch den einsam hallenden Raum seiner selbst. Nicht Germar. Er hatte ihn vergessen. Fortgestoßen. Eingesperrt in das dunkelste Verlies seiner Erinnerungen. War er durch ihn hervorgetreten? Hatte er selbst, durch seine Kälte, seinen Hunger nach Tod, seine unnachgiebige verzweifelte Suche nach Lennys Zeichen, die sich immer mehr zur Zerstörungswut geformt hatte, den Geist befreit? Niemals! Die Rufe schallten wie laute Befehle durch seinen Kopf. Sie forderten ihn augenblicklich auf sich zu wehren. Und Mojak wehrte sich.

Die letzten Fetzen der Felle, die seine Nacktheit nur mehr provisorisch umhüllt hatten, riss er sich panisch vom Körper. Angewidert warf sie Mojak von sich und stolperte dabei eilig ins Wasser. Der einsetzende Kälteschock kam einer Befreiung gleich. Das kalte Bad erfrischte seine Haut, es durchfuhr Mojaks ganzen Körper und reinigte den beschlagenen Geist. Hektisch rieb er sich den eingetrockneten Dreck von seiner äußeren Schale ab. Mit einem Mal ekelte er sich dermaßen vor sich selbst, dass der frische Wasserquell, welcher sich unreguliert von den Berghängen herunterschlängelte, ihm nicht auszureichen schien, um sich vollends zu säubern. Erst verschmierte Mojak den Schmutz nur. So zahlreich waren die Stellen, die er zu ordnen hatte. Er tauchte unter Wasser und trank es gierig hinunter. In der Absicht, das reinigende Gefühl in sein Innerstes zu leiten. Dann ging Mojak an die Einzelheiten. Er putzte zwischen den Zehenspalten. Hinter den Ohren und unter den Achseln. Beflissen polierte er die Fingernägel und gurgelte den Mundbereich aus. Die verfilzten Haare rieb er sich mit dem feinen Ufersand aus. Er zerflocht sorgsam jeden einzelnen Wirbel und neigte den Kopf beständig unter Wasser. Alles musste verschwinden. Dieser abstoßende Schleier der Manie. Eine einzige braune Soße. Ein rußiger Haufen verworrener Gedanken. Hinfort damit! Mit jeder Bewegung, welche den Schmutz von ihm abzuwaschen sah, beruhigten sich die Schwingungen seines Seelenraumes. Die kindliche Unschuld, die Reinheit des Unerfahrenen, wären nicht mehr zu finden gewesen. An ihrer statt sollte ein neuer Mensch treten. Eine vollwertige Person, in ihren Erlebnissen gewachsen und die Missgeschicke der Vergangenheit als mahnendes Zeichen der eigenen Fehlbarkeit vor sich hertragend, im nüchternen Bewusstsein, daraus zu lernen.

Die übrigen sauberen Felle schneiderte Mojak zu einer halbwegs annehmbaren Hose. Aus der alten Hütte kramte er seine Jacke hervor. Er legte sich Lennys Schmuck an und fasste sein Messer. Wie ein junger Spatz im seichten Flussbett, welcher in hastigen wie exakten Bewegungen sein Federkleid zu säubern wusste, putzte er sich auf. Die Haare band er sich am Hinterkopf zusammen und mit geschultertem Bogen brach Mojak auf. Strebsam in die Vagheit.

29

Angestrengt beugte sich Jim über das Blatt, um die richtigen Worte zu finden. Er war unschlüssig, ob die letzte Textpassage ihre aufrührerische Wirkung entfalten würde. Also las er sie sich nochmal selbst laut vor: „Wir lassen uns nicht blenden von fremden Verlockungen, noch werden Bedrohungen uns von unserem Vorhaben abbringen. Im Angesicht Gottes stehen wir fest entschlossen; egal was auch immer, wie auch immer, wo auch immer kommen möge. Wir sind dazu bereit, den Ausgang unseres Schicksals selbst zu bestimmen. Und wenn wir sterben müssen, so wenigstens als freie Menschen."

Schnaufend ließ er die Worte nachwirken und biss dabei von einem lauwarmen Milchbrot ab, welches eingeweicht auf einem Teller neben ihm vor sich hintröpfelte.

„Ob ich womöglich zu dick aufgetragen habe?", fragte sich Jim und die schlabbrige Konsistenz des Happens fiel dabei aus seiner Hand zurück auf den Teller. „Der lechzende Mob muss jetzt so richtig aufgehusst werden." Er knüllte das Papier zusammen, sodass sich die abgeknickten Ecken kitzelnd in seine Innenhand pressten, und warf das Knäuel über die Schulter. „Das glaubt mir doch kein Schwein."

Nach dem vergangenen Saufgelage in den Redaktionsräumen hatten sich die Journalisten, angetrieben von Mister Hanklins Worten, ans Werk gemacht. Die dramatischen Ereignisse vor den

Garnisonstoren waren publizistisch voll ausgeschlachtet worden. Die britische Krone hatte in panikartiger Reaktion noch mehr Repressalien veranlasst. Willkürliche Hausdurchsuchungen. Nächtliche Personenkontrollen in den Schenken. Wahllose Perlustrationen der Handelsvertretungen, Warenstände und Lagerhäuser. Als Ergebnis hatten sie allerdings keine Unterwerfung, sondern den Widerstandsgeist geweckt. Denn obgleich das Volk vor Angst und Hass auf die königlichen Folterkammern zitterte, hatte sich nun zum Freiheitsdrang ein weiterer mächtiger Auftrieb des Blutvergießens gesellt. Die Rache. Mehrmals war es zu Übergriffen gegen die britischen Adeligen gekommen. Wegen der wilden Ausschreitungen der letzten Monate trauten sich die Soldaten nur mehr in Mannschaftsstärke aus ihrer Festung hervor. Die Stadt war zum Kriegsgebiet erklärt worden. Hatte sich die Bürgerschaft vorher noch gegenseitig am Schopf gepackt, so war man nun im Hass gegen die Besatzer vereinigt.

„Also gut, ich werde die Passage doch so lassen", beschloss Jim. „Auf dass der Straßenpöbel sie zerfetzen möge."

Im Zuge der allmorgendlichen Redaktionssitzung, in welcher traditionsgemäß Tee serviert wurde, in den letzten Monaten man aber dazu übergegangen war, diesen sündhaft hochbesteuerten Aufguss mit einem Fingerhut destillierter Getreidemaische, einem neuartigen Gebräu aus der Gegend um Kentucky, zu ersetzen, hatte ihn Mister Hanklin beauftragt, für die Ausgabe des Abendblattes eine brennende Kolumne für die Titelseite zu verfassen. Er solle sich ins Zeug legen. Denn es wäre womöglich bald der alles entscheidende Tag gekommen. Jim hatte seine schauspielerischen Fähigkeiten gekonnt hervorgekramt, um vor seinem Chef ein glühendes Bekenntnis patriotischer Natur abzugeben. In strammer männlichkeitsbetonender Körperhaltung. Mitsamt einer ganzen Reihe pathetischer Treuebekundungen und allem Drum und Dran. Von diesem Anfall vaterländischer Spontanität beeindruckt, waren die Angestellten zusammengekommen und darauf eingeschworen worden, dass nun endlich die Zeit zum Handeln gekommen sei. Man dürfe sich nicht mehr mit verbaler Gewalt begnügen. Es müsse sofort etwas geschehen. Wenn das blökende Volk zu einfältig sei, um die offen geschriebenen Hinweise zu deuten, so müsse man eben mit gutem Beispiel vorangehen und der Bevölkerung unmissverständlich vor Augen führen, was nun zu tun sei.

Für den selbigen Tag hatte Mister Hanklin deshalb ein geheimes Treffen veranlasst. Die Belegschaft solle an einem vereinbarten Punkt zusammenkommen. Er würde sie anleiten und ihnen dabei die Möglichkeit verschaffen, ein großes Zeichen gegen die Unterdrückung zu setzen. Wer weiß, so hatte er geprahlt, vielleicht würde ihr Unterfangen in den folgenden Jahrhunderten als verwegene Heldentat amerikanischer Freiheitskämpfer eingehen.

Das war die Gelegenheit, auf die Jim so lange gewartet hatte. Immer vorsichtiger war er geworden. Er hatte seinen Plan Marie-Allen in vielen eilig zugesteckten Briefen, die er einen Hausangestellten des Lords gegen bare Münze in die Villa schmuggeln ließ, zukommen lassen. Einmal war es sogar zu einem kurzen Treffen mit seiner Liebschaft gekommen. Als sie vom nichtsahnenden Lord beauftragt worden war, ausgerechnet bei Jims Redaktion, einen Zettel für die Annonce der Stelle eines neuen Sekretärs abzugeben, hatten sie sich gesehen. Ein flüchtiges Vorbeihuschen im Treppenhaus war ihnen ermöglicht worden. Ein kurzer intensiver Kuss und die fast unhörbar flüsternde Absprache ihrer gemeinsamen Flucht. So leise hatten sie sich unterhalten, dass man selbst die eiligen Pfotentritte der Mäuse, die ihre feinen Krallen beim Balanceakt über die Dachbalken schoben, das Einsetzen der bleiernen Buchstaben in die Setzkästen der Druckereiräume ein Stockwerk höher und sogar Mister Hanklins Schreibfeder bei jedem neuen Eintauchen in den gläsernen Tintentopf zu vernehmen vermochte.

Die zwei Verliebten hatten ihre eigenen Pläne. Am Tage der großen alles verändernden Zeichensetzung des neuen Nationalstolzes würde Mister Hanklins Haus leer sein. Diese Abwesenheit würde benutzt werden, um mit Marie-Allen zu fliehen. Ihre reiche Mitgift würde sich aus der prall gefüllten Redaktionskassa ergeben. Von welcher Jim, als erster Mann der Belegschaft, den Verwahrungsort des Schlüssels (eingewickelt in einem alten Putzfetzen in der zweiten Schublade der Hinterzimmerkommode) kannte.

Mit etwas Glück würden die patriotischen Hitzköpfe unter den britischen Kanonenschlägen verenden. In jedem Fall aber würde er mit Marie-Allen längst über alle Berge sein. Die Pferde waren bereitgestellt. Sein kleines Haus hatte er vor Wochen unter der Hand verkauft. Womöglich war gerade in diesem Augenblick Marie-Allen dabei, ihr Hab und Gut zusammenzupacken. Zumindest die wenigen Stücke, die sie hatte. Ein abgewetzter Wintermantel. Ein wärmendes Tuch aus irischer Schafwolle, welches ihr die Frau des englischen Lords in einem Anflug von Gönnerhaftigkeit überlassen hatte. Ein zweites Paar lederner Schuhe und ein Grüppchen geschnitzter Figuren aus schwarzem Holz. Der letzte Verweis auf ihre afrikanischen Wurzeln. Welche Marie-Allen stets in Erinnerung an ihre Familie bei sich trug. Die Suche nach ihren Angehörigen, allesamt verschleppt in die entferntesten Winkel dieses weiten unbekannten Landes, war Jims Versprechen gewesen. Ein Schwur bei seiner Seele, der in ihr das Vertrauen geweckt, die Liebe gestärkt und den Ausschlag zur Fluchtentscheidung gegeben hatte. In wenigen Stunden würde es losgehen.

Der halbleer geräumte Wohnbereich des kleinen Häuschens war von Stille geprägt. Leise, wie ein herabfallendes Herbstblatt, welches sich in einer Pfütze geräuschlos zu einem kleinen Schiffchen verwandelte, war Jims Behausung von störendem Lärm befreit. Die angespitzten Kohlestifte lagen geordnet auf dem makellos aufgeräumten Schreibtisch. So mochte er es, um richtig gut arbeiten zu können. Er, der angehende Schriftsteller. Diese billigen Hetzartikel, die er für Hanklins biedere Journaille aus dem Handgelenk einfach hinschmierte. Das war doch Anfängerkram. Seine persönlichen Ansprüche flogen wesentlich weiter. Einen großen Essayband zur unerforschten Konstellation aus Mensch und Natur wollte er schreiben. Eine Ode an das freie ursprüngliche Leben im Westen. Er, der Kopfmensch, würde die Beschreibung eines Typus erschaffen, der die Idee eines Glücks für alle in sich verkörpert. Eine neuartige Symbiose aus naturverbundener Menschlichkeit und fortschrittlichem Intellekt. Die Eröffnung einer bahnbrechenden Sphäre alles verändernder Gesellschaftsideale unter dem Titel: „Jim Adams Enzyklopädie der Neuen Menschheit". Die großzügige Versorgung Marie-Allens und ihrer ganzen Sippe würde sich durch den Verkauf dieses Meisterwerks mit Sicherheit von selbst erübrigen. Nur ein Vorbild für Jims wissenschaftliche Studien. Ein Exempel für seine Theorie. Das fehlte ihm. Er brauchte einen typischen Bewohner dieser Neuen Welt, den er beschreiben konnte. Ein Paradebeispiel seiner Ideale. Genügsam. Hoffnungsvoll. Etwas verträumt vielleicht. In jedem Fall aber mutig im Angesicht der neuen Zeiten.

    Um dafür seine philosophischen Gedankenspiele zu entfachen, brauchte er Ruhe. Es sollte kein Geräusch zu ihm hindurchdringen. Die vielstimmigen Gesänge, welche abends von den nahegelegenen Schnapsbrennereien herzogen, waren ihm ein Graus. Dröhnendes Gelächter und das Geschrei der Betrunkenen zermalmten seine Konzentration. Selbst die Nachbarskinder vertrieb er, wenn sie sich mit ihren selbstgebauten Holzkarren unter seinem Fenster verirrten.

    Jims Gedanken mussten ungetrübt sein. Frei von äußeren Einflüssen und eingelullt in die Ruhe der Umgebung. So friedlich, dass nur die Ideen in seinem Kopf, ausgesprochen in sich ständig wiederholenden Sätzen, die er sich selbst wie ein Besessener vorrezitierte, über den Wirkungskreis seiner Geistesgebilde zu bestimmen vermochten. Wenn er zum Regal hinüberging, um eine unbekannte Vokabel im Wörterbuch nachzuschlagen, so schlich er auf Zehenspitzen durch den Raum, in der Befürchtung, die gefassten Gedanken zu verscheuchen. Selbst die Geräusche der eigenen Bewegungen, wenn er die Sitzposition auf seinem hohen Sessel änderte, störten ihn. Es war Ablenkung. Sinnlose und lästige Ablenkung. Eine Erinnerung an nutzlose Tätigkeiten. An langweilig routiniertes Handwerk. Kein Vergleich mit dem seinigen. Mit der Fähigkeit, Erdichtungen zu Papier zu bringen. Neue gedankliche Welten zu kreieren. Und dabei in der Dirigierübung seiner phantastischen Orchester Zufriedenheit zu erlangen. Wie oft hatte er sich darin verloren? Im Wahn der eigenen geistigen Welt. Welche durch das Unverständnis der anderen in der arroganten Überheblichkeit, die das Los aller Intellektuellen prägte, gemündet war.

„Marie-Allen", seufzte er, als ihre fiktive Gestalt in die Unordnung seiner Gedankengebäude Einzug nahm. Sie war sein Anker. Die Sanftheit ihrer Worte verfehlte ihre Wirkung nie. Es tat gut, eine Verbündete zu haben. Jemand, der es zumindest versuchen wollte, die Gedanken des Gegenübers zu verstehen. Sie trug in sich die Bereitschaft, den Willen und die Fähigkeit, sich auf Jims phantastische Welten einzulassen. So weit weg und abstrakt die Schwelgereien eines Autors auch sein mochten, es war die Liebe, die sie verband. Und manchmal, wenn sie sich zurücklehnte, um geduldig Jims Theoriegebäude zu betrachten, legte sich ein Ausdruck der Glückseligkeit über ihr Gesicht, der ihre innere Unsicherheit unweigerlich in ein Gefühl der Vertrautheit kehrte. Ein starkes Bündnis hielt die beiden aneinander fest. Es folgte keinen rationalen Erwägungen. Es war Marie-Allen allein, der Jim seine inneren Sehnsüchte offenbarte und sie miteinschloss bei der Erschaffung wundersamer Horizonte. Sie war der Grund dafür, dass die geistige Vollkommenheit in ihm ruhte.

Plötzlich Schritte. Dort draußen. Er vernahm sie genau. „Schon wieder eine Ablenkung", ärgerte er sich.

Diese elenden Bengel zogen also erneut ihre kleinen Spielzeugkarren über die hölzernen Treppen seines Eingangs. Hatte er es nicht ausdrücklich verboten? Er wartete kurz ab. Gerade erst war ihm wieder eine treffende Textpassage in den Sinn gekommen. Die würde er noch aufschreiben. Vielleicht würden die Rotzlöffel bis dahin verschwinden. Im Bemühen, sich nicht ablenken zu lassen, setzte er die Feder an. Die geschwungene Buchstabenschrift trocknete rasch auf dem groben Papier, als sich Jim die Satzkonstruktionen wie gewohnt vormurmelte. Wieder polterte es von der Türschwelle herein. Jim rutschte nervös auf seinem Stuhl herum. Nur um damit noch mehr Lärm zu produzieren.

„Ihr kleinen Saubraten!", platzte es lauthals aus ihm heraus. Wie ein Zweikämpfer beim Erklingen des Gongs sprang er von seinem Stuhl weg. Hastig eilte er zur Tür, im Begriff, die unverschämten Früchtchen von der Schwelle zu stiefeln.

„Verzeihung! Ich dachte, das Haus sei verlassen", klang ihm eine unbekannte Stimme entgegen. Jim, der in seiner Wut die Türe energisch aufgerissen hatte, brauchte eine Minute, um sich zu fangen. Konsterniert musste er feststellen, dass da keine Straßenkinder vor ihm standen, als sich ein verwahrlost wirkender Halbwilder aus seiner sitzenden Position von der untersten Türstufe erhob.

Die Gestalt war behäbig aufgestanden. Fast schon etwas ältlich wirkten die Bewegungen. Wobei die Züge äußerst jung erschienen. Er hatte diesen Mann noch nie gesehen. Dabei kannte Jim doch jeden in seiner Straße. Und was sollte diese seltsame Aufmachung mit Pfeil und Bogen? Erst als der Neuankömmling in voller Größe vor ihm stand, schoss es Jim durch den Kopf.

„Seid Ihr wahnsinnig?", fuhr er ihn an. „In diesem Aufzug hier rumzusitzen?"

„Was meint Ihr?"

„Hat Euch Mister Hanklin nicht gesagt, dass wir uns erst später treffen?"

„Ich verstehe nicht."

Jim wurde es zu bunt. „Los, kommt schnell herein!" Grob nahm er den Waldläufer unter den Arm und schob ihn durch die Tür. Nicht ohne sich nochmal versichert zu haben, dass keiner der Nachbarn etwas bemerkt hatte, verriegelte Jim den Eingang hinter sich und drehte den Schlüssel im Schloss. Ein metallisches Knattern meldete das Einschnappen der Hebefalle, als Jim fast schon hysterisch den Griff des Schlüssels abzubrechen drohte, indem er über den obersten Punkt der Drehung forcierte. Er rüttelte nochmal am Schlüsselhaus, als würde er die Nägel in der Bohrung überprüfen, und wandte sich alsdann seinem ungebetenen Gast zu.

Mojak klopfte sich den Staub von den Kleidern und versuchte sich zurechtzumachen, um wenigstens den Anschein eines gepflegten Menschen zu erwecken. Er fuhr sich über den imaginären Kragen, als wollte er ein gebügeltes Hemd glatt zupfen. Es war sinnlos. Startklar stand Mojak in der Mitte des Raumes, den schlabbrigen Milchtoast am Tischchen neben ihm.

Mehr aus Gewohnheit denn aus Interesse bot ihm sein Gastgeber halb geistesabwesend ein Getränk an. Ein Glas Wasser oder Milch? Mojak schüttelte den Kopf und dankte höflich, während er sich in dem halbleeren Raum umblickte. Was sollte er hier? Er hatte sich nur kurz auf die Treppe gesetzt, um zu verschnaufen. Eine kurze Pause.

Nicht der Wanderung wegen, sondern um sich vorzubereiten. Auf eine Stadt voller Geräusche und Gerüche. Vor allem aber auf eine Stadt voller Menschen. Welchen Mojak so lange nicht mehr begegnet war. Schon gar nicht allein.

 Unbewusst murmelte sich Jim seine Gedanken vor und wanderte dabei um den Besucher herum, der ihn derweil befremdet anstarrte. Unaufgeräumt schwirrten die Gedanken des Redakteurs durch die erhitzten Nervenbahnen. Ein verlauster dreckiger Halbwilder, der sich gleichzeitig auszudrücken vermochte. Da lag was im Faulen. Hatte Jim nicht ausreichend achtgegeben? War er bei seinen Zusammenkünften mit Marie-Allen nicht vorsichtig genug gewesen? Was konnte hinter diesem seltsamen Auftritt stecken? Keineswegs war diese Person einfach nur gekommen, um ihn zu einem kleinen Plausch aufzusuchen. Schleimer, die auf irgendeine erdenkliche Weise voranzukommen hofften, gab es in Abundanz. Ebenso Hausierer, welche mal mehr oder minder ernsthaft um ein Unterkommen bemüht waren. Das Treiben dieses bunten Publikums war stets auf Selbsterhalt fixiert gewesen, die Gedanken auf Eigennutz getrimmt, und ihren von kleinmütigen Begierden durchtränkten Phrasen war niemals zu trauen.

 Wer war dieser Kerl? Wenn schon nicht einer von Mister Hanklins Leuten, so möglicherweise ein englischer Spion. Vermutlich eine Falle! Dem alten Lord wäre eine derartige List schon zuzumuten gewesen. Angetrieben von der Eifersucht, dass Jim Marie-Allen erobert und sie dessen lüsternen

Gedanken damit entrissen hatte, hätte der Lord womöglich auf Rache gesonnen. Oder aber ... Moment mal. Natürlich! Ein klassischer Doppelbluff. Mister Hanklin, gekauft vom fetten Lord. Die zwei Geldsäcke in trauter Zweisamkeit mit Wein, Weibern und Gesang vereint; während sich der unwissende Rest zerfleischt. Selbstverständlich! Genau das musste es sein. Wie hatte es Jim nur übersehen können? Ein verlegenes Räuspern holte ihn zurück.

„Danke schön", meinte Mojak halblaut.

„Was? Wofür?", zischte Jim zurück, der sich im Denken gestört fühlte.

„Dass Ihr so freundlich ward, mich hereinzubitten."

Jim machte ein abschätziges Geräusch und kam langsam aus seiner Lauerposition heraus. Mojaks Augen liefen ihm hinterher, während sein Gastgeber um den Tisch herumkam, immer im Bewusstsein, eines der wenigen noch übrig gebliebenen Möbelstücke als Schutz zwischen sich beide zu bringen. Jims Fassung hatte ihn wieder. Er schwor sich, sich von den Schlichen dieser alten Herren nicht an der Nase herumführen zu lassen, als er seine Strategien gedanklich neu ordnete. „Ich habe nicht damit gerechnet, dass man mich abholen kommt", begann der Journalist.

„Ach nein?"

„Nein", meinte Jim und wartete kurz. Als kein Widerspruch kam, legte er mit einem absichtlich ironischen Gesichtsausdruck nach. „Doch was ist schon gewiss heutzutage?"

Mojak blickte unbewusst nach unten. „Ihr sagt es. Es ist auf nichts und niemand Verlass. Selbst zu den vertrautesten Menschen kann man nie ganz vordringen."

„So ist es wohl", stimmte Jim nickend ein, der sich abermals unschlüssig über seinen neuen Bekannten wähnte.

Das konnte kein Spion sein. Dafür war er viel zu unbeholfen. Naiv. Fast schon niedlich. Dennoch abgeklärt. Von Mister Hanklin konnte er auch nicht sein. Er war keiner dieser patriotischen Messerstecher, die ansonsten die Brandreden seines Chefs umlagerten. Konnte der schiere Zufall ihn herbeigetragen haben? Erneut kam eine sich endlos anfühlende Ruhepause über die beiden. Keiner rührte sich. Ihre Blicke gingen durch den jeweils anderen hindurch. Die Gesprächspause dehnte sich immer weiter aus, als sich bei einem der zwei die Einsicht endlich einzustellen begann. Wie ein breiter Lichtstrahl, hindurchgebrochen zwischen des Himmels Säulen, fand sich Jim im Prozess der inneren Verwandlung wieder. Als ein unbändiges Allegro der Eingebung in ihm zu erwachen schien. Wie viele Nächte hatte er grübelnd an seinem Schreibpult verbracht? Wie viele Papierbögen beschrieben, gelesen, frustriert zerknüllt und alsbald wieder neu verfasst? Da stand er. Direkt vor ihm. Das in Fleisch gewordene Paradebeispiel seiner jahrelangen Betrachtungsweisen. Ein wertfreies Geschöpf der Natur. Hereingetragen wie von Zauberhand. Mit einer selbstverständlichen Leichtigkeit, welche er in der Geltungsreichweite seiner geistigen Überlegenheit als wissenschaftliches Phänomen dünkte. Schon sah er all die theoretischen Gedankengebäude, welche, ob der ständigen Forderung Mister Hanklins neue Artikel zu liefern, der dringlichsten Redigierung ausharrten, durch die plötzliche Erscheinung dieses Getriebenen in erfreulicher Aussicht wiedergefunden. Sie sollten nicht nur philosophische Wortschwelgereien bleiben, sondern als wahrheitsgetreue Berichte in den größten Bibliotheken der Menschheitsgeschichte fortleben. Er empfand eine tiefe Dankbarkeit gegenüber seinen Lebensansichten, welche es ihm von einem Moment auf den anderen erlaubten, als ein vom Glück Begünstigter die Gelegenheit zu ergreifen. Keine Sekunde verlor er in orakelhaften Träumereien. Der Gunst der Stunde zu trachten und sich der Durchführung seiner Lebensaufgabe mit größter Sorgfalt zu befleißigen, waren erneut in den Vordergrund gerückt. Seine eigenen Gedanken würden in all ihrem Erkenntnisvermögen niemals zum Ruhme der Unendlichkeit kommen ohne die Hilfe dieser unwürdigen wie zugleich fesselnden Person. Dieser Mensch sollte in sich die Eigenschaften tragen, um durch ihn all das auszuführen, was er sich erdacht hatte. Auf dass Jim eingehendere Kenntnis erlange. Betreffend die neuen Lebensweisen, welche die künftigen Generationen in diesem Land prägen würden. Nicht nur Ruhm und Ansehen hätten Jim diese neuen Erkenntnisse gebracht. Sondern vielmehr die Unsterblichkeit.

Wie ein Faustschlag traf ihn sein Gewissen. Marie-Allen! Für kurze Zeit hatte er sie vergessen. Jim hatte nur an sich selbst gedacht. Gab es denn einen Platz für sie in seinem von besessener Kopfarbeit verstörten Herzen? Er war es nicht wert, ihr zugetan zu sein. Dennoch hoffte er auf ihre wohlwollende Geneigtheit. War doch die ehrliche Hingabe für das Schicksal seiner Mitmenschen der Antrieb seines Handelns. Zumindest das Schicksal derer, die ihm einen Vorteil versprachen. Mit Sicherheit aber die Aussicht auf Marie-Allens Seelenglück. Weshalb er auf die günstige Aufnahme seines Tuns vertraute. Jim war stark und voller Selbstvertrauen. Er hätte sie alle geschafft. Mister Hanklin und seine Adlaten ausgetrickst. Die Kasse geleert. Marie-Allen entführt. Und seinen seltsamen Besucher auf die folgenden Expeditionsreisen mitgenommen. Im Angesicht dieser einmaligen Gelegenheit, welche ihm durch die Gunst der Vorsehung in den Schoß gefallen war, durfte er vor dem Siege auf keine Freunde hoffen. Doch wäre nach dem Sieg kein Feind mehr zu fürchten gewesen.

Endlich durchbrach Mojak die Stille: „Ich möchte nicht unverschämt wirken. Aber ich kam in diese Stadt in der Hoffnung, etwas zu finden."

„Da seid Ihr hier genau richtig, mein Freund", strahlte Jim und öffnete die Hände vor dem Bauch einer Einladung zur Umarmung gleich. „Wir brauchen Männer, die bereit sind, ein Zeichen zu setzen."

Der Gesichtsausdruck seines Gegenübers verriet Jim, dass er einen wunden Punkt getroffen hatte.

„Ein Zeichen", stammelte Mojak. „Ja, genau. Ich warte seit Jahren darauf."

„Gewiss doch!", bestärkte ihn der junge Autor. „Das tun wir alle."

„Wirklich?"

„Aber ja. Es sind Hunderte, Tausende, die den Tag herbeiersehnen."

„Das heißt, mein Warten hat endlich ein Ende?"

„Man darf nicht auf das Zeichen warten", belehrte ihn Jim. „Man muss es selbst setzen!"

„Aber woher wisst Ihr …?"

„Oh!", unterbrach ihn Jim lachend. „Ich weiß es! Ich weiß es ganz genau, was hier vor sich geht."

„Unglaublich!"

„Eigentlich nicht. Ich habe mich schon lange damit beschäftigt. Und wisst Ihr was: Ich verstehe es!"

Mojak ließ einen Jauchzer der Erleichterung los und fiel Jim dabei um den Hals. Wie ein Rucksack voller Steine fiel jene Verunsicherung, welche am Plateau seine Instinkte getrieben hatte, von seinen Schultern. Eine befreiende Leichtigkeit überkam ihn, als er seinen neuen Kumpan ans Herz drückte. All die Jahre in Einsamkeit. In Verwirrung und Trauer. Er hatte jemand gefunden, dem es genauso ging. Diese Einsicht kam einer Erlösung gleich. Wenn er nicht alleine war, so konnte Hilfe nicht schwer zu finden sein, um gemeinsam das Glück zu erreichen. Wenn es Hunderte und Tausende Menschen gäbe, die auf der Suche nach ihrem

Glück zusammenstanden, so war auch für eine kleine Seele wie der seinen die Hoffnung nicht verloren.

„Ich danke Euch. Ich danke Euch von ganzem Herzen." Mit einem Mal fühlte sich Mojak in seinem Handeln gefestigt.

„Welch ein Enthusiasmus!", lobte ihn Jim. Der junge Autor drückte Mojak von sich weg und richtete ihm den nicht vorhandenen Kragen. Die speckige Ölschicht, die Mojaks schmutzige Felle abwarfen, schmierte sich Jim unbeobachtet von den Fingern auf sein Hosenbein. „Also gut. Dann gehen wir!"

Festen Schrittes stolzierte Mojak nach draußen. Er fühlte sich von einer bebenden Spannung erfüllt, als ihm Jim über die Treppen zu den Pferden folgte. Der Ritt ging in einem Halbbogen um die Außenbezirke der Stadt herum. Die rot gedeckten Steinhäuser wirkten wie ein Kordon aneinandergereihter Flusskrebse. Durch den Gang des Pferdes in Bewegung gesetzt, erschien der Blick auf die Rauchschwaden der Kamine wie zangenförmige Greifarme, die den Beobachter hinter die Häuserfronten zu hieven gedachten. Den obersten Punkt der Dächer bildeten hölzerne Türme. Kleine Aussichtsplattformen, die sich nur die wohlhabenderen Besitzer leisten konnten. Über ihnen allen thronte der Kirchturm, welcher in dieser Sekunde sein Glockenspiel eröffnete. Zwischen den Gebäudeblöcken klafften Häuserschluchten, die einen kurzen Blick in die Tiefe des städtischen Treibens ermöglichten.

Warum hätte nicht dort, unter dem Gewusel der Marktschreier, Handwerker und dem Hausgesinde, welche alltäglich den Zirkus dieses emsigen Betriebes bespielten, ein neuer Hinweis liegen können? Wäre es nicht einleuchtender gewesen, unter der Beihilfe anderer, Menschen wie Jim, die ihrerseits im Dornenreich ihrer Sehnsüchte an der Unruhe ihres Lebens hingen, die Suche aufzunehmen?

Mojak hoppelte auf dem Rücken des Pferdes dahin. Die lange Mähne des Gauls wehte wellenartig nach hinten und kitzelte ihm dabei das Gesicht. Das Ziel schien in greifbare Nähe zu rücken. Die Stundenuhr seines Lebens hatte sich Korn um Korn durch jene Verbindungsstelle gearbeitet, welche die Hoffnung auf sein Glück nährte. Mit jedem Verlust und jeder Entbehrung war die Sanduhr seiner Tage neu gedreht und sein Schicksal zu einer dauernden Wiederholung seiner selbst verurteilt worden. Durch Mojaks Aufbruch aus dem Tal und den Willen zur Abwehr Germars Eigenschaften hatte er den ersten Schritt gesetzt, diese Engstelle zu passieren. In Jim durfte er erkennen, dass es nicht nur seine Lebensuhr war, die auf der Suche nach Glück verrieselte. Sie alle waren nichts als Sandkörner, welche aneinandergepresst der Schwerkraft verpflichtet blieben. Um ganz langsam, doch immerzu, ohne Halt, in einem präzise steilen Schüttwinkel vom oberen Glaskolben der Menschheitsgeschichte in den unteren zu fallen. Alsdann gewendet zu werden und wieder von Neuem zu beginnen. So lange, bis die unsichtbare

Hand des Schicksals die ständige Wiederholung des Vorgangs für beendet erklären würde. In dieser Abhängigkeit ging es Mojak durch den Sinn, läge die Aufgabe darin, bis zum Schluss durchzuhalten. Er musste unbedingt das letzte kleine Sandkörnchen sein, welches im plötzlich endenden Kornstrom ein paar Millimeter sichtbar in die Luft geblasen wurde, bevor auch es endgültig nach unten verschwand.

    Luftdurchweht gelang der Ritt. Baumgruppen und Weiher schoben sich im Galopptempo heran und fielen wieder zurück. Der Wind, welcher von der See herüberzog, blies Mojak durch die Haare und trug seine frische Brise in die Geruchsgänge und weiter hinauf bis in jenen Weltenraum, der Mojaks Erinnerungen umgab. Der Duft des Meeres versetzte ihn in die Wochen auf dem Schiff zurück. An das erbauende Gefühl der Unendlichkeit und den stärkenden Rausch der Gischt. In der mahnenden Drohung vor der Kraft der Naturgewalten nahm die See die Menschen in ihrer Sehnsucht nach Weite gefangen. Mojak dachte zurück an die langen Tage auf der Spitze des Mastes. An jene Unbekümmertheit, die sein Bangen abgelöst und den Glauben in ein trostreiches Ende gelegt hatte. Die tiefe Verbundenheit, welche er in der überschaubaren Welt des schaukelnden Segelschiffes erstmals erfahren hatte, war aus den verstecktesten Winkeln seines Seelenlebens nie gänzlich entschwunden. In der Aussicht auf Erweckung war sie dabei, zu neuer Größe aufzusteigen. Zu Mojaks Flanke erschien in der Ferne der Ozean. Sein Blick lief am Horizont entlang in der Hoffnung, die hellen Segeltücher der Schiffe zu entdecken. Ohne Kraftaufwand ging Mojak die Bewegungen des Pferdes mit. Mit jedem Impuls, den das Tier an sein Becken weitergab, pendelte er sich in die Ergebenheit seiner Zukunft ein. In sitzender Position bewegte er sich auf einem lebenden Organismus, der ihn in einer natürlichen Selbstverständlichkeit anerkannte und forttrug. Der schlenkernde Körper des Tieres ergab eine treibende Wirkung, die Mojak exakt über dem Schwerpunkt hielt. Die Wärme des schwitzenden Pferdes stieg in ihm empor. Der Schwung jedes Trittes löste seine Muskelspannung in eine locker erhabene Haltung und die angstbefreiende Wirkung des Gangs gesellte sich zu dem einen bescheidenen Fünkchen Hoffnung, den Jims Worte in ihm geweckt hatten.

Hinter einem abgelegenen Holzstadel wurde haltgemacht. Er müsse sich jetzt etwas gedulden, meinte Jim an Mojak gewandt, während er die Zügel der Pferde an einem Pflock zu befestigen gedachte. In wenigen Stunden würde er ihn wieder treffen.

„Ihr wollt mich hier alleine zurücklassen?", kam Mojak eilig hervor.

„Die schwere Last der Freiheit. Nicht?", schmunzelte Jim wissend in sich hinein, während er die Zügel festzurrte. Sein Begleiter hielt sich verunsichert nebenan.

„Einer höheren Macht unterworfen zu sein", begann Jim seine Erklärung und legte dabei die Hand freundschaftlich auf Mojaks Schulter, „gibt einem das Gefühl, die Verantwortung für die eigenen Taten abtreten zu können. Während man in der Freiheit sich auf niemand anders herausreden kann als auf sich selbst."

Ohne eine Nachfrage abzuwarten, begab sich der junge Journalist im Schnellschritt davon. Die Rückansicht einer in der Weite erscheinenden Villa diente ihm dabei als Ziel. Jim hatte eine tiefe Überzeugung, welche im Ton seiner Stimme mitklang. Den Zuhörer riss es unweigerlich mit, um sich dem Inhalt der gesprochenen Worte unaufgefordert anzuschließen. Er hatte den großen Glauben an die Logik des menschlichen Verstandes. Diese Überzeugung vermochte Jim allen einzuflößen, welche ihn umgaben.

So blieb Mojak geduldig bei den Pferden zurück. Langgezogene Wolkengrüppchen flogen leise über ihn hinweg. Das wärmende Sonnenlicht streichelte seine Haut. Als der Nachmittag allmählich in die Dämmerung überging, wurde ihm das Warten zu blöde und er entschloss sich, ein paar Schritte zu tun. In den Häusern wurden die ersten Fenster von den entfachten Feuerstellen erhellt. Doch vor dem Treiben der Stadt, welches entfernt zu erahnen war, hielt Mojak instinktiv Abstand. Vielmehr lockte es ihn hinab an den Strand, zu dem ein tief ausgetretener Fischerpfad führte. Bei erster Gelegenheit zog er sein ledernes Schuhwerk aus. Der dunkelgraue Sand kitzelte Mojaks Fußballen. Ein elektrisierendes Gefühl durchströmte seinen Leib. Am Himmel türmten sich immer mehr Wolken auf. In weiter Ferne wuchsen sie mit den Wellen des Ozeans zusammen. Es war ein Rascheln unter der sandigen Oberfläche des Strandes, welches Mojak im Augenblick innerer Versunkenheit ereilte. Aus Hunderten Stellen im Untergrund klang das Geräusch hervor. Erst konnte er nichts sehen. Außer der zittrigen Bewegung der unzähligen Körnchen, die sich wie in einem Strudel nach unten sogen. Einem einsetzenden Erdbeben gleich, begann sich der Boden zu verformen. Der Untergrund vibrierte. Mojaks Füße verschwanden zunehmend im Sand. Unaufhaltsam wanderten die über die Jahrtausende winzig zerriebenen Gesteinssedimente nach oben entlang. Kleine Krater fraßen sich im Strand heraus. Sie arbeiteten sich an Mojaks Fersen vorbei, als würde ihn die Erdkugel in sich aufsaugen wollen. Vereinzelt machten sich Bewegungen darunter bemerkbar. Dann erschienen sie.

Ein ganzes Heer winziger Schildkröten kämpfte sich aus seinen Nestern unter der Oberfläche des Strandes hervor. Ungeduldig arbeiteten sie sich aus ihren Vertiefungen ans dämmrige Abendlicht. Sie entflohen ihren Behausungen, die sie so lange sicher umschlossen hatten, und krabbelten, von ihrem Lebenstrieb gedrillt, in dieselbe Richtung. Mojaks Gestalt ignorierten sie. Unter seinen Füßen krochen sie ungehindert hindurch. Ein trottender Wall dunkelgrüner Panzer robbte sich zielstrebig an ihm vorbei; in Direktion der Strömung. Im letzten Licht des schwindenden Tages steuerten sie wackelig neben Mojaks Zehen ins Meer. Wie selbstverständlich präsentierten sich diese kleinen zarten Tierchen dem riesigen Atlantik, welcher in einer sich verdunkelnden Wolkenwand so bedrohlich wie prachtvoll erschien. Angestrengt und erwartungsvoll zugleich muteten ihre Züge an. Fast so, als wollten sie das ganze Erdenrund mit ihrem Lächeln willkommen heißen. Schon erreichten die Ersten das kühle Nass, in das sie sich hoffnungsvoll begaben; wie in den schützenden Mutterleib der Erde. Schlag auf Schlag zog sie die Kraft ihrer weichen Flossen zielstrebig in den Samt der Wellen hinaus. Die unendliche Weite des lebensspendenden Ozeans trug sie zu sich hinab; in ein blaues Dunkel der Stille. Mojak sah ihnen noch lange hinterher. Die Sonne war gerade dabei unterzugehen.

Für Gregor

Alles hat seinen Ursprung in dem unbegreiflichen Urknall, der aus der Leere des Nichts, das Sein von Zeit und Raum werden ließ. Dem folgte das Leben, das zu Sonne, Wasser und Erde auch Säuren, Pflanzen und Tiere gesellte. Ganz zuletzt erschienen die Menschen, denen Denken und Sprechen, Schreiben und Lesen gelang.
Unter ihnen wurde einer frohen Frau und einem mutigen Mann eine tapfere Tochter und ein schlanker Sohn geboren. Offen war er, geschmeidig und zart, allem zugewandt und für alles empfänglich. Am meisten liebte er das Gute.
Rein sollte er sein und notfalls auch hart, frank und frei, in dem Willen kühn. Blumen und Bäume wollte er setzen, Häuser und Brücken bauen, Bilder malen und Bücher schreiben, die Zukunft glücklich gestalten. Eine dunkle Nacht ließ dies plötzlich und grundlos nicht länger zu.
Aber er hatte einen Freund, stark und gewandt, ausdauernd und geschickt. Er fand den weiten Weg eines fernen Lebens, voll Abenteuer und Überraschungen von der alten Enge der biederen Heimat in die weite Welt neuer Ideen. Dafür tausendmal Dank unter dem funkelnden Dach der zahllosen Sterne des unendlichen Alls.

Von Reinhard

ZWEITER BAND